KB236450

노 웨 딩

노웨딩

연소민 장편소설

자음과모음

알제의 동네 영화관에서는 때때로 박하사탕을 파는데
거기에는 사랑이 싹트는 데 필요한 모든 것이
붉은 글자로 새겨져 있다.

1) 질문: "언제 저와 결혼해주시려나요?"
    "나를 사랑하시나요?"

2) 대답: "미치도록."
    "봄이 오면."

—알베르 카뮈, 『결혼』

차
례

겨울

봄 

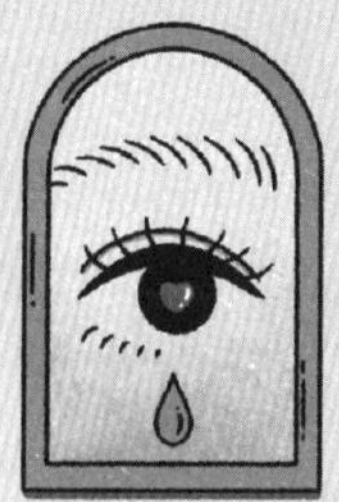

겨울

살구색 드레스

만 스물여섯 살, 크리스마스를 나흘 앞둔 날 웨딩드레스를 샀다. 아직 결혼 날짜도 정해지지 않았지만, 덜컥 사버리고 말았다. 그리고 그날 밤, 그가 청혼할 거라는 예감이 짙게 들이쳤다. 나는 침대 헤드보드에 기대앉아 정념을 억눌러야 했다. 명상과도 같은 시간을 보내며 그를 기다렸지만 얼마 지나지 않아 또다시, 눈물이 나지 않을 것 같은데 괜찮을까, 하고 갖가지 고민이 피어올랐다. 침실 한구석에서는 모형 트리의 꼬마전구가 정신없이 반짝이고 있었다.

＊

프러포즈의 낌새를 눈치채기 전까지 나만의 웨딩드레스가 생겼다는 사실이 주는 설렘과 황홀함에 흠뻑 빠져 그저 천진하게 하루를 보냈다. 그날 저녁 해인과 나는 일주일 전 급히 예약해둔 방배동 드레스 숍에 갔다. 실크 웨딩드레스를 전문으로 취급하는 가게였다. 드물게는 열 번 이상 대여된 드레스를 '샘플 드레스'라는 이름으로 비교적 저렴한 가격인 오십만 원에 판매했다. 일반적으로 웨딩드레스는 이백만 원을 호가하며 제작에 두 달 이상 소요되기에 가능하면 그 숍의 샘플 드레스 중에서 선택하고 싶었다. 아무리 결혼 로망이 없다지만 드레스에 대해서만큼은 각별한 기대를 품고 있었다.

다행히도 샘플 드레스 중에 마음에 꼭 드는 드레스가 있었다. 도비 실크로 만들어진 튜브톱드레스였다. 날렵한 머메이드 스타일로 가슴부터 엉덩이까지는 몸에 밀착되어 실루엣을 강조했고, 가로로 정교한 드레이프가 더해져 우아했다. 골반 아래로는 실크가 직선으로 깔끔하게 떨어져 단정했지만, 끝단이 비대칭으로 마감되어 독특한 멋을 더했다. 고전적이지만 약간의 변주를 줘 진부하지 않다는 인상을 주었다. 맞춤 제작처럼 내가 꿈꿔온 디자인 그대로였다.

샘플 드레스는 저렴한 가격 덕분에 인기가 많아 사이트에 업데이트되면 반나절도 안 되어 품절되곤 했다. 그 사실이 나를 조급하게 만들었다. 일반적인 결혼 준비 순서를 떠나 드레스를 사야겠다는 강한 집념에 사로잡혔다. 나는 가끔 이상한 고집이 발동되어 마치 하나의 선택지밖에 없는 것처럼 믿고 거침없이 행동했다. 이런 불도저 같은 성격 때문에 종종 일을 그르치기도 했다. 하지만 이 성질머리는 도무지 고쳐지지 않았고, 나는 그 드레스를 숍 홈페이지에서 보자마자 피팅 예약부터 잡고 말았다.

다행히 예약 날까지 드레스는 다른 사람에게 팔리지 않았다. 온라인에서 봤던 것과 다를 바 없는 고아한 자태로 나를 기다리고 있었다. 비록 사진 속 모델이 172센티미터의 서양인이었기에 체구가 작은 나에게는 골반이 들떴고 밑단이 원래 바닥에 끌리는 디자인이라는 걸 참작해도 지나치게 길었다. 옷핀 여덟 개를 동원해 겨우 드레스를 몸에 고정할 수 있었다. 피팅 도우미가 코르셋을 매줄 수 있도록 양손으로 가슴과 드레스를 받치고 거울을 바라보고 섰을 때였다. 숍에서 키우는 팬케이크처럼 얼굴이 넙데데한 푸들이 커튼을 헤치고 들어오는 바람에 작은 소동이 있었다. 하지만 그런 해프닝마저 즐거웠다. "내 인생의 중심이라 부를 법한 무언가가 또렷해진 기분이야." "널 위해서라면 언제까지고 용감해질 수 있을 것 같아." 웨딩드레스를 입은 나를 보고 해인은 내내 상글상글하다가도 낯 뜨거운 말을 툭툭 내뱉었다. 돌이켜보면, 그게 청혼의 신호였다.

이왕 한 시간 피팅 비용으로 육만 원을 결제한 김에 다른 드레스도 입어보기로 했다. 하지만 요즘 가장 인기가 좋다는, 얇은 천이 크루아상처럼 겹친 풍성한 오간자 드레스도 내 마음을 바꾸기엔 역부족이었다. 여러 숍을 가봐도 된다는 해인의 설득에도 나는 굴하지 않았고 시원하게 드레스값을 지불했다. 드레스는 많은 수선을 거친 후 신정이 지나고서야 집으로 배송될 예정이었다.

대여가 아닌 소장을 선택한 건 결혼기념일마다 드레스를 꺼내

입으며 그와 함께한 시간을 가늠하고 싶기 때문이었다. 매년 체형의 변화를 느끼며 함께 나이를 먹어가고 있다는 걸 실감하고 싶었다. 십 년 이상 비슷한 음식과 수면 시간을 공유한 사이가 그러하듯 우리의 몸은 닮아갈 거고 일정 지점에 이르면 함께 가파르게 늙어갈 것이다. 우리는 일 년을 함께 살았을 뿐인데 벌써 서로에게 동화되어 나는 그처럼 잠이 늘었고, 그는 나와 주량을 견줄 수 있을 정도로 술이 약해졌다. 예상하는데 그와 나는 지금이야 호리호리하지만, 훗날 분명 상체에 살이 찐 체형이 될 것이다. 해인은 뱃살이 두터워지고 나는 팔뚝 살이 늘어질 테지만, 둘 다 볼살만은 밉게 핼쑥해질 것이다. 또 내가 배란기마다 넘치는 식욕을 주체하지 못하고 볼살이 통통하게 오르면 해인은 그것을 행복 주머니라고 놀리곤 했는데, 몇십 년 뒤에도 아내의 탄력 잃은 살을 두고 장난을 칠지 궁금했다.

큰 숙제를 마친 후, 우리는 작은 아파트로 돌아와 부대찌개를 끓여 먹었다. 하루에 옷을 수십 벌도 갈아입어야 하는 모델들이 존경스러울 정도로 나는 지치고 말았다. 내가 먼저 샤워할 준비를 하며 옷방 서랍에서 속옷을 꺼내는데 해인이 갑자기 차에 휴대폰을 두고 왔다면서 다급하게 밖으로 나갔다. 그때까지만 해도 나는 아무런 의심이 없었다. 그러다 갑자기 씻기 전 설거짓거리 먼저 해치워야겠다는 생각으로 고무장갑을 꼈다. 평소에는 신경도 쓰지 않던 잔뜩 쌓인 그릇과 인덕션 곳곳의 붉은 얼룩이 그날따라 눈에 밟혔다.

일이 한창일 때 해인에게서 전화가 왔다. 그는 콕 집어 "지금 씻고 있어?"라고 물었다. 내가 의아한 투로 부엌을 정리한 다음에 씻을 거라고 하자, 그는 "그럼 내가 집에 들어가면, 윤아는 씻고 있겠네?"라면서 나의 동선을 파악했다. 마치 내가 화장실에 있는 동안 무언가를 숨겨야 한다는 듯이. 그때부터 해인이 수상쩍었고, 목구멍에 알사탕이 걸린 듯 간지러웠다. 오늘 밤 해인이 등 뒤에 꽃다발을 숨기고 침대로 올 것만 같았다. 마치 내가 프러포즈하는 사람인 것처럼 마음이 분주해졌다. 어떤 반응이 옳은 것일까, 눈물을 흘려야 할지 환호해야 할지 고민에 빠졌다. 무엇보다 이 모든 게 나만의 착각이 아니기를 간절히 바랐다.

내가 막 옷을 벗고 샤워를 시작하려는데, 예정대로 문 너머로 도어록 비밀번호를 누르는 소리가 들렸다.

"나 왔어."

해인이 화장실 문을 두들기며 자신이 돌아왔다는 걸 알렸다. 그가 집을 부산스럽게 배회하는 기척이 느껴졌다. 해인이 꽃다발을 숨길 적당한 장소를 찾을 때까지 기다리며 일부러 뜨거운 물로 오래도록 씻었다. 내가 샤워를 마치고 나와 머리를 다 말릴 때까지 해인은 옷도 갈아입지 않았다. 그러곤 뜬금없이 세탁실에 들어가 추운 날씨 탓에 벽이 얼었다며 결로를 걱정했다. 해인과 나는 이 집으로 이사 오며 호기롭게 세탁실과 베란다 벽을 새하얗게 페인트칠했지만, 겨울이 되자마자 거무죽죽하게 들떠 원래 상태로 돌아가고 말았다.

나는 해인이 무어라 중얼거리든 말든 흥분으로 들고일어난 마음을 가지런히 눕히기 위해 침대에 누워 책을 펼쳤다. 그즈음 나는 단편을 구상하기 위해 연애와 결혼을 주제로 한 소설을 대중없이 찾아 읽고 있었다. 물론 일 외에도 결혼이 그 겨울의 중대한 관심사이기도 한 터라 자연스럽게 그런 소설을 찾아 읽게 되었다. 그 전에는 존 버거의 『결혼식 가는 길』을 읽었고, 결혼을 다룬 영화나 드라마도 여러 편 보았다. 그러다 한 가지 공통점을 발견했다. 대부분 연애 시절과 결혼 생활 사이의 이야기가 너무 많이 생략된다는 것이었다. 싱글과 유부 사이의 과도기, 분명히 존재할 '결혼 과정'을 세세하게 담은 작품은 좀처럼 찾기 어려웠다. 결혼 준비는 콘텐츠로 가공되기에는 너무나 현실이기에 경험담으로만 존재할 수 있는 걸지도 몰랐다. 하지만 나는 한동안 결혼 준비 카페를 알아보거나 주변의 결혼 선배들을 찾아 나설 엄두도 내지 못하고 소설이나 로맨틱코미디 장르 영화만 찾아 헤맸다. 돌이켜 생각해보면, 당시의 나는 날것의 현실을 마주하는 것이 두려웠던 것 같다.

하지만 그날은 오직 딴청을 피우기 위해 책을 펼쳤다. 줄리아 스트레이치의 『결혼식을 위한 쾌적한 날씨』였다. 글자는 눈에 들어오지도 않았다. 나는 그가 마음의 준비를 마치기를 하염없이 기다리며 3장의 첫 번째 문장을 몇 번이고 반복해 읽었다.

신부 될 사람은 결혼식을 위해 바쁘게 단장하고 있었다…….

초저녁부터 내리던 눈은 닿는 순간 소리 없이 사라지는 허무한 낙하를 몇 시간째 반복하고 있었다. 시간이 너무 늘어지고 있었다.

세탁실 문까지 닫고 한참 소식 없는 해인을 향해 외쳤다.

"이렇게 잘은 눈이면 얼마 쌓이지도 않겠어. 그래도 혹시 모르니까 장갑을 꺼내놓을까?"

잠시 적막이 흘렀다. 괜히 말을 걸어 그를 조급하게 만든 건 아닐까. 궁금증을 참지 못한 걸 후회했다. 그때 침실 밖 어둠 속에서 문 여는 소리가 들렸다. 해인이 보라색 꽃다발과 가죽처럼 단단한 재질의 붉은 쇼핑백을 들고 다가와 침대에 걸터앉았다. 꽃다발에는 편지도 꽂혀 있었다. 그는 잘 차려입은 외출복 차림이었고, 나는 세탁한 지 조금 오래된 보아 털 잠옷을 입고 있었다. 어색한 상황에 우리는 눈을 마주 보며 웃음을 참아야 했다.

해인이 짧은 숨을 내쉬고 말했다.

"윤아야, 내 가족이 되어줄래?"

꾸밈없이 담백하고 진실한 청혼이었다. 그의 눈을 보면 알 수 있었다. 나는 몸을 일으켜 무거운 이불을 옆으로 치웠다. 어떤 대답을 해야 하는지 알면서도 입이 잘 떨어지지 않았다. 우리는 이미 한 달 전부터 결혼 준비를 시작했으므로. 아니, 함께 살 집을 구하고 살림살이를 들였을 때부터 센다면 일 년 전부터였고, 더 많은 반지 필요 없이 교토 여행 중 맞춘 두 번째 커플링을 결혼반지로 하자고 결정한 날을 기준으로 하면 벌써 이 년 전부터라고 할 수 있었다. 선명한 시작점 없이 자연스레 결혼을 준비하게 된 마당에 나는 프러포즈를 꼭 하지 않아도 된다고 말했다. 이미 합의된 결혼에서 형식적인 이벤트일 뿐인 한국식 프러포즈에 큰 기대가 없었고 해인의 부담을 덜어주고 싶기도 했다. 하지만 의외로 그가 프러포즈 로망을 품고 있었다. 해인도 화려한 장면을 꿈꾼 건 아니었지만, 정식으로 결혼을 약조하는 의식이라는 점에서 프러포즈의 절차적 의미에 무게를 두고 있었다.

나도 표 내지 않았지만 자연스레 그날을 고대하게 되었다. 프러포즈를 원하지 않는다고 줄기차게 말할 때는 언제고 헨젤과 그레텔의 빵 조각처럼 그에게 바라는 걸 조금씩 흘렸다. 그럴 때마다 해인은 늘 경청했고 심지어 휴대폰 메모 앱에 적어두기까지 했다. 나는 이브나 크리스마스에 나른한 낮잠을 자고 일어났을 때 비몽사몽한 채로 꽃다발과 편지를 받는 장면을 그려왔다. 하지만 그날의 프러포즈는 나의 로망 속 그림에 근접했지만, 조금씩 다른 색으로 칠해진 애매한 모작이었다. '왜 크리스마스까지 고작 나흘을 기다리지 못하고 지금 나에게 꽃다발을 내미는 거지?' 같은 아쉬움을 아예 지울 수는 없었다. 어쩌면 어리숙한 게 당연했다. 그는 처음으로 여자에게 프러포즈했다. 나 역시 누군가에게 그런 고백을 받은 건 처음이었으므로 능숙하게 기뻐할 수만은 없었던 거라고 자위했다.

"당연하지. 이제 우리는 떨어질 수 없는 한 팀이야."

복잡하게 돌아가는 머리와 달리 녹녹한 목소리가 나와 당황했다. 해인이 두 손 가득 선물을 든 채 양팔을 벌려 나를 부드럽게 안은 덕에 동요를 숨길 수 있었다. 이름 모르는 꽃들이 귀를 스치며 낙엽 밟는 소리가 울렸다. 그의 옷에는 건조한 겨울 공기 향이 짙게 배어 있었지만, 이와 대조적으로 목덜미에서는 긴장 때문인지 장마철의 습기가 느껴졌다.

완벽하지도 않고 결말이 정해진 프러포즈임에도 왜 가슴이 잘 익은 무화과의 속살처럼 흐무러지고 만 걸까. 내가 이 꽃과 고백의 주인공이었다는 사실에 놀라움과 의아함이 없음에도 왜 가슴 안쪽에서 무언가 터질 듯 부풀어 나를 벅차게 만드는 걸까. 내가 조금 더 낙천적이었다면 정말 눈물을 흘렸을지도 몰랐다.

해인이 양팔의 힘을 풀었다. 쇼핑백에서 그것과 똑같은 색의 보관함을 꺼내 나를 향해 열었다. 작은 다이아몬드가 박힌 수수한 디자인의 까르띠에 목걸이였다.

"이런 걸 왜 준비했어……."

선물을 준비한 그의 정성에 고마워해야 마땅한데 떨떠름한 목소리가 먼저 나가버렸다. 나는 뒤늦게 앞에 '왜'를 붙인 것을 후회했다. 조금 따지듯이 들렸을까 봐 걱정되어 서둘러 고맙다고 말을 덧붙였다.

해인에게 등을 보이고 앉아 머리카락을 하나로 움켜쥐어 높이 올렸다. 그가 내 목에 목걸이를 둘러주자, 금속의 서늘함이 피부에 전해졌다. 프러포즈 때 어떤 장신구도 받고 싶지 않다고 한 건 결코 빈말이 아니었다. 작은 액세서리에 큰돈을 쓰는 것에 거부감도 있거니와, 몸에 반짝이는 것들을 많이 걸칠수록 그 화려함에 비교되어 결혼에 대한 나의 허름한 불안이 더욱 돋보일 것 같았다. 욕심내지 않고 보석 장식이 없는 얇은 백금 반지를 결혼반지 삼은 것도 같은 이유에서였다.

그 작은 알이 내뿜는 광채에 내가 느끼는 불안을 흡수시키고 싶었다. 이렇게 반짝이는 돌이라면 가능하지 않을까, 이런 터무니없는 농담에 기대고 싶을 정도로 나는 두려웠다. 두 사람이 부부로 묶이고 가족이 된다는 것. 나는 이제껏 겪어보지 못한 삶의 변화와 확장 앞에서 어쩔 줄 몰랐다. 무엇보다 나에게는 새 가족을 맞이하기 전에 매듭지어야 할 과제가 있었고, 불안 대부분이 바로 거기서 비롯되어 있었다. 결혼 준비 기간은 과거를 끝맺고 변화에 적응할 시간을 주는 일종의 완충지대일지도 몰랐다.

내가 목걸이를 보고 뱉은 첫마디가 신경 쓰였는지 해인이 슬며시 눈치를 보며 설명했다.

"우리에게 이미 결혼반지가 있어서 고민이 많았어. 그래도 프러포즈인데 뭐라도 해주지 않으면 못 배길 것 같더라. 이건 내 욕심이니까 기꺼이 받아줘."

"그렇다면 내 기꺼이 받지요."

나는 일부러 장난스럽게 코를 찡그리며 웃었다. 협탁에서 작은 손거울을 꺼내 목걸이를 자세히 살폈다. 그에게 미안하지만, 솔직히 목걸이는 마음에 들지 않았다. 목걸이는 로즈 골드색이었고, 결혼반지와 색이 달라서 난감했다. 가느다란 목걸이였지만, 색감이 워낙 뚜렷해 존재감이 작지 않기에 반지와 함께 착용하면 조화롭지 않을 게 뻔했다.

그런 속마음은 잠시 접어둔 채 꽃다발에서 편지를 꺼내 읽었다. 그와 나의 연대기가 고스란히 적혀 있었다. 맞아, 그랬지. 그땐 왜 그랬을까? 그날 좋았는데. 앞으로 더 잘 지내겠지. 응, 그럴

거야. 이건 거짓말 아니야? 나는 세 장의 편지를 읽어나가며 문
장마다 답글을 달듯 추임새를 넣었다.

편지를 다 읽고 느른하게 눈을 뜨고 있는 해인을 바라보았다.
지난 시간을 더듬는 것 같았다. 며칠 전 우리는 오 주년 기념일을
맞이해 동네 일식집에서 저녁을 먹었다. 기념일마다 날이 매섭
게 추웠기에 멀리 나갈 엄두가 나지 않았다. 만 열아홉 살 겨울에
스무 살 해인을 알게 되어 친구가 되었다. 그로부터 두 해가 지나
연인이 되었을 때도 12월이었다. 그날도 일찍 집으로 돌아와 포
장해 온 과일 조각 케이크를 안주 삼아 하이볼 한 잔을 천천히 마
시며 자정까지 긴 수다를 떨었다.

아빠의 주벽으로 술이라면 치를 떨었던 나지만 해인을 만나고
조금씩 마실 수 있게 되었다. 그는 나에게 술을 즐겁게 마시는 방
법을 가르쳐줬다. 그와 함께 마시는 술은 내 유년을 망쳤던 난동
의 주범이었다고는 믿을 수 없을 정도로 달콤했다. 하지만 나는
소주만큼은 절대 입에 대지도 않았다. 그 사람과 같은 주종을 마
시는 건 어쩐지 어린 나를 배신하는 것처럼 몰염치하게 느껴져
서였다.

이렇듯 우리는 오 년 동안 소박하지만 만족스러운 나날을 견
고히 쌓아 올렸다. 어쩌다 결혼까지 오게 됐을까? 이런 의문은
들지 않았다. 나는 원래 겨울을 가장 싫어했지만, 그를 만난 후로
가장 좋아하는 계절이 되었고 일 년 내내 크리스마스를 기다리
게 되었다. 그가 나를 이토록 바꿔놓았다. 우리가 함께 부풀려온
세계는 비록 완벽하거나 터무니없이 아름답지만은 않았지만, 충

분히 근사했다. 결혼을 결정하는 데 낭만과 현실의 확신이 모두 필요하다면, 적어도 낭만은 충분하다고 자신할 수 있었다.

우리는 각자만의 생각에서 빠져나왔다.

"프러포즈하니까 결혼이 실감 나. 이제 진짜 내 신부네."

"그러게. 우리 진짜 결혼하나 봐. 식 올리지 않는 건 정말 괜찮지?"

"괜찮다니까. 나도 옛날부터 결혼식은 신랑 신부를 너무 구경거리로 만든다고 생각했어. 꼭 광대 같잖아."

해인이 내 말을 자르며, 자신의 결정은 절대 변하지 않을 거라고 다시 못 박았다.

"맞아, 우리는 결혼이 하고 싶은 거지 결혼식을 하고 싶은 게 아니니까. 면사포 하나 마음에 안 들어도 평생 후회하는 게 결혼인데, 하고 싶지도 않은 식순을 억지로 다 따르면 그게 결혼이야? 지옥이지. 맞아, 나한테는 정말 지옥일 거야."

노 웨딩은 그와 나 사이의 오랜 약속이었다. 나에게는 결혼식을 망칠 거라는 막연한 두려움이 있었다. 식을 생각하면 웨딩드레스를 입고 작은 화장실 칸에 갇혀 있는 신부가 가장 먼저 떠올랐다. 긴 드레스를 양팔로 돌돌 올려 잡고 겨우 변기에 앉아 소변을 보는데, 부케의 칼라 꽃처럼 새하얀 드레스에 노란 소변이 튀고 마는 멜랑콜리한 상상을.

이런 심리적인 문제 외에도 노 웨딩을 결정한 지극히 현실적인 이유가 있었다. 우선 식 준비 과정이 지나치게 복잡하고 비경제적이었다. 웨딩 플래너에게 끌려다니며 모든 과정에 '투어'라는 이름을 붙여 시간을 쏟고 싶지 않았다. 또 나는 기대와 계획이 뒤틀리는 것에 큰 스트레스를 받는 성격이었다. 결혼식을 꾸리며 이상과 현실이 얼마나 다른지 하나씩 깨달을 때마다 고문을 당하는 기분일 것이다. 노 웨딩은 결혼 준비가 훨씬 간소한 만큼, 그 과정에서 하객을 어떻게 만족시킬지가 아닌 부부의 미래를 생각하는 시간을 가질 수 있다. 공장처럼 찍어낼 뿐인 형식적인 식순 역시 허례허식이다. 부모님의 지인같이 잘 알지 못하는 사람들에 둘러싸여 인사치레하고 사진만 찍다가 결혼이 끝나는 걸 원하지 않았다. 내향인에게 잘 치장하고 웨딩로드를 걸어야 한다는 공포감은 또 어찌나 큰지.

처음에는 스몰 웨딩도 고려했다. 하지만 예식장에서 하는 결혼식보다도 신경 쓸 것이 많고 예상치 못한 변수를 품고 있다. 무엇보다 스몰 웨딩 특유의 파티 분위기는 내성적인 나와 해인에겐 익숙하지 않았다. 우리는 서로의 친구들을 재치 있게 소개해주고 분위기를 부드럽게 풀어나갈 깜냥이 되지 않았다. 심지어 나는 전업 작가가 되기로 마음먹은 뒤 일에 몰두할 수 있도록 인간관계를 정리했다. 부를 수 있는 친구가 두 명은 될까. 그러니 자유로운 외국의 파티 분위기를 흉내 내봤자 어설플 게 뻔했다. 그런 엉성함도 스몰 웨딩만의 재미라고는 하지만.

그런 우리에게 노 웨딩만큼 완벽한 결혼 방식은 없었다. 혼인신고를 하고 양가 부모님과 형제만 모여 좋은 레스토랑에서 식사하는 것. 다른 신부들이 화려한 홀과 꽃 장식, 특별한 2부 드레스를 꿈꾸듯이 가족들만 있는 조용한 자리에서 신랑 신부가 각자 성심껏 쓴 혼인서약서를 읽는 건 나의 로망이기도 했다. 나는 결혼의 본질을 '서로 다른 두 사람이 부부가 되는 엄숙한 서약'으로 봤고, 그것만 성실하고 사랑스럽게 이행된다면 다른 절차는 선택의 영역에 불과하다고 여겼다. 나에게만큼은 늘 예스맨인 해인은 내가 제안한 결혼 방식에도 아무런 이견 없이 따라줬다.

어느새 눈발이 굵어져 세상이 하얗게 칠해졌다. 간혹 휘파람처럼 낮고 가는 바람 소리가 들렸다.

"그런데 있잖아, 왜 로즈 골드야?"

나는 목걸이에 달린 다이아몬드 알을 쥐며 참아왔던 궁금증을 꺼냈다. 묵혀두었다가는 나중에 눈치 없이 비어져 나올 테니, 차라리 지금 훌훌 털어내는 게 현명할 듯했다.

"오늘 산 드레스 사진, 일주일 전부터 계속 보여줬잖아. 로즈 골드랑 비슷한 색이길래 잘 어울릴 것 같았거든. 오늘 다른 드레스를 고를까 봐 노심초사하긴 했지만."

"정말? 나는 온라인으로 드레스를 봤을 때 틀림없이 흰색이라고 생각했는데, 너는 살구색이라는 걸 알았구나."

내가 고른 드레스는 은은한 살구색이라 카메라나 밝은 조명 아래에서는 흰색으로 보였지만, 어쨌든 순백은 아니었다. 눈처럼 새하얀 드레스를 꿈꿨기에 일순 망설였지만, 또 그만한 디자인이 없었다. 이상하게도 정석의 순백 드레스를 입을 때마다 피부가 거무튀튀하게 들떴고 생기를 잃었다. 살구색은 나의 약간 노란 피부 톤을 균일하고 매끈해 보이게 만들었고 발그스름한 활기까지 불어넣어줬다. 남은 피팅 시간에 다른 유색 드레스도 입어봤지만, 나에게는 그 색이 가장 잘 어울렸다.

"누가 봐도 살구색이었는데? 애초에 드레스 이름이 애프리콧이었잖아."

"정말 그렇네. 왜 난 그걸 몰랐지?"

일주일 동안 홈페이지를 수십 번도 드나들며 드레스 사진을 봤는데도 이름을 보지 못했다. 흰색임을 의심치 않았다. 마치 무엇인가에 홀린 것처럼 그 드레스가 아니면 안 된다는 생각뿐이었다.

"정신이 없었나 보다. 한 달 동안 워낙 많은 드레스를 찾아봤잖아."

불현듯 휴대폰을 꺼내 해인이 찍어준 사진들을 봤다. 집으로 돌아오는 지하철에서 닳도록 본 사진들이었다. 절반은 흔들렸고 나머지 절반은 내가 말하고 있는 순간에 찍혀 우스꽝스러웠다. 사진에는 드레스를 몸에 걸쳤을 때의 진짜 분위기가 담기지 않아 전혀 도움이 되지 않았다. 갑자기 숍에서의 확신이 사라지고 당장 드레스를 다시 입어보고 싶은 충동이 일었다.

"정말 후회하지 않겠지?"

"응, 그 드레스가 가장 예뻤어. 아니면 촬영 때 다른 드레스도 대여할까? 여러 벌 갈아입으면서 찍으면 되지."

"아니야. 뭘 그렇게까지⋯⋯."

웨딩 촬영은 기념이기도 했거니와 친척과 가까운 지인에게 알리는 '결혼 알림장'을 위해서였다. 그 의미만 담을 수 있다면 충분했기에 야외는 생략하고 스튜디오 촬영만 하기로 했다. 그래서 나에게는 여러 벌의 드레스가 필요 없었다.

"그렇게까지 꽂혔던 걸 보면, 그 드레스가 나에게 최선이었겠지. 해인이 너도 그렇게 말하고."

흰색은 모든 빛이 혼합된 결과다. 그러니 나의 환상과 달리 흰색은 순수함과 거리가 멀다. 나의 하나뿐인 웨딩드레스를 향한 의심을 키우지 않으려고 노력했다. 그 옷이 나에게 용기를 줄 거라고 믿고 싶었다.

"한 번뿐인 결혼에 바라는 게 너무 없어도 좋지 않아."

"정말 바라는 게 없는걸. 이것저것 신경 쓰는 거, 피곤하기도 하고."

"그래도 웨딩 촬영할 때 드레스에 이 목걸이 하면 예쁘겠다."

"응, 그날 꼭 할게."

해인이 손을 뻗어 내 목에 걸린 목걸이를 만지작거렸다.

"……그런데 왜 오늘이었어?"

나는 몰래 눈덩이처럼 굴리고 있던 의문도 꺼내놓고 말았다. 사실 가장 궁금했던 부분이었다. 그가 왜 오늘을 택했는지.

"나도 오늘 하게 될 줄 몰랐어. 그런데 드레스 입은 모습 보니까 크리스마스까지 도저히 기다릴 수가 없겠더라. 꼭 오늘 해야겠다는 확신이 들었어. 인내심 없고 충동적이었는지도 몰라. 집 앞에 바랑 꽃집을 같이 하는 가게 알지? 우리 이사 오고 초반에 한 번 갔었잖아."

내가 고개를 끄덕였다. 젊은 부부가 운영하는 가게로, 낮에는 카페 겸 꽃집이었지만 밤이 되면 위스키 바로 변한다. 독특한 가게라 한 번밖에 가지 않았는데도 인상에 오래 남았다.

"네가 다섯 번째 드레스로 갈아입고 있을 때 거기에 전화해서 예약을 앞당겼어. 저녁까지 꽃이 남아 있어서 다행이었지. 혹시 이브나 크리스마스가 아니라 서운해?"

"아니, 하나도. 오늘이면 어떻고 크리스마스면 어때. 프러포즈는 결혼 전에만 하면 되지."

해인이 크리스마스에 청혼하지 않은 이유가, 오늘이 아니면 안 되었던 이유가 사랑스러웠다. 늘 차분하고 신중한 그가 내가 드레스를 입은 모습에 평정심을 잃었다는 사실에 기뻤다. 자꾸 고개를 내밀던 아쉬움이 슬그머니 자취를 감췄고, 이내 그의 서툰 청혼이 마음에 꼭 들었다.

"다행이다. 나중에 혹시라도 아쉬움이 남으면 몇 번이고 다시 할게, 프러포즈."

"됐어, 결혼 여러 번 하는 거 같아서 싫어. 한 번으로 충분해."

이번에는 내가 먼저 해인을 향해 양팔을 벌렸다. 우리는 깊게 포옹했다. 이번에는 나와 해인 모두 서로를 쉽게 놓아줄 것 같지 않았다.

"지금 이렇게 눈이 많이 내리면, 화이트 크리스마스를 기대하긴 글렀나 봐."

내가 해인의 어깨에 얼굴을 파묻으며 투정을 부렸다.

"그래도 서설이야. 꼭 우리 결혼 축하해주려고 눈이 내리는 거 같지 않아?"

정말 묘한 폭설의 밤이었다. 목걸이는 이제 체온과 같아져 이 물감이 옅어졌다.

"……우리 즐겁게 결혼 준비하자."

내가 스스로 다짐하듯 말했다.

"응, 축제를 준비하는 마음으로."

긴장이 풀리자 뒤늦게 귀에 음악이 들리기 시작했다. 블루투스 스피커에서는 한 곡이 반복해 흘러나오고 있었다. 테일러 스위프트의 〈Lover〉였다. 십대 시절부터 줄곧 좋아했던, 나에게는 특별한 팝 스타로 자신의 실제 연애담을 가사에 담아내는 걸로 유명했다. 그녀가 작사한 모든 곡을 좋아했지만, 그중에서도 가장 즐겨 듣는 노래는 단연 이 곡이었다. 1970년에 만들어진 악기들로 녹음된 곡으로 가사의 배경이 겨울이라 캐럴처럼 들리기도 했다. 음악이 언제부터 틀어져 있던 건지는 알 수 없었다. 아마 그와 내가 침대에서 약속과 번복, 기대와 불안을 나누는 동안 족히 열 번은 넘게 반복되었을 것이었다. 노래가 다시 처음부터 재생되었다. 이번에는 가장 좋아하는 첫 구절을 놓치고 싶지 않아 음악에 귀 기울였다.

We could leave the Christmas lights up 'til January.

(우리는 크리스마스 전구를 1월까지 켜둘 수도 있어.)

This is our place we make the rules.

(여기는 우리의 공간이야, 우리가 규칙을 만들지.)

우리는 내가 만 스물일곱 살이 되는 날, 그러니까 나의 생일날
인 4월 25일에 부부의 서약을 맺기로 했다. 그날은 분명 따스한
봄날일 테니까.

결혼식 말고 결혼만 할게요

차창으로 쏟아지는 겨울 햇살을 온몸으로 받으며 도로를 달렸다. 새벽까지 눈이 내렸다는 사실이 믿기지 않을 정도로 하늘은 청아했다. 프러포즈를 받은 것이 까마득한 옛일 같았지만, 아직 하루도 지나지 않았다는 것이 더더욱 믿기지 않았다.

"이번 겨울은 역대 가장 추운 한파에다가 여름도 무척 더울 거래. 4월부터 여름이 시작된다는데?"

운전 중인 해인에게 휴대폰으로 이상기후에 관한 기사를 읽으며 말했다. 회색 중고 아반떼는 나의 것이었지만, 나는 운전을 좋아하지 않아 함께 움직일 때면 그가 운전대를 잡곤 했다.

"설마! 5월이면 몰라도 4월인데."

"결혼 날, 더우려나. 원피스는 긴소매를 입어야 할까, 반소매를 입어야 할까."

"벌써 그날 입을 옷을 고민하는 거야?"

"너는 촬영 때 입을 양복을 입으면 되겠지만, 나는 그 드레스를 입고 밥 먹을 순 없잖아. 코르셋 때문에 제대로 앉아 있을 수도 없고, 드레스도 바닥에 다 끌리는걸."

"하긴. 그럼 아무래도 흰색 원피스가 나으려나?"

"글쎄, 꼭 흰색을 입을 필요는 없지 않을까."

나의 날 선 말투에 해인이 잠시 침묵을 유지하다가 답했다.

"아직 시간 많이 남았어. 천천히 고민해도 돼."

결혼까지 많이 남았다니, 나는 동의할 수 없었지만 고개를 대강 주억였다. 창에 턱을 기대고 사이드미러에 적힌 문장을 멍하니 바라봤다.

사물이 거울에 보이는 것보다 가까이 있음

＊

이 년 전 무렵, 면허를 따고 충동적으로 차를 샀다. 그 배경에는 엄마가 있었다. 지금껏 엄마가 내게 바라고 요구한 건 헤아릴 수 없이 많았지만, 그 처음은 높은 성적도 반듯한 꿈도 아닌 운전면허였다. 어린 시절부터 엄마는 줄곧 내가 면허를 따는 게 소원이라고 말해왔다. 아마도 젊었을 적 네 번이나 도로 주행에 낙방하고 운전이라는 기술을 영영 포기한 것이 한이 됐으리라.

또 다른 이유라면 아마도 내가 여자이기 때문일 것이다. 이런 기억이 있다. 아직 키가 엄마의 가슴께밖에 되지 않았던 나이였다. 푸르스름한 새벽에 경찰서에서 연락이 왔다. 아빠가 다른 취객들과 싸움이 붙었으며 인사불성 상태이니 데려가라고 했다. 깊이 잠든 오빠는 두고 내가 엄마를 따라갔다. 우리는 발이 푹푹 빠지는 눈길을 걸으며 경찰서로 향했다. "이럴 때 차가 있어야 하는데. 도망치게. 아주 멀리 사라져버리게. 여자한테는 차가 필요한 법이야. 지금을 똑똑히 기억해라."

아빠가 크고 작은 사고를 칠 때면 엄마는 나에게 면허와 차의 필요성을 말했다. 여자는 언제나 무언가로부터 도망칠 준비가 되어 있어야 한다는 듯이.

오빠는 아직도 면허를 따지 않았지만 엄마는 내가 고등학교를 졸업하자마자 면허를 따라고 다그쳤다. 하지만 내가 보기에 엄마에게 차가 절실했던 시절은 이미 지났고, 내가 '여자의 도망'을 시도해야 하는 상황이 벌어지진 않을 것 같았다. 무엇보다 엄마도 나도 차가 없어서 면허를 따도 무용지물이라는 생각에 차일피일 미루기만 했다.

그러다가 집과 엄마로부터 멀리 도망치고 싶다는 생각이 간절해졌을 때 나는 한 번에 면허를 땄고 지체하지 않고 차를 샀다. 독립 문제로 매일 서로를 말로 할퀴며 싸우던 나날이었다. 집이 지옥 같을 때 언제든 나를 탈출시켜줄 수단이 필요했다. 내가 면허증을 발급받은 날 엄마는 오랜만에 행복해 보였다. 당시 나는 그 누구보다 엄마의 불행을 빌었는데, 엄마와 멀어지고 싶어 엄마의 오랜 소원을 들어준 그 상황이 기이하기만 했다.

부모님 차를 몰고 다녔던 해인에게 운전을 배웠다. 만점에 가까운 점수로 시험에 합격했지만, 달달 외웠던 코스가 아닌 실제 도로를 달리는 건 아예 다른 문제였다. 사이드미러와 룸미러를 보는 습관이 잘 들지 않았으며 거울 속 거리감을 읽지 못했다. 게다가 나를 믿지 못한 탓에 실력은 좀처럼 늘지 않았다. 도로에 갑자기 튀어나오는 어린아이나 길고양이를 칠 것 같았고, 내가 손을 대는 장치마다 고장이 나 차가 갑자기 멈추거나 공회전하는 장면이 상상되었다.

차를 산 지 두 달이 채 되지 않았을 때였다. 주말이라 운전 연습을 위해 조수석에 해인을 태우고 시내까지 차를 몰았다. 그래도 어느 정도 운전에 익숙해져 차선을 바꿀 때마다 엉덩이를 들썩거리는 단계는 지난 무렵이었다. 목적지에 도착해 후진 주차를 하려는데 하필 양옆에 레인지로버와 신형 쏘렌토가 주차되어 있었다. 금방이라도 내 차 뒤범퍼가 레인지로버의 앞범퍼 끄트머리에 닿을 것 같았다. 나는 순식간에 불안에 휩싸였다.

"차, 창밖이 안 보여! 엎드려!"

"아니야, 윤아야. 이대로 뒤로 가면 돼. 지금 좋아. 사이드미러 보면서 천천히 해보자."

"엎드려, 엎드려, 엎드리라고!"

날카로운 나의 비명에도 해인은 설명하길 포기하지 않았다.

"이럴 땐 조수석 창문이 아니라 사이드미러를 보면 된다니까?"

"제발 엎드려줘! 아무것도 안 보인단 말이야!"

정신이 혼미해졌고, 핸들을 움켜쥔 두 손과 팔은 마치 내 몸이 아닌 것처럼 뻣뻣하게 굳어버렸다. 방금까지 주행하며 본 장면이 파노라마처럼 펼쳐졌다. 이게 내 마지막 운전인가, 나는 과장되게 체념했다.

해인이 어쩔 수 없다는 듯 항복하는 사람처럼 양손을 들고는 상체를 앞으로 접었다. 그렇지만 그의 말대로 조수석 창문 시야는 주차에 전혀 도움이 되지 않았다. 나는 몸을 사리며 오른발로 브레이크를 꽉 밟은 채 아예 움직임을 멈췄다.

"윤아야, 제발 사이드미러를 봐볼래?"

해인이 살짝 고개를 들어 어린아이를 달래는 투로 말했다. 당혹스러움과 함께 인내심이 묻어나는 얼굴이었다.

사물이 거울에 보이는 것보다 가까이 있음

옆 차의 범퍼로 가득 찬 사이드미러의 아래쪽에 적힌 안내 문구가 보였다. 실제는 이것보다 더 가까이 있다는 거잖아……. 나는 낙담했고 이제는 정말 운전을 포기하고 싶어졌다.

"브레이크에서 발 좀 떼봐."

"무슨 소리야, 그대로 받고 말 거야."

"내가 기어를 P로 바꿔놨어. 우선 차에서 내려봐."

나는 아주 천천히 오른발에 힘을 풀고, 차가 움직이지 않는 것을 확인한 후 해인을 따라 내렸다.

"어때? 생각보다 여유 있지? 옆 차가 크긴 하지만 여기 주차선이 여유 있는 편이야."

해인이 차 사이의 간격을 두 손으로 잰 후 나의 눈앞까지 그대로 끌고 왔다. 두 사람이 어깨를 맞대고 앉을 수 있을 만큼의 공간이 있었다.

해인이 웃음을 터뜨렸고 나는 귓전이 뜨뜻해지는 걸 느꼈다. 그에게 큰 소리를 낸 게 처음이었다. 보통 운전을 가르쳐주는 사람이 화를 낸다고들 하는데…….

"아무리 당황했다고 해도, 나보고 엎드리라니. 목소리가 하도 긴박해서 어디에서 저격수가 우리를 조준하고 있는 줄 알았다니까. 하여간, 재미있어."

"그만 돌아가자. 일일 보험 들어서 대신 운전해줘."

안도와 부끄러움이 섞인 긴 한숨을 쉬고 해인을 지나쳐 조수석에 앉았다. 오늘 연습은 벌써 끝인 거냐고 묻는 그의 목소리가 들렸다. 주차된 차들이 벌레처럼 꿈틀거리는 것처럼 느껴졌다. 그러나 하얀 직사각형 선에 잘 맞춰 주차된 차들은 시동도 걸려 있지 않았다. 아직 멀리 있는 불운이, 아니 아직 존재하는지도 알 수 없는 무언가가 나를 향해 돌진하고 있다고 지레 겁먹고 악쓰는 건 운전뿐만 아니라 내 삶의 자세 그 자체였다.

그날 주차장에서 벌어진 작은 소동을 떠올리면 실소가 나올 정도로 이제는 주차를 곧잘 했다. 주행 역시 장거리와 초행길도 문제없었다. 하지만 지금도 나에게 소리 없이 접근하고 있을지도 모르는 어떤 절벽을 상상하느라 여념이 없었다.

"엄마한테 어떻게 말해야 할까?"

나는 여전히 사이드미러를 본 채 해인에게 물었다. 우리는 엄마에게 결혼을 알리기 위해 파주로 향하는 길이었다. 엄마에게는 작년부터 다음 해 봄에 결혼할 계획이라고 여러 차례 말해왔다. 하지만 엄마는 그때마다 잠시 소슬바람이 불었다는 것처럼 몸을 작게 웅크리며 흘려듣거나 아직 먼 이야기라고 어물쩍 넘기며 딸 인생의 중대한 사안을 작고 가볍게 만들어버렸다. 더는 지체할 시간 없이 엄마에게 딸의 결혼을 이해시켜야 했다.

"잘 말씀드리면 되지. 우리 결혼 전제로 같이 사는 거 모르시는 것도 아니고. 내년 봄에 할 거라고 늘 말씀드려왔잖아. 식 생략하는 건 당신이 두 팔 벌려 환영하셨으니 아무 문제 없어."

해인은 언제나 그랬듯 긍정적이었다. 눈치가 빨라 나의 걱정을 예민하게 감지하고 그것을 덜어주기 위해 애쓴다기보다는 태생이 낙천적인 남자였다. 그리고 해인은 이미 엄마와 몇 번 식사 자리를 가진 적이 있었다. 멀리 전주에 사는 오빠 이준을 대신해 본가의 변기 레버나 전등을 수리해주며 사위 노릇을 해왔다. 나 대신 엄마에게 안부 전화를 걸기도 했다. 본가의 커피포트가 고장 난 걸 그가 나보다 먼저 알고 새것을 주문해줬을 정도였다.

"만약 내가 엄마한테 화낼 거 같으면 네가 옆에서 아무 말이나 해서 대화 흐름을 바꿔줘."

"내가 그런 역할 전문이지."

"또……."

"알아, 괜히 나서지 않을게."

해인이 내가 하려던 말을 가로챘다.

“엄마랑 사이 안 좋은 건 나 하나로 족하니까.”

나는 곧 남편 될 사람과 편을 먹고 엄마와 싸우고 싶진 않았다. 엄마는 혼자였으니까. 아무리 엄마를 달갑게 여기지 않는다고 해도 그건 너무나 야비하게 느껴졌다.

*

일주일 전 해인의 부모님에게는 먼저 결혼을 발표했다. 그와 나 모두 본가가 파주였기에 두 번에 나눠 갈 필요 없이 양가에 같은 날 소식을 전하려고 했으나 엄마에게 갑자기 약속이 생겨 만남이 일주일 미뤄진 거였다.

예비 시댁과의 만남이었지만 나 역시 평소 해인의 부모님과 친밀하게 지내왔기에, 불편한 식사 자리는 아니었다. 원래도 주말에 종종 같이 밥을 먹거나 카페에 가곤 했다. 지난여름에는 넷이 함께 동해로 놀러 가기도 했다. 나는 가족과 수영복을 입고 바다에서 노는 게 처음이라 낯설었지만, 금방 즐겁게 어울렸다.

겨울에는 함께 해인의 고향인 인제에 가기도 했다. 아버지의 직장 때문에 해인은 열세 살까지 그곳 조부모님 댁에서 자랐다. 그 동네에는 인제의 거의 유일한 독립 서점이 있다. 그곳에 내 책이 입고되어 매대에 한 자리 차지하기도 했고, 해인이 자랑해둔 탓에 그의 친척과 친구들은 이미 나에 대해 잘 알고 있었다. 덕분에 나는 그 낯선 동네에서 환대받았다. 가족의 단골집이었다는 수수부꾸미집 식당에 데려갔을 때 나는 그에 대해 ‘이제는 조금 안다'라고 말할 수 있을 것 같은 자신감이 생겼다.

조부모님 댁에 들러 해인의 어린 시절이 담긴 폴라로이드 사진들을 보기도 했다. 그는 시골에서 남동생과 겨울이면 이글루를 짓고, 여름이면 숲에서 무른 대나무를 잘라 어설픈 죽창을 만들거나 반딧불이를 잡던 추억을 들려주었다. 자연과 단절되어 있고 그렇다고 도심의 혜택을 한껏 누릴 수도 없는 도시 외곽에서 자란 나에게는 동화 같은 이야기였다. "나는 좋은 추억이 많아, 어렸을 때." 해인이 말했다. 그의 유년은 가족과의 추억으로 밀도가 높았다. 반면 나의 어린 시절은 성기기만 했다. 유년이 공백으로 남은 탓에 여생이 전부 유년으로 남았을까 봐 겁이 났다. 아빠의 폭력에서 도망치고, 엄마의 억압을 피하느라 어느 순간부터 자라지 못했다. 해인을 만난 후에 깨달은 것이니 꽤 최근 일이었다.

해인 역시 그의 부모님에게 일 년 전부터 결혼 언질을 주었기에, 어머님은 소식을 들었을 때 "드디어 준비를 시작하는 거야?" 하고 반색했다. 어쩌면 우리가 결혼을 전제로 동거한 지도 일 년이 다 되어가는데, 흐지부지 헤어지는 상황을 두려워하고 있었던 걸지도 몰랐다. 어머님은 시작이 늦었다며 자신이 더 걱정을 표했다. 주변 사람들의 경험담을 들려주며 나의 초조함을 부추겼다. 어머님의 말대로 4월에 결혼하기 위해서는 서두를 것까지는 없어도 굼뜨게 굴면 안 되었다. 물론 식도 생략하고 집과 혼수도 이미 갖춘 상황이기에 남들보다 준비할 것이 반의반 정도밖에 안 되었지만.

"그래서 너희가 한다는 스몰 웨딩은 어떻게 하는 건데? 작은 예식에 가본 적이 있어야지."

그들은 매번 스몰 웨딩과 노 웨딩을 헷갈려했다. 아버님은 당신이 잘 모르는 일에 침묵했고 어머님은 참지 않고 질문했다. 해인이 허술하게 답하면 내가 되받아 살을 덧붙이는 방식으로 문답이 이뤄졌다.

"스몰 웨딩이 아니라 노 웨딩이라니까."

"노 웨딩이 뭐라고 했지? 작게 하는 건 똑같은 거 아니야?"

"과감하게 식을 생략하는 거예요. 혼인신고만 하는 부부도 있고, 직계가족만 모여 레스토랑에서 식사하기도 하고, 호텔이나 부부에게 의미 있는 장소에서 단둘이 서약 의식을 치르기도 해요. 결혼의 방법을 자유롭게 조형해나갈 수 있는 거죠. 저희는 양가 부모님과 형제만 모시고 레스토랑에서 식사하면 어떨까 해요."

노 웨딩이라고 모든 것을 생략하는 건 아니었다. 나름 무엇을 취하고 버릴 것인지 치열하게 고민해야 했다.

"그러면 그 자리에 여덟 명만 있는 거네."

어머님은 내가 말한 노 웨딩을 머릿속으로 그려보는 듯했다. 어머님의 상상 속에서 우리의 결혼이 초라할까 봐 속이 탔다. 부모님을 설득하는 건 노 웨딩의 모든 과정에서 가장 어려운 일이라고 봐도 무방하다. 부모 세대에서 결혼식을 올리지 않는다는 건 재정적으로 넉넉하지 않거나, 부모가 계시지 않거나, 첫 번째 결혼이 아니거나 등 무언가 숨길 것이 있을 때만 고르는 선택지였으니까. 그런 점에서 엄마가 노 웨딩에 관해서만큼은 나의 결정을 존중해준 건 정말 흔치 않은 일이었다.

"축의금은 어떡하니. 네 아빠가 그동안 축의금으로 낸 돈 합치면 과장이 아니라 국산 차 한 대 값은 될 텐데."

해인과 나는 동시에 아버님의 눈치를 살폈다. 아까부터 이어지던 열띤 대화에도 아랑곳하지 않고 식사를 잇고 있었다. 아버님은 아들이 아닌 나를 먼저 봤다. 나에게 눈웃음을 보내며 "난 괜찮은데"라고 짧게 답했다. 아버님은 자신의 한마디가 예비부부에게 엄청난 힘을 실어주었다는 걸 알지 못한 채 덤덤하게 다시 젓가락을 들었다.

"그래, 해진이도 있잖아. 갠 앞에 나서는 거 좋아해서 분명 홀에서 할걸?"

여섯 살이나 어린 동생을 장난스레 언급하는 해인의 정강이를 테이블 아래에서 살짝 차며 무언의 핀잔을 줬다. 카페로 자리를 옮겨 결혼에 관해 이야기를 더 깊이 나누다가 한 지점에서 의견 차이가 발생했다. 그의 부모님은 아무리 홀을 잡지 않더라도 식사 자리에 가까운 친척들도 초대해야 한다는 의견이었다. 나와 해인은 결혼식에 친척들을 초대하지 않는 대신 결혼 후에 따로 인사드릴 계획이었다. 양가 부모님의 형제들과 사촌 그리고 조카까지 부른다면 오십 명이 훌쩍 넘었기에, 거의 스몰 웨딩 규모로 식당을 준비해야 했다. 나에게는 친가가 없었지만, 엄마는 사 형제였기에 결코 적은 가족 수가 아니었다.

"우리는 양쪽 할머니, 할아버지도 다 계시고…… 이모, 삼촌,

큰아버지랑 고모들도 해인이 결혼하는 모습 궁금해할 거야. 그래도 결혼인데 가까운 가족들은 전부 불러야지."

어머님의 타박에 해인은 한쪽 볼에 바람을 넣고 곰곰이 생각에 잠겼다.

"정말 서운해하시려나?"

"그럼, 서운하고말고."

내내 말을 아꼈던 아버님마저 맞장구를 쳤다. 결혼은 그동안 관계해왔던 사람들을 다방면으로 헤아려야 하는 일이라면서. 그 자리에서 결혼에 초대받지 못해 느낄 친척의 서운함에 공감하지 못하는 건 나뿐이었다. 해인과 달리 나는 친척들과 큰 교류 없이 지내왔다. 심지어 내 소설이 해외로 판권이 팔리며 큰 계약금을 받았다는 기사가 나가자, 초등학생 때 본 것이 전부인 큰삼촌이 갑작스레 연락해 돈을 빌려달라고 하기도 했다. 사촌들의 결혼 소식은 엄마를 통해 종종 들었지만, 엄마는 이혼한 뒤로 그 어떤 가족 모임에도 참석하지 않았고 나 역시 마찬가지였다. 이렇게 희미한 관계가 되어버렸는데 경사를 알리는 건 서로에게 부담만 되었다. 친척의 참석률도 보장이 어려웠다. 더욱이 이렇게 작게 하는 결혼이라면 두 가족의 참석 인원이 비교될 것은 빤했다.

기억나지 않는 세 삼촌의 얼굴을 복원하려고 애쓰다가 문득 나는 마주 앉은 나머지 셋과 가족이 아니라는 사실을 깨달았다. 내가 해인을 잠시 빌리고 있으며 언제라도 그를 시부모님에게 돌려줘야 할 것만 같은 낯선 기분을 느꼈다. 나는 어딘가에 매달리듯 왼손 약지에 낀 반지를 돌렸다. 이 반지가 해인과 내가 연결

되어 있다는 것을, 우리가 곧 가족이 된다는 것을 보증해준다는 듯이.

"너희도 외가 친가 따로따로 방문하는 게 더 번거로울걸? 그냥 식당 하나 크게 잡아서 친척들이 오시는 게 낫지. 사실 친인척하고 주변 사람들한테 결혼 알리는 게 가장 수고스러운 일이라 작게라도 홀 잡아서 하는 거야. 아무리 허례허식이라고 해도 다 이유가 있다니까."

나의 사정을 아는 해인은 필사적으로 어머님을 설득했다. 한 번뿐인 결혼이니 그냥 맡겨만 달라고. 친척 어른들이 서운해하지 않도록 인사 다니며 잘 말씀드리겠다고. 나는 이 결혼 방식이 오직 그의 의견인 것처럼 아무 말 없이 인형처럼 앉아 있었다. 아들이 더 많은 사람의 축하 속에서 결혼하길 원하는 시부모님 앞에서 내가 할 수 있는 말은 없었다. 사실 결혼식을 하지 않기로 한 것은, 가족과 사이가 좋지 않은 나를 해인이 전적으로 배려해준 결과였으니까.

"그래, 너희가 부모한테 손 벌리는 것도 아니고 요즘 애들은 이렇게 많이들 한다니까. 직계가족만 보는 앞에서 하는 서약도 로맨틱할 거 같아."

살림을 차렸을 때 우리는 해인의 부모님에게 절대 손 벌리지 않겠다고 선언했다. 엄마가 도와줄 수 없으므로 공평하게 그의 부모님에게도 받고 싶지 않았다. 결혼 준비 과정에서부터 두 집안의 불균형을 티 내고 싶지 않았고, 결혼의 주도권을 지키고 싶었다.

진심인지 확신할 수는 없지만, 어머님은 이내 우리 편에 서주었다. 시대가 달라졌으니 결혼 문화도 변하는 게 당연하고, 무엇보다 신랑 신부가 주인공이니 믿고 따라주겠다고. 다만 사돈어른은 딸이 웨딩드레스를 입은 모습을 볼 수 없어서 어떡하냐며 걱정했다. 자신은 아들 둘만 키웠지만, 딸 가진 엄마의 마음은 다를 거라면서.

"저희 어머니는 괜찮을 거예요."

저한테 그런 모습을 기대하시는 분은 아니에요, 라는 뒷말은 속으로 삼켜야 했다.

"그러면 결혼 날 입을 정장 원피스는 내가 사줄게. 며느리한테 꼭 해주고 싶어서 그래."

내가 안절부절못하자, 해인이 그 모습을 지켜보다 못해 입을 열었다.

"그렇게 해, 윤아야."

"그래, 어른이 주는 건 받는 게 예의지."

"……좋아요. 같이 쇼핑 가요, 어머님."

상견례는 전적으로 엄마의 일정에 맞추겠다는 말로 결혼 대화가 끝났다. 다시 해인의 여자 친구로서 만나던 지난날들과 다름없이 서로를 대했지만, 이상하게도 예비 시부모님과 눈을 맞추는 일이 묘하게 불편했다.

그날 밤 나는 노 웨딩에 예상외로 개방적이었던 해인의 부모님과의 대화를 곱씹었다. 나는 그들이 사회에 잘 자리 잡고 주변과 활발하게 교류하는 평범한 중산층 중년 부부답게 조금 더 격

렬하게 반대할 거라고 예상했다. 해인이 줄기차게 노 웨딩을 언급하며 시부모님에게 예방주사를 놓아온 탓일까. 내 앞이라 내색하지 않아서 그렇지 속으로는 상상도 못 할 만큼 속상해하거나 벌써부터 며느리를 밉게 여기는 게 아닐지 걱정을 늘어놨다. 해인은 이렇게 말하며 나를 다독였다. 그들은 오늘 화제에 올랐던 친척들의 서운함처럼 우리가 미처 고려하지 못한 일들에 조언은 할 수 있겠지만, 결혼에 깊게 참견하진 않을 거라고.

"결혼을 어떻게 하느냐보다 그 후에 잘 사는 게 더 중요하다는 걸 아시는 분들이거든."

나는 해인의 말을 믿기로 했다. 그때까지만 해도 조언과 간섭 사이를 가르는 경계선이 얼마나 쉽게 흐려지는지 알지 못했다.

*

곧 차창 너머로 익숙하면서도 지겨운 풍경이 펼쳐졌다. 이 도시로 돌아오면 몸피가 순식간에 작아지는 것만 같은 위화감을 느꼈다. 어린 시절의 기억은 영영 빛바래지 않고, 여전히 생명력을 가진 채 몸 한구석에 상주했다. 조금이라도 방심하면 한순간에 비 온 뒤 젖은 흙에서 나는 냄새를 풍기며 마음에 질척거리는 덫을 놓았다. 감정적으로 변하지 말자고, 속으로 몇 번이고 나 자신을 타일렀다.

엄마가 따뜻한 국물을 먹고 싶다고 했기에 샤부샤부집에 갔다. 내가 아는 한 엄마는 붉은 고기를 좋아하지 않았는데. 나에게 엄마는 언제나 방금 형식적인 자기소개를 마친 전학생 같았다. 평생 같이 살았지만, 우리는 가족이라는 단어에 묶여 있었을 뿐 유대를 쌓지 못했다. 어린 시절 엄마는 아르바이트 때문에 집을 자주 비웠다. 성인이 된 후에는 내가 바깥으로 도느라, 한 지붕 아래 살면서도 마치 여덟 시간 시차가 나는 먼 나라 사람들처럼 얼굴을 보지 못했다. 해인과 연애를 시작한 후에는 내가 그의 학교 앞 자취방에서 거의 살다시피 한 탓도 있었다.

식사 내내 호시탐탐 결혼 이야기를 꺼낼 타이밍을 쟀다. 칼국수 사리까지 먹자 만족스러운 포만감이 부드럽게 차올랐다. 마지막으로 준비된 볶음밥이 솥에 눌어붙기 시작했을 때 말문을 열려는데 한 여자가 다가왔다. 엄마가 '언니'라고 부르며 반갑게 맞이하는 거로 보아 꽤 친밀한 사이인 듯했다.

"그 딸이구나? 작가라는."

"아, 안녕하세요."

내가 일어난 것도 앉은 것도 아닌 엉거주춤한 자세로 인사를 했다. 엄마와 함께 식당에서 일하는 이모라고 했다. 나에게는 삼촌밖에 없었지만, 어렸을 때부터 나는 엄마의 동료들을 거리낌 없이 이모라고 불러왔다.

"이쪽은 딸하고 똑 닮은 걸 보니까, 아들? 아들 얘기는 잘 안 하더니만, 오랜만에 엄마 보러 올라왔나 봐?"

"아니, 언니. 딸애 남자친구야."

엄마가 소개해주기 무섭게 해인이 자리에서 일어나 이모에게 깍듯하게 인사했다. 이모는 나와 해인의 얼굴이 닮았다고 연신 놀라워했다. 우리에겐 익숙한 반응이었다. 집을 구하기 위해 한창 부동산에 다녔을 때 중개사들에게 종종 남매냐는 오해를 받기도 했다.

"곧 결혼이라도 하는 거야?"

"언니도 참, 애들이 아직 어린데 한참 멀었지."

얼굴에서 표정이 지워지는 것이 느껴졌다. 이모는 남자 친구도 같은 동네에 사는 거냐고 물었다. 해인이 대답하기도 전에 엄마는 그렇다고 일축했다. 그 질문을 마지막으로 이모는 예비 사위와의 식사 자리를 방해하지 않겠다고 너스레를 떨며 서둘러 자리를 떴다.

"우리가 왜 같은 동네 살아?"

부아가 치밀어 내가 따져 묻는데도, 엄마는 침묵을 고수하며 볶음밥만 떠먹었다. 그 억척스러움에 질려 엄마를 떠났었다는 걸 상기할 수 있었다.

"우리가 왜!"

"장모님, 제 본가는 여기지만."

해인이 한 손으로 나의 어깨를 가볍게 그러쥐며 말을 가로막았다.

"이제는 윤아랑 평택에 살고 있잖아요. 아시다시피 저희는 결혼을 준비하고 있고요. 장모님도 참, 언제쯤 저를 진짜 사위로 인정해주실 거예요?"

엄마의 말을 정정해주면서도 그의 말투는 여전히 사근사근했다. 엄마는 이상하게도 나의 날카로운 분노보다 해인의 부드러운 다정함에 훨씬 약했다. 유한 남자를 낯설어하는 것도 같았다.

"주변에 뭐라 설명하기가 머리 아파서 그래."

나는 짧은 한숨을 쉬고 엄마처럼 고집스럽게 숟가락질을 이으며 대화를 단절했다.

해인과 산 지도 일 년이 다 되어갔지만, 엄마는 그 사실을 주변에 알리지 않았다. 아니, 비밀에 부쳤다. 반면에 오빠가 독립했을 땐 아들이 일찍이 자리를 잡았다며 자랑스럽게 말하고 다녔다. 남편과 이혼하고 아들은 독립하고 딸까지 떠나 혼자 지낸다는 것이 알려지면 초라해 보일까 봐서였다. 엄마의 동료들은 갖가지 이유로 혼자 사는 경우가 많았는데, 엄마는 그들을 두고 '쓸쓸한 인생'이라는 표현을 쓰곤 했다. 엄마는 이모들과 허물없이 어울리면서도 자신이 그들과는 다른 부류라고 믿었다. 또 딸이랑 같이 산다고 하면 동료들이 남은 음식을 더 챙겨주기 때문에 굳이 진실을 떠벌리지 않는 거라고도 했다. 엄마가 일하는 식당은 갈빗집이었지만 점심 장사를 하기에 꽤 다양한 한식을 팔았다. 챙겨 온 음식은 엄마의 안주가 되었고, 대부분 다 먹지 못하고 버려졌다. 하지만 내가 생각하기에 근본적인 원인은 엄마가 내 독립을 받아들이지 못한 데 있었다.

엄마와 나는 오빠가 먼저 집을 떠난 후부터 줄곧 독립 문제로 다퉈왔다. 나는 대학에 들어가자마자 엄마로부터 경제적으로 독립했다. 등록금은 국가장학금으로 충당되었지만, 엄마에게 용돈을 바랄 수 없었기에 당장 통학을 위한 교통비조차 없는 상황이었다. 생활비 대출을 받고 학기 중에도 쉬지 않고 아르바이트를 했다. 일 학년 말에 등단하며 일찍이 제 밥벌이를 했고 월세 보증금을 모았다. 그러나 내가 독립 이야기를 꺼내는 날이면 엄마는 어김없이 냉장고에서 소주를 꺼냈고 과음했다. 나는 엄마가 그렇게 당했으면서도 그 사람처럼 알코올에 의존하는 게 이해되지 않았다. 심지어 그 사람의 주 종목이었던 쓰고 맛없기만 한 초록 병이라니.

엄마는 불안정한 모습을 보여주며 딸이 자신을 불쌍히 여기도록 만들었고, 결국에는 딸을 복종시켰다. 사실 엄마가 크게 힘들 일 것 없이, 나는 너무 쉽게 고개 숙이고 마는 딸이었다. 엄마를 미워하는 만큼 깊이 연민해서, 그 앞에 서면 너무 쉽게 마음이 물러지곤 했다. 그러니까 엄마는 언제나 나의 콤플렉스이자 약점이었다.

거의 유일하게 나의 사정을 다 아는 동네 친구 주혜조차 의아해했다. 아홉 살, 옆집에 주혜가 이사 오고부터 우리는 중학교 때까지 붙어 다녔다. 고등학교는 각자 다른 곳으로 진학했지만, 그래도 연락을 꾸준히 이어왔고 지금까지도 가장 절친하다고 할 수 있는 친구였다. 그녀는 보증금을 다 모았으면 그냥 독립하면 되지, 왜 엄마의 허락을 받으려고 그리도 애를 쓰냐고 물었다. 바깥에서 보기에 집 안에서 벌어지는 나의 처절한 난투는 굳이 불붙이지 않아도 됐을 생일 케이크 위의 초에 불과했다. 나이보다 넘치게 촛불을 붙였으면 후 불어 끄거나 초를 뽑으면 된다는 식의 대수롭지 않은 반응이었다. 나는 긴 설명 대신 엄마의 허락이 아니라 존중을 받고 싶은 거라고 주혜의 말을 정정하기만 했다.

냉전이 길어졌지만, 한 사건으로 인해 나는 독립과 동시에 동거라는 대담한 선택을 했다. 독립 후 한 달 동안 엄마에게 연락하지 않았다. 따로 살게 된 후 우리 모녀가 처음 주고받은 건 전화가 아닌 돈이었다. 엄마라는 사람에 대해 꽤 오랫동안 생각하고 있지 않다가 어느 날 엄마로부터 이십만 원이 입금되었다는 알림이 떴다. 엄마가 생존 신고를 입금으로 한 것만 같아 기분이 묘했다.

엄마는 나에게 사 년에 걸쳐 매달 갚아야 하는 돈이 있었다. 그것 말고도 더 큰 빚이 있었다. 엄마의 집을 떠받치고 있는 것은 다름 아닌 내 돈이었다. 우리 모녀는 깊은 채무 관계를 맺고 있었고, 거기서 오는 피로와 허무 그리고 증오 덕분에 나는 마음을 단단히 먹고 독립할 수 있었다.

아직 딸의 독립도 제대로 받아들이지 못한 엄마가 과연 결혼을 인정해줄까. 그렇지만 엄마가 반대한다는 이유로 이 결혼을 무를 생각은 추호도 없었다. 부모가 언제까지고 다 큰 자식을 이기려고 들면 그 끝에는 남는 게 없을 것이다.

기분이 상해버려 결혼 이야기를 꺼내지도 못하고 식사를 마쳤다. 엄마가 화장실에 간 사이 해인과 나는 먼저 차에 앉아 급히 계획을 수정했다. 중년 여성에게 인기가 좋다는 키 큰 나무와 잎이 넓은 식물로 뒤덮인 대형 카페로 가려고 했으나, 엄마는 카페에 가만히 앉아 커피를 마시는 걸 고역으로 여겼다. 어디를 가야 엄마 기분이 좋아질까? 한참 해인과 낮은 목소리로 작당을 모의

하는데 엄마가 차에 탔다. 내가 룸미러를 통해 뒷좌석에 앉은 엄마를 힐끔거렸다.

"엄마, 백화점 가자."

"백화점? 왜?"

"엄마 동창회나 결혼식 갈 때 들 가방 없다고 했잖아. 괜찮은 거 있는지 좀 보게."

원래 오빠가 엄마의 가방을 사주겠다고 일 년 넘게 밀해왔다. 그러나 그는 약속을 지키지 않았다. 나는 그를 괘씸히 여기면서도 이건 기회라고 생각했다. 엄마의 환심을 살 기회라고.

"네가 사는 거지? 나는 돈 없어."

나는 해인이 옆에 있든 말든 돈 이야기를 쉽게 꺼내는 엄마의 인색함을 무시하기 위해 안간힘을 쓰며 "그럼" 하고 시원하게 답했다.

"답지 않게 왜 그래, 너? 요즘 책 잘 팔리니?"

"뭘 그런 걸 물어."

"궁금하면 물어볼 수도 있지."

"인세도 제대로 못 받아."

"왜?"

"왜긴, 안 팔리니까. 요즘 누가 책을 읽어."

거짓말이 아니었다. 물론 독서 인구가 점점 줄고 있는 것과 별개로, 사람들에게 내 소설이 선택되지 못한 거긴 하지만.

신인치고 나의 데뷔는 화려했다. 첫 번째 소설은 장편이었고, 십일 주 동안 베스트셀러 자리에서 내려오지 않았으며 결정적으로 수십 개국에 판권이 팔렸다. 기자들은 숫자를 내세워 나의 나이와 판권 수 그리고 해외 계약금을 헤드라인에 걸어 자극적인 기사를 냈다. 업계의 관심 속에서 잔뜩 추어올려진 채 거침없이 출판사들과 계약을 했지만, 연이어 나온 두 권의 장편소설은 나의 기대를 철저히 배신했다. 국내 판매 실적은 저조했고, 해외시장에서도 싸늘한 반응이었다.

실제로 출판사로부터 12월과 7월, 일 년에 두 번 인세 정산을 받는데, 이번에는 첫 번째 소설로만 인세가 발생했고 그마저도 열흘 치 생활비밖에 되지 않는 액수였다. 나머지 두 권은 초판도 소화되지 못해 재고가 남아돌았고 서점의 평매대는 꿈도 꾸지 못했다. 한 권이라도 서가에 꽂히면 감사한 수준이었다.

나는 작가로서의 미래가 암담하게 느껴질 때마다 해인에게 소설은 그만 쓰고 취업하겠다는 말을 버릇처럼 했다. 사람들에게 읽히지 않는 소설을 쓴다는 허무함을 이겨내고 계속 글을 쓰는 건 쉽지 않았고, 처음의 성공이 진정 실력이었는지 그저 운에 불과했는지 스스로 의심하며 매일 책상에 앉게 되었다. 그런데 지난여름 나의 불안을 증폭시킨 사건이 벌어졌다. 담당 편집자가 돌연 퇴사하는 바람에 집필을 마무리 중이던 네 번째 소설 출간이 무기한으로 미뤄진 것이다. 요행에 기댄 대가를 치른 걸지도 몰랐다. 그렇게 올해 커리어는 공백으로 남았고 작가로서의 확신이 더욱 흔들리기 시작했다.

하지만 나는 확실하게 성공하고 싶었기에 멈출 수 없었다. 다시 돈에 쫓기는 삶으로 돌아갈까 봐 공포스러웠다. 가족과 가정

환경처럼 선천적으로 주어진 조건은 내 힘으로 바꾸거나 통제할 수 없지만 직업적 성공은 노력으로 도달할 수 있는 영역이기에 더 욕심이 났다.

"출판사는 홍보 왜 안 한대? 새 책은 나온다더니 소식도 없고."

"그 출판사에서 내 책만 나오는 것도 아니잖아. 어쨌든 그런 거 묻지 마. 만날 때마다 인세 묻는 거, 오빠한테 월급 언제 오르냐고 묻는 거랑 똑같아. 오빠한테는 그런 거 안 묻잖아."

"너랑 오빠랑 돈 버는 게 어떻게 같니?"

"그게 왜 달라?"

"월급 벌어 타지에서 먹고사는 직장인이랑……."

"어쨌든 오빠한테 못 물어보는 거면, 나한테도 묻지 마."

엄마의 핑계 같지도 않은 말을 더는 듣고 싶지 않아 말허리를 잘랐다. 딸의 인세 안부를 묻는 것과 아들의 월급 안부를 묻는 것이 무엇이 다른 건지 도무지 알 수 없었다. 왜 아들의 돈은 한 푼도 아까워하며 지키려고만 하고, 딸의 돈은 가족의 공공재처럼 여기는지도.

백화점에 도착해 여성 잡화 매장을 빙빙 돌았다. 엄마는 여전히 영문을 모르겠다는 표정으로 이십만 원대 가방을 골랐다. 가죽과 스웨이드가 교차되어 있는 조그만 갈색 버킷백이었다. 조금 더 좋은 걸 골라도 된다고 했지만, 엄마는 선택을 번복하지 않았다. 예산을 꽤 높이 잡은 게 무색해졌다. 예물, 예단을 과감하게 생략하고 축의금도 포기한 만큼 결혼을 기념해 양가 부모님께 선물을 하나씩 드리려고 했다. 결혼 선물이라는 걸 밝히지 않아서 엄마도 맥락 없는 쇼핑에 소심하게 구는 듯했다. 하지만 쇼핑의 배경을 밝힌다고 한들 구두쇠인 엄마의 선택은 달라지지 않았을 터였다.

엄마는 내가 끌고 들어간 버버리 매장에서 가방(백만 원이 조금 넘는 가격이었다)을 들어보더니 색깔이 조금 더 어두웠으면 좋겠다느니 손잡이 길이가 애매하다느니 지퍼가 없어 불편하고 수납력이 안 좋다느니 괜한 트집만 잡았다. 결국 엄마가 처음에 골랐던 가방의 브랜드 매장으로 돌아갔다. 해인이 카드를 꺼내 결제했다.

"내 걸 왜 해인이 네가 결제해? 네가 해야지."

엄마가 나의 팔뚝 안쪽을 잡아끌었다.

"제가 사드리고 싶어서 그래요."

해인이 넉살 좋게 말하며 얼른 전자서명까지 마쳤다. 사실 그와 내가 같이 쓰는 카드였지만, 해인이 엄마에게 점수를 따면 좋겠다는 생각에 준비한 쇼맨십이었다. 그동안 그가 오빠를 대신해 엄마의 집 여기저기 손봐준 걸 생각하면 점수를 더 딸 필요도 없지 않나 싶었지만.

백화점에서 나오자마자 마법이라도 풀린 것처럼 엄마는 수다스러워졌다. 엄마는 해인에게 거푸 미안하다고 말하면서도 잔뜩 들뜬 것 같았다. 아가씨 때 이후로 주말에 백화점에 와 사치품을 산 것이 처음이라며 감상에 젖기도 했다.

"안 그래도 곧 수원에서 초등학교 동창 딸 결혼식이 있거든. 마침 가방이 필요했어."

엄마는 왜 추운 겨울에 결혼하는 건지 이해되지 않는다는 말을 시작으로 한참을 남의 결혼에 참견했다. 익숙한 말들이었다. 엄마는 누구의 결혼식이든 거의 예외 없이 부정적으로 평했다. 또 엄마는 결혼식에 다녀오면 꼭 야식을 먹었는데, 결혼식 뷔페는 괜히 비싸기만 하고 먹은 것 같지도 않다는 이유에서였다. 엄마는 신랑 신부 얼굴도 보지 않고 바로 식당으로 가는 사람이었다. 엄마가 속으로라도 '잘 살라'고 한마디는 하고 오는 건지 의심스러웠다.

엄마의 말에 의하면 결혼식은 부모님의 동창회 그 이상 그 이하도 아니었다. "결혼식이 원래 다 그런 거야, 부모 얼굴 봐서 하는 거지. 품앗이로 부모 돈 회수하는 게 목적이야." 결혼식에 대한 불호가 짙어진 건 엄마의 책임도 있었다. 그런 말을 듣다 보니 뷔페 음식 맛과 신부의 얼굴, 신랑의 직업 등 뒷말을 아예 차단할 수 있는 노 웨딩이 더욱 매력적으로 다가왔다.

결국 우리에게 결혼 이야기를 꺼낼 기회는 주어지지 않았다. 또다시 계획을 수정해 파주에서 저녁까지 먹고 가기로 했다. 횟집에서 엄마가 노래 부르던 방어를 먹으며 말하려고 했지만, 엄마는 오랜만에 백화점에 가니 기가 다 빨렸다며 집에서 차려 먹자고 했다. 귀찮은데 그냥 밖에서 먹자고 엄마를 회유하려고 했으나, 엄마는 아침 일찍부터 찬물에 핏물을 빼 아귀찜을 만들어 놨다면서 고집을 부렸다.

"해인아, 얼른 주소 찍고 집으로 출발하자. 영 피곤하다."

그 집. 불과 일 년 전까지만 해도 내가 허물없이 밥을 먹고 잠을 쟀던 집이었다.

＊

발바닥의 오목한 부분에 돈을 밟는 것만 같은 뚜렷한 저항감이 전해졌다. 나는 엄마를 위해 전세금 오천만 원을 현금으로 대주었다. 그 전에 우리 모녀는 투룸 월셋집에 살고 있었다. 좁지만 반듯한 정사각형 모양의 집이었다. 오빠가 독립하기 전에는 셋이서도 나름 좁지 않게 살았었다. 행운인지 불운인지 엄마가 전세임대주택 지원을 받을 수 있게 되었고, 급히 전세금을 마련해야 했다. 엄마가 그것을 위해 줄곧 노력하고 있었다는 건 나도 잘 알고 있었다. 오빠가 독립하고 둘이 살던 시절, 엄마의 성화로 나는 오빠의 전주 자취방으로 주소를 옮겼었는데, 소득 분위를 낮춰 엄마의 저소득층 지위를 유지하기 위함이었다.

엄마는 이 사안을 혼자 해결하려 끙끙 애쓰다가 입금 기한이 며칠 남지 않은 긴박한 상황에 닥쳐서야 나에게 말했다. 나는 엄마가 지금처럼 형편에 맞는 작은 집에 살길 바랐지만. "너희에게 본가라는 게 있어야 할 거 아니니? 그런데 집밥이 먹고 싶어도 누울 곳도 없는 월셋집에 누가 오고 싶겠냐고. 그러니까 네 오빠도 얼굴 한번 안 비추잖아. 이건 우리 가족 집이야. 나중에 이사 갈 때 다 돌려줄게. 막말로 내가 그 집에서 죽는다고 해도, 관에 들어갈 때 집을 챙겨 갈 수 있는 것도 아니잖아. 다 너한테 돌아오는 돈이야. 너 소설 팔아서 번 돈을 내가 감히 어떻게 쓰겠어."

엄마의 말에 순순히 따랐던 건 나의 묵은 죄책감이 수면 위로 떠올랐기 때문이었다. 엄마의 비운, 그 시작점에는 내가 있었다고 늘 생각했다. 열네 살에 내가 본 것을 함부로 말한 후로 엄마는 그 전과 아예 다른 삶을 살게 되었으니까.

다음 날 나는 예금을 깼다. 엄마에게 돈을 보낼 때 나의 젊음을 도려내는 것만 같았다. 돈을 다시 받는다고 해도 채워질 수 없는 구멍이 가슴에 생겼고, 엄마에게는 내 것보다 더 큰 구멍이 생겼길 바랐다.

가족 간에 오천만 원 이상이 오고 갈 경우 증여로 의심받을 위험이 있었다. 이미 그 전에도 엄마에게 크고 작은 돈을 빌려줬던 터라 엄마와 나는 증여가 아닌 대여임을 증명하기 위해 차용증을 작성해야 했다. 엄마는 따로 정해진 기약 없이 그 집에서 나갈 때 전세금 원금을 나에게 돌려주기만 하면 됐고 무이자 조건이었다. 공증을 받는 기간 동안 우리는 최소한의 대화만 나눴던 거로 기억한다.

하지만 진짜 나의 마음을 깨부순 건 엄마에게 돈을 빌려줬다는 사실도, 큰 액수도 아닌 엄마의 전복적인 한마디였다. "직장 다닌 지 얼마나 됐다고 목돈이 있겠어. 그리고 걔는 혼자 힘들게 타지 생활하는데 왜 끌어들여? 이건 너와 나의 문제야." 돈을 보내기 직전 오빠와 함께 상의해 집 문제를 해결하겠다는 나를 말리며 엄마는 이렇게 말했다. 분명 '우리 가족 집'이라고 말한 지 하루도 지나지 않았는데. 결국 오빠는 돈 한 푼 보태지 않았다. 가정폭력에 시달렸던 엄마는 남편과 닮은 아들을 무서워하고 있었다. 그리고 그건 나도 마찬가지였다. 그 말을 듣기 전으로 돌아갈 수 있다면 좋겠다고 자주 생각한다. 그러면 엄마를 이렇게까지 미워하지는 않았을 텐데.

집이 생긴 후 엄마는 독립하겠다는 나를 막아서지 않았다. 그전에도 스스럼없이 나에게 금전적인 도움을 받아왔지만, 이번에는 스스로 생각해도 너무 많은 돈을, 그것도 한 번에 빌린 탓에 미안했던 게 아니었을까. 시간이 지나고 나서야 알았다. 그때 나는 마땅히 화창한 얼굴을 지녀야 할 나이였다는 걸. 연약하지만 그렇기에 더 아름다운 이십대 초반을 엄마와 돈을 주고받다가 다 보내버렸다.

그 뒤로 나는 엄마에게 돈을 돌려받지 못할까 봐 불안에 떨게 되었다. 가끔 이모들이 엄마에게 성공한 딸이 뭘 해줬냐고 징글맞게 묻곤 했다. 그러면 엄마는 "나 집 이사할 때 큰 거 해줬어." 라고 말하곤 했다. 분명 엄마에게 준 돈이 아닌 빌려준 돈이었는데도. 그러면 나는 더욱 불안해졌다. 엄마가 스스로의 거짓말에 속아 넘어가 정말 딸에게 받은 돈이라고 믿게 될까 봐.

과거를 떠올리지 않기 위해 나는 엄마가 차려주는 음식을 입에 꾸역꾸역 넣었다. 아귀찜은 매콤했다. 엄마가 늘 양질의 제철 식재료로 맛있는 음식을 제공하기 위해 노력했다는 것을 상기했다. 그래도 몸 한가운데를 관통하는 슬픔을 무시할 수 없었다. 엄마는 국이 다 끓었다며 밥을 먹다 말고 일어났다.

해인과 나는 입 모양으로 대화했다.

‘지금 해?’

‘그럴까?’

‘진짜 한다?’

‘아니다, 어머니 앉으시면 말하자.’

엄마가 익숙한 향을 풍기는 된장찌개를 내왔다. 엄마가 다시 식사를 시작하고 세 번째 젓가락을 들었을 때 나는 결연한 말투로 말했다.

“나, 4월에 결혼하려고.”

“…….”

엄마는 또 귀가 들리지 않는 척했다.

“나, 결혼한다니까?”

“……4월?”

“응, 4월. 봄, 내 생일에.”

“지금이 12월 끝자락인데 너무 서두르는 거 아니니?”

“내년 봄에 결혼할 거라고 줄곧 말해왔잖아.”

“그래도 너무 갑작스럽지. 뭐가 그렇게 급한데?”

“우리는 결혼식을 안 하니까 크게 준비할 게 없어. 집은 지금 사는 아파트에서 시작할 거니까 혼수 준비할 것도 없고. 우리처럼 간소하게 하는 사람들은 삼 개월 만에도 준비한다고 하더라. 그리고 마음에 확신도 있으니 결혼하고 싶은 거지. 안 할 이유가 없으니까.”

엄마와 내가 결혼에 있어 유일하게 의견 합치를 이룬 것이 노 웨딩이었다. 엄마는 그동안 혼자 남매를 키우느라 여유가 없었다. 고향 친구들과 연락을 끊고 십여 년 동안 경조사에 아예 참석하지 않다가 작년부터 조금씩 나가기 시작했다. 뿌린 돈도 없는데 이제 와 친구들을 결혼식에 부르는 건 자기도 달갑지 않다며 노 웨딩에 찬성했다. 엄마가 나의 선택을 처음으로 지지한 것이었다. 그러나 결혼 방식에 대한 의견 합치보다 결혼 자체를 인정하는 것이 우선이었다.

"가방이 뇌물이었구나?"

"뇌물 비슷해."

엄마는 골이 난 표정으로 아귀 살과 콩나물을 나의 앞접시에 덜어주었다. 나는 그것에 손대지 않았다.

"해인이는 나도 오래 봐왔으니까 좋은 애인 거 알지. 해인이랑 결혼하는 걸 반대하는 건 아니야. 그런데 왜 하필 지금이냐는 거지. 이미 같이 살고 있으니까 결혼한다고 해서 달라지는 거 하나 없잖아. 애 계획 있는 것도 아니고. 내가 늘 말하지만 넌 서른셋에 결혼하면 좋겠어. 좀 더 나이 차고."

어처구니없게도 엄마는 나에게 늘 서른셋이라는 나이를 강조했다. 왜 하필 그 나이인지 이유를 물어도 답해주지 않아 답답하기만 했다.

"내 결혼 시기를 왜 엄마가 결정해? 그 '때'를 기다리다가 내가 해인이랑 헤어지기라도 하면 엄마가 책임질 거야? 그리고 엄마 말대로라면 애 낳을 사람만 결혼하고, 나머지는 연애랑 동거만 하고 살라는 이야기잖아. 요즘 딩크족도 얼마나 많은데 그건 말도 안 되는 소리지, 엄마."

엄마는 내가 어려서 뭣 모르고 열정에만 이끌려 결혼을 저지른다고 생각했다. 힘든 일이 생기면 오빠에게는 비밀로 하고 늘 나에게 의지해왔으면서 이제 와 어린아이 취급하는 건 참을 수 없었다. 시도 때도 없이 딸에게 기대는 엄마 때문에 나는 일찍 철이 들고 머리가 컸는데, 이제 와 나의 발버둥이 전부 어른인 척하는 아이의 어리광에 불과했다며 부정하는 건 부당했다.

"그게 무슨 말이니? 요즘 애들은 아예 결혼 안 하거나 늦게 하고 싶어 한다던데 너는 도대체 왜 이리도 일찍 하고 싶어 하는 건지……."

말은 끝없이 돌고 돌았다. 엄마를 설득해야 하는 이 상황에 넌더리가 났다. 사실 엄마는 나의 나이나 결혼 시기를 문제 삼는다기보다는, 결혼 자체를 반대하는 것 같았다. 한 번의 실패로 엄마에게 결혼이란 딸이 피해야 할 덫과 마찬가지였다. 딸을 보면 꼭 자기 같아서 우리의 뾰족한 귓바퀴가 닮은 것처럼 이혼도 대물림될까 봐 두려우니까. 하지만 엄마가 겪은 최악의 경험 때문에 내 행복의 가능성이 일찍이 파괴당하는 걸 원치 않았다. 나는 태어났을 때부터 주어진 원가족이 아닌 나의 선택으로 새 가족을 꾸리고 싶었기에 결혼이라는 제도를 이용하기로 했다. 나는 한 번도 가족을 가져본 적 없는 사람처럼 줄곧 외로웠으니까. 지난 시간은 수많은 조각을 꿰맨 너덜너덜한 보자기 같았다. 이별과 변덕, 외로움, 책임감이 나의 삶에 끝없이 덧대어졌다. 내가 처한 상황이 자꾸 변해서 혼란스러웠고 그 무엇에도 적응하지 못했다. 삶이 지속성을 갖길 바랐다. 그러다 운 좋게 젊은 나이에 오래 함께하고 싶은 사람을 만났다. 이것이 엄마는 절대 이해하지 못할 나의 진실한 이유였다.

어쩌면 나는 엄마에게 복수하고 싶어서 결혼하는 걸지도 몰랐다. 서른두 살에 결혼해 십팔 년 만에 파경을 맞은 엄마와 달리, 일찍 결혼해서 해로하는 모습을 기세등등하게 보여주고 싶었다. 엄마와 반대로 사는 길이 정답이라는 걸 알려주고 싶었다. 이런 생각을 하다 보면 결국 엄마의 삶은 오답이었다는 결과에 이르렀고, 나는 엄마의 삶을 함부로 평가했다는 사실에 옅은 죄책감을 느꼈다.

"요즘 늦게 결혼하는 사람들을 이해해주는 것처럼, 일찍 결혼하는 사람들도 딱 그만큼 존중해줘야 하는 거 아니야?"

보통이라는 기준에 따르면 서른 살과 서른다섯 살 사이, 그것에 부족하거나 넘치는 나이에 결혼하면 이유를 대야 했다. ('왜 이렇게 일찍 결혼해?' '그 정도 혼자 살았으면 누구랑 같이 살기 부대낄 텐데 어쩌다 늦게 결혼하게 된 거야?' 같은 질문들이 날아온다.) 시대가 바뀌어도 존중의 범위는 넓어지지 않았고, 오직 그런 척만 하며 그저 경계만 옮겼을 뿐이었다.

"그게 무슨 억지야."

"억지는 엄마가 부리고 있지. 그리고 엄마 방금은 결혼 반대 안 한다고 했잖아. 이게 반대하는 거지 뭐야."

"일찍 결혼하면 더 빨리 안정되고 좋죠. 윤아랑 저, 지금도 잘 지내고 있으니 앞으로도 잘 지낼 거예요. 제가 더 잘할 테니 안심하세요."

언성이 높아지려는 순간에 해인이 말을 치고 들어왔다. 엄마는 말하려다 말고 숨을 깊게 들이마시며 해인의 눈치를 봤다. 사위 될 아이 앞에서 딸과 싸우는 건 아니라고 판단한 듯했다.

"식은 안 하지만 좋은 레스토랑에서 양가 가족들 모시고 식사하려고요. 진짜 뷰 좋고 길고 어려운 요리가 줄줄이 코스로 나오는 식당에서 호사스럽게요. 언제 또 그런 식당 가보겠어요."

그가 대화 분위기를 바꾸려는 듯 일부러 발랄하게 말했다.

"너희끼리 다 결정해놓고 통보하는데 내가 무슨 말을 하겠어."

예상보다 빠르게 엄마는 백기를 들었다. 의아스러우면서도 나는 그 틈을 놓치지 않고 다음 단계로 나아갔다.

"상견례는 1월 말 어때?"

"상견례?"

휘몰아치는 소식 속에 엄마가 정신을 다잡으려는 듯 목에 두른 연분홍 스카프를 매만졌다.

"해인이네 부모님은 엄마한테 맞춰주실 수 있대."

어머님은 가정주부이고, 아버님은 직장에 다녔기에 주말에만 시간이 되었다. 엄마는 월요일부터 토요일까지 텐 투 텐으로 일했으므로 일요일밖에 시간이 되지 않았다.

"상견례가 제일 걱정이네. 생각만 해도 벌써 긴장돼. 아빠 자리가 비어 있으면 없어 보이니까 큰삼촌을 불러야겠지?"

큰삼촌이 나에게 돈을 빌려달라고 집요하게 연락했었다는 사실을 엄마에게 애써 숨겨왔다. 큰삼촌만큼이나 끈질기게 나는 돈을 빌려주지 않았고, 통화 끝에 그는 "나도 자존심이 있으니

네 엄마에겐 비밀로 해라"라고 무안함을 숨기며 퉁명스레 말했기 때문이다.

"그건 엄마가 정해. 난 상관없어. 그런데 엄마 큰삼촌이랑 연락하고 지내?"

엄마가 큰삼촌과 혹시 돈 문제로 얽혀 있을까 봐 노파심에 물었다. 그는 나에게 처음에는 육백만 원을, 이 주 후에는 그 액수의 절반을 다시 요구했고, 마지막에는 팔십만 원을 사정했다. 요구 금액이 들쭉날쭉했고 나는 그것이 도박하는 사람이 보이는 흔한 기벽이라는 걸 알았다.

"그건 아닌데…… 시골 사람이라 이런 일 있음 또 형제들이 바로 나서서 도와주거든. 우리가 평소에 살갑게 연락하고 지내진 않아도 뭉쳐야 할 땐 또 뭉치잖아."

엄마는 시골 사람이라는 정체성에 이해하기 힘든 자부심이 있었다. 시골에서 함께 나고 자란 사람들만이 공유할 수 있는 정을 항상 내세우지만, 그것이 구체적으로 무엇인지는 설명하지 못했다. 하지만 내가 아는 한 엄마의 형제들은 정겹기는커녕 가차 없는 성격에 가까웠다.

엄마가 형제 중 유일하게 이혼하고 그 좁은 시골 동네에 서서히 소문이 퍼지자, 둘째 삼촌은 엄마에게 수치스럽더라도 살아가라고 조언했다. 그렇게 엄마의 이혼은 부끄러운 일로 규정되었다. 이후에 누가 먼저랄 것도 없이 형제들끼리 연락이 뜸해졌다. 그런데도 엄마는 가끔 삼촌들 이야기가 나오면 좋은 말만 늘어놨다. 내가 알기로 삼촌들 역시 잡음 많은 결혼 생활을 겨우 유지하는 상황이었지만, 시골에서 이혼은 죄와 같아서 다 참고 사는 것뿐이었다. 나는 그것이 옳은 일이라고 생각하지 않는다. 자기 삶을 옹호할 용기가 없는 것뿐이었다.

엄마의 형제들을 생각하면 자연스럽게 닭 목이 떠오른다. 지금은 어디로 보낸 건지 죽은 건지 보이지 않지만, 아직 엄마와 함께 살 적까지만 해도 본가 근처 차 정비소에서는 닭을 키웠다. 닭들은 늦은 오후에 울곤 했다. 장을 보고 돌아가는 길에 그 닭들을 보고 엄마는 말했다. "얘들은 새벽에 우는 법을 못 배웠나 보다. 시골이었으면 막냇삼촌이 싹 다 모가지를 비틀어서 그날 저녁으로 삼계탕 끓였을 거야. 동틀 때 울지 않는 닭은 제 할 일을 못 하는 거니까." 엄마가 단정적으로 말하는 것이 싫었다. 엄마는 모르겠지만, 닭은 새벽이 아니어도 여러 이유로 운다. 우위를 가리거나 영역을 표시하거나, 도시에 사는 닭인 만큼 생체 리듬이 달랐을 수도 있다. 누가 정했는지 모를 '몫'을 해내지 못하면, '모가지'가 비틀리는 냉혹한 시골의 세계에서 엄마는 자랐던 걸까.

엄마는 남은 아귀찜과 반찬들을 싸기 시작했다. 정말 이게 끝인가? 왜 더 참견하지 않는 거지? 옆에 해인이 있어서 자중하는 걸까? 엄마답지 않은 태도였다. 안 그래도 과식해 더부룩한 속에서 의문과 의심이 눈덩이처럼 불어났다.

엄마가 내 상체만 한 보랭 가방에 반찬을 가득 담아 해인에게 건넸다.

"맞다, 다음에 와서 책에 사인 좀 해줘. 사장이 네 책 샀다고 아들 앞으로 사인해서 달라네."

“알겠어.”

엄마가 직장에서 딸 자랑을 얼마나 했을지 생각하면 피곤했고 약간 부끄럽기까지 했다. 정작 엄마는 내 책을 단 한 권도 사지 않았다. 엄마가 내 소설을 사기 위해 돈을 쓰는 건 바라지도 않았다. 책이 출간되면 출판사로부터 증정본을 넉넉하게 받으므로 그것 중 몇 권을 엄마에게 주면 되는 일이었다. 하지만 엄마가 소설을 아예 펼쳐 보지도 않으면서 동료들과 단골들에게 전단처럼 나눠 주고 다니는 건 거북했다. 엄마가 내 소설에 대해 아는 건 제목과 표지뿐이었다.

집을 나서려는데 솟구치는 의문을 참지 못하고 다시 결혼 이야기를 꺼내고 말았다.

“그래도 결혼식을 대신하는 식사니까 메이크업 받고 싶거나 간단한 시술 받고 싶은 거 있으면 말해. 엄마도 예뻐 보여야지.”

굳이 지금 하지 않아도 될 말이었다고, 말하는 도중에 후회했다. 불안함에 마음에도 없는 말을 주절거리는 건 도무지 고쳐지지 않았다. 그러나 꽤 매혹적인 말이었는지, 엄마는 눈썹을 치켜떴다. 실 리프팅을 받고 싶었는데 비싸서 망설이고 있었다면서 볼을 이리저리 당겼다. 지난가을에 갑자기 눈가에 기미가 퍼졌다며 얼굴을 들이밀어 보여주기도 했다. 피부과 시술로 엄마가 결혼을 조금이라도 긍정적으로 바라볼 수 있다면, 얼마든지 해 줄 수 있을 만큼 결혼을 잘 완수하고 싶었다.

엄마와 짧게 인사를 나누고 계단을 내려왔다. 딸의 지원 없이는 엘리베이터가 없는 이 낡은 아파트도 엄마에게 허락되지 않는다. 엄마는 언제까지 여기서 살 수 있을까. 그다음 이사 역시 엄마는 나에게 의지하게 될까, 아니면 정말 이 집에서 영영 살게 될까.

*

찬 공기를 쐬자 그제야 숨이 제대로 쉬어지는 것 같았다. 차에 타자 해인은 수고의 의미로 나의 등을 손바닥으로 반복해 쓸어 내렸다. 해인의 부모님과 만나는 것보다 엄마와 하루를 보내는 데에 에너지가 훨씬 많이 소모되었다. 시댁보다 어려운 친정도 있었다.

"고생했어."

"해인아, 이상해. 이럴 수가 없는데. 왜 수월하지? 오늘 엄마랑 대판 싸울 거 예상하고 나름 혼자서 만반의 준비를 하고 왔단 말이야. 물론 중간중간 위험한 순간이 있었고, 해인이 너 아니었으면 분명 싸웠겠지만."

내가 안전벨트를 매며 의심 가득한 투로 말했다. 해인이 차를 출발시켰다.

"나는 어머니가 허락하실 줄 알았어. 나를 많이 좋아하시잖아."

"네가 있어서 억지로 허락한 것 같아. 나중에 말 바꾸는 거 아니야?"

"그래도 홀가분하지 않아? 어머님께 정식으로 결혼 공표하지도 않았는데 드레스부터 사서 마음이 무겁다고 했었잖아."

"마냥 개운하지만은 않은 이 애매한 기분……."

"의심하지 마. 양쪽 다 걱정과 달리 잘되었잖아. 앞으로 우리가 해야 할 일들을 생각하기에도 바쁜걸. 아직 내 예복도 못 샀고……. 다행히 결혼 날 입을 윤아 옷은 해결됐지만."

"맞네, 어머님이 옷 사주신다고 하셨지."

"엄마가 너한테 해주고 싶은 게 많은데 참으시는 것 같아. 아무래도 결혼 준비 할 게 많이 없기도 하니까."

"너희 부모님은 어떻게든 나한테 뭘 해주시려고 하고, 엄마는 어떻게든 나한테 받으려고 하네. 우리 정말 다른 것 같아. 너희 가족은 지극히 평범하고 우아하고, 우리 가족은 너무 유별나. 아니다, 너희 가족이 특별한 걸지도 모르겠다. 저마다 묵직한 불행을 갖고 사는 게 지극히 평범한 걸 거야. 온화한 삶이라 말로 희귀한 거지."

해인은 그런 구분은 좋지 않은 것 같다며 미간을 찌푸렸다.

"나 진짜 미운 말 잘하지? 옆에 있는 네가 질리겠어."

"우리 이제 평생 같이 살아야 하는데 벌써 질리면 어떡해. 미운 말에도 면역이 생기는 법이고, 이제부터 내 역할은 네가 그런 생각 안 들게 옆에서 잘 지키는 거잖아?"

너무 쉽게 결혼을 영원과 연결 짓는 그와 달리 나는 결혼이 영원이 아니라는 걸 안다. 부부는 언제나 헤어질 수 있고, 결혼은 한 번뿐인 게 아니라 몇 번이고 반복될 수 있다. 물론 첫 번째 결혼을 앞둔 신부가 할 만한 생각은 아니었다.

"평생 지킬 거라는 말 지켜야 해."

그에게 동의하는 척했지만, 평생 같은 건 존재하지 않는다.

"약속할게."

그러니 약속도 없다.

이런 식으로 해인을 절묘하게 속일 때면 쏟아지는 안개비 속에 우두커니 서 있는 것만 같았다. 평생의 약속을 믿지 않으면서도 결혼하려는 이유는 그것을 지키려는 노력을 귀하게 여겼기 때문이었다. 또 직접 결혼에 뛰어들어 내가 붙들고 있는 허무가 틀렸음을 스스로 증명해 보이고 싶다는 오기도 있었다.

"정말이야. 약속해. 딴생각하지 말고 나를 좀 더 믿어줘."

내가 의심에 익숙한 사람이라는 걸 잘 아는 그는 여러 번 확신을 줬다. 해인은 엉망진창인 나를 이해하고 포용하려는 시도를 게을리하지 않는다. 핸들을 잡은 그의 야윈 팔, 특히 손목은 여자만큼 가늘었다. 하지만 그가 나의 등에 팔을 두르면 그 무엇보다 무겁게 느껴졌고 보호받는 기분을 선사했다. 어쩌다 나와 양 끝단에 있는 사람을 만난 걸까. 변수를 피하려고 고심해서 미래를 설계했다고 생각했는데, 돌아보니 그 모든 노력이 변수를 만나러 가는 길이었다.

사랑의 충격과 연애의 충동

영원한 만개, 이름부터 예사롭지 않은 이터널 블룸 홀이었다. 평일의 크리스마스이브였고 원래라면 내가 프러포즈를 받았을지도 몰랐던 날이자 해인의 십년지기인 재우의 결혼식이 열리는 날이기도 했다. 재우는 내가 가장 처음 소개받은 해인의 친구였다. 둘은 고등학교 친구였다. 재우는 신혼집 집들이에 오기도 했고 그의 여자 친구가 바뀔 때마다 매번 소개받을 만큼 가까이 지내는 사이였다.

일곱 살 연상이라는 재우의 여자 친구 다인을 소개받으며 넷이 함께 밥을 먹은 건 지난 초여름 서울에서였다. 그날 다인은 나에게 재우가 없다는 상상만 해도 견딜 수 없지만, 아직 결혼 생각이 없다고 말했다. 그녀는 결혼한 여성이 주는 오래된 이미지가 싫다고 했다. "제가 쌓아온 모든 걸 무너뜨릴 것만 같아서 그 제도에 막연한 적개심이 있어요. 기혼은 곧 약점이 될 거 같거든요." 그러니까 자신은 우선 연애만 성실하게 할 생각이고 재우도 자신에게 동의했다고. 그런 다인 앞에서 나는 해인과 결혼하고 싶다고 말할 수 없었다.

그게 불과 반년 전 일이었는데, 그사이 어떤 심경의 변화를 겪은 것이길래 이렇게 성대한 결혼식을 치르게 된 걸까. 적어도 나는 그 커플이 해인과 나보다 먼저 결혼할 거라고는 생각지도 못했다.

재우에게서 청첩장을 받은 지도 벌써 한 달이 지났다. 진주처럼 반짝이는 두꺼운 종이 위에 적힌 호텔의 이름을 봤을 때는 절로 탄성이 나왔다. 식에 회의적인 나조차 결혼 정보를 찾다가 그곳의 장엄하고 화려한 사진(식장이 무척 어두웠고, 입장하는 신부 뒤로 후광이 비쳐 마치 멸망한 세상을 구원하러 온 천사처럼 연출된 사진이었다)에 홀린 듯 이끌려 여러 후기를 읽어본 적이 있을 정도였다. 그곳에 예약 성공했다며 자랑하듯 올린 글이 심심찮게 보였고, 그 아래로 축하 댓글이 여럿 달린 걸 보면 사람들은 결혼하기 좋은 계절이나 원하는 날짜를 떠나 예약 잡는 것 자체를 행운으로 여기는 듯했다. 그 유명하다는 홀에 가보겠다는 기대에 나도 모르게 해인에게 이렇게 물었다. "그때 같이 본 다인 씨가 사업한다고 했지? 정확히 어떤 사업……."

해인은 친구를 위해 연차를 내야 했다. 본식 시작까지 시간이 촉박했지만, 대교 위의 차들은 움직일 기미조차 보이지 않았다.

"크리스마스이브에 결혼이라니, 신부 생일에 결혼하겠다는 우리보다 낭만에 죽고 못 사는 커플이네.”

해인이 한탄하듯 웃었다.

“그 호텔에서 결혼하는 걸 보면, 낭만만 있는 것 같진 않은데.”

내가 시퉁하게 답했다.

아침에 우리는 짧은 말씨름을 벌였다. 기쁜 날임에도 모든 상황이 못마땅해진 우리는 호텔까지 차를 몰고 갈 건지, 지하철을 이용할 건지를 두고 쓸모없는 연장전을 벌이며 체력을 축냈다. 나는 주차난과 서울의 교통체증을 운운하며 지하철을 타자고 주장했지만, 해인은 추위에 떨며 결혼식에 가고 싶지 않다고 했다. 이대로 가다간 정말 늦을 것 같았기에 내가 한발 물러섰다.

얼어붙은 분위기 탓에 바깥보다 차 안이 서늘하게 느껴졌지만, 그래도 우리는 약속이라도 한 듯 누구도 아침에 있었던 일을 언급하지 않았다. 친구의 소중한 날에 누가 되고 싶지는 않았다.

나의 우려대로 차가 지독하게 막히는 바람에 식에 늦고 말았다. 건물을 둘러볼 틈도 없이 허겁지겁 축의금을 내고 방명록을 작성한 후 홀에 들어가니, 벌써 재우가 입장 중이었다. 어정쩡하게 서 있는 우리에게 직원이 다가와 하객 배정표를 안내해줬다. 무사히 지정석을 찾아 신랑 측근 테이블에 앉았다.

홀 내부는 조도가 무척 낮았지만, 하얀 생화가 조명처럼 곳곳에 장식되어 있어 어둡다는 느낌은 전혀 들지 않았다. 봄을 그대로 따다 옮겨놓은 것처럼 화사하기만 했다. 마치 커다란 부케 속에 들어와 있는 기분이었고 어지러울 정도로 꽃향기가 진했다. 해인과 결혼식에 몇 번 가봤지만, 이렇게 많은 사람이 초대된 식은 처음이었다. 그 넓은 홀에 사람들이 가득 찼는데도 천장이 워낙 높아 답답하다는 생각은 들지 않았다.

다인이 아버지의 손을 잡고 입장하기 시작했다. 웨딩로드는 한 40미터 정도 될까, 일반 식장보다 훨씬 길었고 주변 테이블까지 열기가 느껴질 정도로 조명이 강하게 비추고 있었다. 그녀는 내가 고른 것과 아주 다른 화려한 비즈 드레스를 입고 있었다. 온통 꽃으로 장식된 웨딩로드 위에서 단연코 그녀가 가장 빛났다. 신랑 앞에 도착해 아버지의 손을 놓는데 다인은 이미 울고 있었다. 신부 대기실에서 다인에게 마음을 뒤집게 된 계기를 물어보고 싶었는데 식에 늦는 바람에 기회를 날려버렸다.

다른 결혼식보다 느리고 차분하게 식이 진행되었다. 나는 식에 집중하지 못하고 중간중간 고개를 두리번거리며 홀을 구경했다. 그런 나를 보더니 해인이 귓속말했다.

"꽃 장식만 이천만 원이래. 재우 양복은 맞춤인데 삼백만 원이고. 물론 구두는 제외하고 말이야."

"몇 시간 후면 전부 사라질 꽃에 오늘만을 위한 옷……. 내가 보고 있는 이 장면이 다 거짓말 같네."

결혼식이 끝난 후 우리는 아울렛에서 기성복 브랜드 중 예복을 고르기로 했고, 예산은 육십만 원으로 정했다. 결혼식 비용을 들으니 나는 괜히 해인에게 미안해졌고, 아침에 몇만 원 가지고 싸운 게 부끄러워졌다. 또 이런 웨딩을 꿈꾼 적도 없으면서 박탈감을 느끼는 나 자신이 당황스러워 어쩔 줄 몰랐다.

"……이런 식은 어때?"

나만큼이나 생각이 많아진 것처럼 보이는 그가 조심스럽게 물었다.

"이런 건 바라지도 않아."

이렇게 사치스러운 결혼식은 우리 형편에 당치도 않았다. 가까스로 현실적인 조건을 따지는 말을 묻어둘 수 있었다. 타이밍이 좋지 않았고, 해인 앞에서 또 돈 이야기를 꺼낼 순 없었다.

"바라지 않는 거야, 바랄 수 없는 거야?"

"왜 그런 걸 물어?"

"윤아 네가 부러워하는 것 같아서."

"내가?"

"응."

"그게 무슨 소리야."

"모든 여자들이 꿈꾸는 홀이잖아."

"모든 여자들이 다 같은 꿈을 꾸진 않아."

"가끔 그런 생각을 해. 네가 진짜 노 웨딩을 원하는 게 아니라 줄곧 돈을 아끼던 습관 때문에 그 방식을 선택할 수밖에 없었던 거 아닐까 하고. 선택지가 하나밖에 없어서 어쩔 수 없었다고."

우리는 아침에 돈 문제로 다퉜다. 결혼 준비로 쓴 돈을 제외하더라도 지난달보다 생활비 지출이 확연히 늘었다. 나는 가계부를 쓰며 원인을 분석하려 했지만, 해인은 내가 고작 몇만 원에 일희일비하는 걸 이해하지 못했다. 과거의 습관을 전부 버려도 될 정도로 이제는 돈을 벌지 않냐면서. 게다가 친구의 결혼식 날 아침까지 그런 이야기를 하고 싶지는 않다고 했다. 최대한 아끼고 불편을 감수하는 것에 익숙한 나는 그의 말에 자격지심을 느꼈고 이내 서운한 소리를 하고 말았다.

평소에도 우리는 돈과 절약에 관해 사소하게 부딪혔는데 예를 들면 이런 것들이 있다. 해인은 보일러 온도를 24도까지 올리길 희망했으나 나는 적정 겨울철 실내 온도를 근거로 18도를 주장했다. 해인은 그러다가 병원비가 더 나오겠다며 돈을 조금 더 내더라도 겨울을 따뜻하게 보내자는 주의였다. 나 역시 18도의 공기에 한기가 들었고 서늘한 방바닥에 기분이 나빴지만, 도시가스 요금이 두려웠다. 얼마 전 21도로 극적인 타협을 보았지만, 일상을 함께 꾸려가다 보면 그와 나 사이에 여전히 6도의 온도 차가 존재한다는 걸 느낄 수 있었다. 식재료를 고르는 기준에서도 잔잔한 의견 차이가 났다. 해인은 장을 볼 때 비싸더라도 신선하고 공을 들여 키운 식재료를 사려고 했고, 나는 필사적으로 할인 제품을 사려고 했다. 사사건건 우기면서도, 나도 해인처럼 높은 삶의 질을 보장해주는 기준을 당연히 여기고 싶었다. 그렇지만 그동안 고수해온 삶의 방식은 쉽게 고쳐지지 않았다. 무엇보다 나는 전보다 훨씬 더 불안한 시기를 보내고 있었다. 엄마에게서 언제 돈을 돌려받을 수 있을지 불분명했고, 언제까지 첫 번째 책의 영광에 기댈 순 없었다. 그 책으로 발생하는 인세도 점점 줄고 있었으니. 더하여 전날 밤에 말일이 마감인 단편을 마무리하지 못하고 잠들어 더욱 예민한 상태였다.

"아닌 거 알잖아. 지금까지 결혼에 대한 내 선택에 후회한 적 없어. 난 괜찮아."

"네가 괜찮다고 말했던 것 중에 정말로 괜찮았던 적이 드물어. 그래서 나는 늘 헷갈려. 섣불리 안심할 수가 없어."

"내가 괜찮다면, 괜찮다는 거야."

"나는 그냥…… 윤아 네가 돈 때문이든 가족 때문이든 진정 원하는 걸 놓치거나 마음속 외침을 무시하지 않으면 좋겠어. 내 앞에서만큼은 의연하거나 강한 척하지 말고 솔직했으면 좋겠어. 내가 원하는 건 그것뿐이야."

주인공들은 어느덧 혼인서약서를 읽고 있었다. 게임 회사를 다니는 재우에게 다인은 게임 그만하라는 잔소리를 덜 하겠다고 말했고 신랑의 회사 동료 테이블에서 "장가 잘 갔다!"라는 외마디와 함께 환호성이 터져 나왔다. 재우는 함성에 화답하듯 그들을 향해 의기양양하게 주먹을 들어 올렸다.

"저 말 그대로 우리 혼인서약서에 써도 되겠다."

내가 싱긋 웃으며 그의 말을 무마했고, 다른 하객들을 따라 손뼉을 쳤다. 해인은 단상 위 신랑과 신부를 향해 힘차게 박수를 보내면서도 눈으로는 나만을 바라봤다.

내가 노 웨딩을 택한 진짜 이유는 가족을 숨기고 싶은 마음과 돈에 대한 인색함 때문인지도 몰랐다. 많은 사람의 축복 속에서 식을 올리는 건 어울리지 않는 옷이라 치부하고 열망을 폐기한 걸지도 몰랐다. 하지만 그것 또한 솔직한 나의 면모였다. 지금의 나로서는 신랑 신부까지 여덟 명만이 참석하는 작은 서약식만 꿈꿀 수 있었다. 사실 노 웨딩도 나에게는 큰 결심이고 도전이었다. 혼자 사는 엄마를 떠올리면 종종 결혼을 선택한 것부터가 감히 해서는 안 될 일을 한 것 같아 가슴이 두근거렸으니까.

축사와 축가가 이어졌다. 신부 친구들의 아카펠라 무대로 분위기가 무르익었다. 다인은 무대로 나오는 친구들을 보자마자 다시 눈물을 터뜨리더니 거의 대성통곡했다. 재우의 친구들은 아이돌 노래로 군무를 준비했는데, 해인은 참여하지 않았다. 재우가 몇 번이나 부탁했지만, 그는 거절했다. 소중해서 망치고 싶지 않다는 생각 때문에 할 수 없었다고 했다. 뒤에서 묵묵히 지켜보고 축하를 보내는 게 자신의 역할이라면서.

사진 촬영으로 1부가 마무리되고 2부 피로연이 시작되었다. 신랑 신부가 한복 차림으로 재입장했다. 케이크 커팅과 함께 축배를 들었다. 하객들이 식당으로 이동할 필요 없이 코스 요리가 테이블로 서빙되었다. 세비체샐러드부터 포트와인소스가 인상적이었던 안심스테이크와 광어구이 그리고 웨딩국수까지. 후식으로는 금귤정과와 밤아이스크림이 나왔다. 연말인 만큼 오가는 인사말로 송년회 분위기가 났고, 2부 시작과 동시에 열린 큰 창 너머로 스케이트장과 커다란 트리가 보여 크리스마스 파티 같기도 했다.

한창 스테이크를 썰던 중에 신랑 신부가 우리 테이블로 왔다. 드디어 제대로 인사를 나눌 수 있었다. 그들은 주인공 역할을 해내느라 정신없어 보였고 우리가 식에 늦었다는 사실조차 모르는 것 같았다. 우리는 어쩐지 애틋한 표정이 되어 축하를 나눴다.

"좋아 보여요."

다인의 눈을 보고 있자니 자연스럽게 이런 말이 나왔다. 금박이 장식된 하얀 저고리에 연분홍 치마를 입은 신부는 조금 피곤해 보였지만 이내 나를 향해 맑게 웃었다.

"그거 기억나요?"

다인이 상체를 수그려 나의 어깨에 얼굴을 가까이 댔다. 진한 화장품 냄새가 났다. 그녀는 자신이 비혼주의였다는 걸 기억하냐고 물었다. 다인이 그 말을 먼저 꺼낼 줄은 몰랐다. 내가 그녀의 옆얼굴을 힐긋 보며 고개를 끄덕였다.

"더 늦기 전에 결혼하라는 부모님을 도무지 이길 수가 없겠더라고요. 이끌려서 급하게 한 것치고 식이 화려하죠?"

나는 다인이 꼭 사회적 억압 때문에 결혼을 선택했다고 생각하고 싶지만은 않았다. 결혼에 대한 거부감보다 사랑을 지키고자 하는 의지가 더 강해졌다고. 상대가 없으면 견딜 수 없을 것 같은 마음이 커져 모험을 무릅쓰게 되었다고. 엄마처럼 결혼은 부모를 위한 행사일 뿐이라고 회의적으로 바라보고 싶지 않았지만, 나도 모르게 그녀에게 그게 전부냐고, 정말 괜찮은 거냐고 묻고 말았다.

"걱정 마요. 재우라면 결혼해도 되겠다는 생각이 있으니까 져준 거예요. 저도 그렇게 순순히 포기한 건 아니에요. 그리고 사람들 앞에서 이렇게 반짝반짝 빛나보기도 하고 나쁘지만은 않은 것 같아요."

"하긴, 재우 씨 정말 좋은 사람이잖아요. 그리고 오늘 정말 예뻐요."

딸의 결혼을 막으려는 부모와 딸의 결혼을 간절히 원하는 부모. 결혼하고 싶은 딸과 결혼하고 싶지 않은 딸. 다인과 내가 놓인 상황이 전혀 달랐음에도, 나는 많은 걸 양보할 수밖에 없었던 그녀에게서 나의 어떤 미래를 보는 것 같아 가슴이 뻑적지근해졌다.

"제가 두려워하는 일이 벌어지지 않기 위해서는 지금부터가 더 중요하겠죠. 오늘 식이 끝나고 저 밖으로 나갔을 때부티가."

다인이 출구를 턱짓으로 가리켰다.

"결혼이 뭐라고."

나도 모르게 한숨같이 말이 튀어나왔다. 다인이 낮게 웃으며 따라 말했다. 맞아요, 결혼이 뭐라고.

"윤아 씨도 결혼 준비한다고 했죠? 재우한테서 들었어요."

"네. 저희는 이제 막 준비 시작했어요."

"우리가 서로 잘 아는 사이도 아니고 알게 된 지도 얼마 안 돼서 주제 넘는 말일지도 모르지만, 언니로서 말해주고 싶어요. 결혼은 아주 어렵고 난해한 프로젝트예요. 차라리 업무라고 생각하는 게 편할 거예요. 클라이언트는 부모님. 의견 조율이 9할이라고 할 수 있을 정도로 소통이 가장 중요하고요."

다인은 프로젝트 네 글자에 힘주어 말했다. 마치 신입 사원에게 업무를 인계하는 상사 같았다.

"당연하게도 클라이언트를 만족시키는 것만이 다가 아니에요. 나의 목적도 함께 달성해야 그 프로젝트는 진짜 성공했다고 할 수 있어요. 그러니 물러설 수 없는 상황에 도달했을 땐, 하고 싶은 대로 끝까지 몰아붙여봐요, 후회 말고."

내가 쉽게 대답하지 못하자, 다인은 오늘 와줘서 고맙다고 말하며 다시 바로 섰다. 그래서 당신의 프로젝트는 성공이냐고 묻고 싶었지만 이미 그들은 다음 테이블로 넘어간 후였다. 마치 테이블당 머물 수 있는 시간에 제한이 있기라도 한 듯이.

식사가 정리되고 하나둘 자리에서 일어나자, 플로리스트들이 분주히 움직이며 식장을 장식했던 꽃으로 하객들에게 꽃다발을 만들어주었다. 나도 하얀 꽃다발을 들고 홀을 나서니, 포토월과 호텔의 상징인 조각상 앞은 사진을 찍는 사람들로 붐볐다. 우리는 지각하는 바람에 보지 못한 포토 테이블을 구경하다가 뒤늦게 모래 세리머니를 발견했다. 하객들의 참여로 만든 모래 세리머니 액자에 결혼증명서를 넣을 거라는 설명이 적혀 있었다. 이미 층층이 모래가 쌓여 있어 해인과 내가 마지막으로 넣으면 꽉 찰 것 같았다. 나는 행복을 의미하는 주황색 모래를, 해인은 사랑을 뜻하는 분홍색 모래를 상자에 넣었다. 결혼식에 집중하지 못한 죄책감을 덜어내려 속으로 부디 잘 살라고 되뇌면서.

*

바깥은 손마디가 버석해질 정도로 건조했다. 아울렛은 사람들로 북적였고, 해인과 나는 그 사이에서 예복 쇼핑에 나섰다. 정신없었던 식장을 빠져나오자, 마감 생각이 다시 들어찼고 쇼핑에 집중이 되지 않았다. 머리 한구석에서는 어제 쓰다가 막힌 장면을 어떻게든 이어나가고자 끈질기게 매달리는 중이었다.

처음 들어간 매장에서 직원이 추천한 정장 두 벌을 입어보았지만, 해인에게 어울린다는 느낌은 받지 못했다. 두 번째 매장에서는 마음에 드는 색을 찾지 못해 피팅도 하지 않고 넥타이만 보다가 빠르게 나왔다. 그다음 매장은 외관이 절제되고 고급스러워 보여 약간 기가 죽어 쭈뼛거리며 들어갔다. 긴 머리를 포니테일로 깔끔하게 묶은, 마흔 언저리로 보이는 직원이 바로 해인 옆에 붙었다. 그가 예복용 정장을 찾고 있다고 말했다.

"보통 혼주 복으로 저희 브랜드를 많이 찾으세요. 그런데 이삼십 대 정장도 잘 나오거든요. 피부가 하얀 편이셔서 다크네이비가 잘 어울릴 것 같은데, 여기로 와서 보시겠어요?"

직원은 안 봐도 알 수 있다며 바지는 삼십을, 상의는 구십칠 치수로 꺼냈다. 정확했다. 나는 그녀가 추천한 정장과 다른 매장에서 본 것과의 특별한 차이점을 알 수 없었다. 예복에 드레스만큼 관심이 없어서가 아니라, 나에게 정장은 모두 같은 공장에서 틀로 찍어낸 것처럼 보였다. 조금씩 다른 색상과 패턴 외에는 개성을 찾아볼 수 없는 디자인이었다. 낮에 결혼식에서 본 재우의 맞춤 예복은 가격을 들은 탓인지 조명 탓인지 조금 달라 보이긴 했지만.

해인이 탈의실에 들어가자 직원은 나에게 결혼에 대해 이것저것 묻기 시작했다.

"신부님, 식은 언제예요?"

신부라고 불리는 게 아직은 낯설었지만, 특별한 대접을 받는 기분이 나쁘지만은 않았다.

"저희는 식을 안 해요."

직원은 놀란 눈초리로 나를 보며 왜 그런 선택을 했냐고 거듭 물었다. 마치 자신을 설득할 의무가 있다는 투였다. 앞으로 얼마나 많은 사람에게 노 웨딩을 설명하고 이해를 끌어내야 할까. 결혼이 성대하거나 쾌활하지 않으면 사람들은 의문을 품는다. 마치 그것이 잘못되었다는 듯이.

"복잡한 건 질색이라……."

뒷말을 붙이지 못하고 어색하게 웃기만 했다. 직원은 자신의 질문이 무례했을 수도 있다는 자각이 든 듯했다. 뒤늦게 요즘은 스몰 웨딩이 대세이니 노 웨딩도 많을 것 같다며, 이 매장을 다녀간 다른 예비부부들의 경우를 늘어놓았다. 그러면서도 그녀는 아무리 작게 해도 식을 아예 생략하는 커플은 처음 본다고 했다. 아무나 할 수 없는 용기 있는 선택이라고 나를 치켜세웠다.

나는 그녀의 말에 대강 호응하며 다른 정장을 살폈다. 해인이 갈아입고 있는 것과 같은 재킷의 품에 손을 쑥 넣어 가격표를 보았다. 아울렛 할인이 적용되었는데도 팔십만 원 안팎이었다. 여기에 넥타이랑 셔츠는 별도니까……. 머릿속에서 계산이 빠르게 돌아갔지만, 해인은 이곳 양복을 가장 마음에 들어 하는 것 같았다. 드레스에서 많이 절약했으므로 괜찮을 것 같았다. 결혼 예산에 한계를 두진 않았지만, 반년 뒤 이사 계획이 있었기에 우리는 욕심나는 항목이 아닌 이상 절약을 우선하기로 했다. 정확히 말하자면 '그래도 한 번뿐인 결혼인데 이왕 하는 거 더 좋은 거로'

같은 마음가짐을 덜어내기로 합의했다. 아직 윤곽이 잡히진 않았지만, 이탈리아로 계획 중인 신혼여행에 더 투자하고 싶은 욕심도 있었다.

이 매장에 오래 있을 거라는 예감이 들어 가방을 소파에 내려놓았다. 가방을 멘 쪽의 어깨가 살짝 결렸다.

"촬영은 언제예요?"

"다음 달 중순으로 생각하고 있는데, 아직 구체적으로 정하진 못 했어요. 좀 더 부지런해야 하는데 말이죠."

스튜디오 스냅 촬영이어도 보정본이 완성되기까지 한 달이 넘게 소요되는 업체가 많았다. 대부분 개인 업체라 빠른 작업이 어려운 것 같았다. 적어도 결혼 한 달 전에는 친척들에게 알림장을 돌리고 싶었기에 서둘러야 했다.

원래는 알림장에 결혼사진 대신 간단한 그림과 글만 넣으려고 했으나, 어머님은 초대도 하지 않는 마당에 신랑 신부 얼굴 정도는 보여줘야 하지 않겠냐고 강하게 주장했다. 어머님이 이 결혼에 지대한 관심을 쏟고 있는 건 알았지만, 알림장의 세부적인 구성까지 적극적으로 의견을 낼 거라곤 예상도 못 했다. 그렇지만 어려운 일도 아니었고, 송구함을 덜기 위해선 사진을 넣는 편이 낫겠다 싶어 어머님의 말씀을 반영하기로 했다. 특히 해인의 부모님은 친척뿐만 아니라 아들의 결혼을 알리고 싶은 사람들이 많을 것이다. 알림장을 제작하고 배포하는 기간까지 고려하면 늦어도 1월에는 촬영을 끝내야 했다.

"다음 달에 촬영할 계획이면 더 늦기 전에 예복을 맞추긴 해야겠네요. 드레스 숍은 정하셨어요?”

“드레스는 먼저 샀어요. 지금은 수선 맡겼고요. 그런데 드레스보다 예복 고르는 게 더 어려운 것 같아요.”

“보통 그래요. 요즘은 회사에서도 캐주얼복을 입는 게 보통이잖아요. 젊은 분들은 평소에 정장 입을 일이 거의 없어서 잘 모르세요. 드레스는 워낙 가지각색이라 취향껏 고르면 되는데 정장은 브랜드나 제품별로 미묘하게 핏이나 원단 차이만 있어서 오히려 고르기 더 어려워요.”

직원이 이 브랜드에서 취급한다는 영국산 고급 원단에 관해 설명하려는데, 탈의실 커튼이 걷히고 해인이 나왔다. 그는 어색한 듯 어깨에 박혀 있는 붉은 재봉선을 손가락 끝으로 더듬었다.

“역시 이 색이 잘 어울리네요.”

나도 지금까지 본 것 중에 이 정장이 가장 마음에 든다고 한마디 거들었다. 직원의 말대로 같은 치수여도 브랜드마다 조금씩 핏이 다른 건지 이곳의 정장은 그의 몸 선을 가장 아름답게 보여주었다.

“정장 입으니까 도널 글리슨을 더 닮은 것 같기도.”

“설마.”

해인을 처음 본 순간, 아일랜드 배우 도널 글리슨이 연상됐다. 그 배우보다 더 소심하고 장난기는 조금 덜한 느낌이긴 하지만. 처음에는 좋아하는 배우를 닮았다는 이유만으로 그에게 시선이 갔다. 하지만 서로의 존재를 인식하면서도 대화나 시선을 나누지 못한 채 관계를 방치하는 상태가 꽤 오래 지속되었다. 그래서 해인의 옆얼굴을 훔쳐보는 일이 유독 많았다. 푸르스름한 수염 자국, 깊은 아이홀, 도톰한 귓불 그리고 그의 독특한 코에 시선을 빼앗겼다. 그는 콧대가 없다시피 낮았지만, 코끝은 빵칼처럼 날카로워 큰 포물선을 그렸다. 그의 얼굴에서 그런 선을 보기 전까지는 작은 코를 좋아하지 않았는데.

"네가 보기엔 어떤 것 같아?"

내가 거울로 해인을 보며 물었지만, 그는 고개를 갸우뚱하며 잘 모르겠다는 표정을 지었다.

"베스트도 한번 입어보세요."

직원이 해인이 재킷 벗는 것을 도왔다.

"어깨가 벌어져 있지만, 전체적으로 마른 편이셔서 베스트를 입어야 조금 더 덩치가 있어 보일 거예요."

해인이 베스트를 입고 돌아서서 나를 보며 어깨를 최대한 펴 보였다. 그 동작에 흐뭇한 미소가 흘러나왔다. 해인은 평소 구부정한 자세로 다녀서, 가끔 이렇게 자세를 바로 하면 생각보다 넓은 어깨에 새삼 놀라곤 했다.

"귀엽네."

"그렇죠? 예복 아니고서야 베스트 입을 일이 별로 없어요. 주인공이니까 입어보는 거죠. 이 위에 재킷을 다시 걸쳐볼게요."

직원은 능수능란하게 다시 재킷을 입혔다. 그녀는 양복 재킷의 맵시를 살려 입는 방법을 상세히 설명해줬다.

"베스트 덕에 아까보다 더 채워진 느낌이죠. 부피감이 생겨서 그래요. 단상에 신부님 옆에 나란히 섰을 때 아무래도 체구가 있는 게 보기 좋을 거예요. 듬직해 보이니까요."

어쩔 수 없는 것인지, 직원은 설명할 때마다 결혼식 예복을 기준으로 세웠다.

"그런데 생각보다 색이 밝네요. 다른 경조사 때 입기에는 조금 부담스럽지 않을까요?

한참 거울 속 자신을 살펴보던 해인이 직원에게 물었다. 그는 양복이 없어 입사 면접 때도 친구에게 급히 빌려 입었다. 그래서 웨딩 촬영용 겸 격식을 갖춰야 하는 자리에서도 입을 수 있는 점잖은 양복을 장만하고자 했다.

"이 라인은 색이 조금 밝게 빠졌지만, 주인공이니까 화려하게 입는 게 좋죠. 그리고 사실 다른 경조사 참여할 때 못 입을 이유 없어요. 다크네이비는 기본이니까요."

직원은 차분하게 해인을 설득했고 그녀의 태도는 부담스럽지 않았다. 하지만 내가 보기에도 정장은 맑은 청색에 가까웠고 확실히 눈에 띄어 다른 경조사에 입기에는 과한 것 같았다. 해인이 지적하기 전까지는 전혀 생각하지 못한 문제였다.

우왕좌왕하는 우리에게 직원은 같은 라인의 어두운 회색 정장을 추천했다. 요령이 생긴 듯 그는 전보다 빠르게 옷을 갈아입고 나왔다. 하지만 그가 신발을 신고 나오자마자 직원과 나는 동시에 고개를 가로저었다. 그 색은 해인에게 어울리지 않았다.

"그래? 나는 이게 더 낫다고 생각했는데."

해인이 억울하다는 듯 미간을 찌푸렸다.

"그러면 그걸로 할까?"

그는 여전히 길을 잃은 표정이었다.

"잘 모르겠어?"

"응. 결정을 못 하겠네."

결국 세 번째 매장에서도 큰 수확 없이 물러서기로 했다. 직원이 명함 뒤에 제품명을 적어 나에게 내밀면서 촬영에 늦지 않게 정장을 맞춰야 한다고 다시 한번 강조했다. 나에게는 그 말이 압박으로 다가왔다.

"그냥 오늘 나온 김에 결정하지. 어떻게 내 드레스 고르는 것보다 오래 걸려?"

내가 자동문 버튼을 열고 나가며 말했다. 그의 우유부단함에 약간 불퉁해졌다. 내가 드레스를 빠르게 골랐듯 그도 결단력 있게 예복을 고르길 기대했다. 연애 초반에 나는 그의 신중함에 매력을 크게 느꼈지만, 함께 산 후로 내가 그에게서 발견한 모든 장점이 단점으로 변하는 경험을 했다.

하루에 두 개의 일정을 소화하며, 이미 종아리가 당길 정도로 무척 지쳤지만 이대로 집에 돌아가고 싶지는 않았다. 그러면 다시 책상에 앉아야 하니까. 조그만 작업 방 책상에 면박하듯 앉아 있는 시간이 길었지만, 조급함 때문인지 진도가 나가지 않았다. 일에 진척 없는 것과 예복 쇼핑에 실패한 것 사이에는 아무 연관도 없었지만, 나는 괜히 심술이 났다. 막혀 있다는 감각에 반감이 들었고 무엇이든 좋으니 이 답답함을 깨부숴줬으면 했다.

이후로도 두 곳을 더 돌아봤지만, 해인은 여전히 미적지근한 반응이었다. 결국 나는 그에게 미리 온라인으로 브랜드를 간추려 후보라도 정해 오지 그랬냐고 짜증을 냈다. 그랬더라면 이렇게 수고롭게 모든 양복 브랜드를 돌지 않아도 됐을 거라고 불만을 토로했다. 해인은 직접 입어보고 신중하게 고르고 싶었다고 소심하게 항변했다. 아침에 이어 2차전이 시작될 것만 같았다.

더 이상 둘러볼 매장도 없었다. 우리가 갈팡지팡하는 사이 아울렛은 사람으로 더욱 혼잡해졌다. 크리스마스 선물을 준비하러 왔거나 지루하고 짧은 이 연휴를 어떻게 보내야 할지 몰라 피신하듯 이곳으로 걸음 했을 것이다.

*

주차장으로 가는 길에 먼저 무릎 꿇는다는 의미로 해인이 슬그머니 나의 손을 잡았다.

"저녁 뭐 먹을래? 맛있는 거 해줄까?"

그 한마디에 해인과 나 사이를 감싸고 있던 한 겹의 적막에 금이 갔다. 우리는 서로를 보고 웃고 말았다.

"남녀의 신선한 첫 만남에는 뭐가 있을까?"

내가 이 말을 꺼낸 건 고속도로에서 막 빠져나왔을 때였다.

"소설 생각하느라 그랬구나?"

해인이 싱긋 웃었다.

"뭐가?"

"오늘따라 기분도 안 좋고 계속 멍하니 있었잖아. 어제 글이 잘 안 풀렸나 보다 했지."

"이제는 너를 속일 수 없겠구나."

"그럼, 내 눈에는 다 보이지. 그래서 뭐가 고민인데?"

내가 소설을 쓰기 시작한 열아홉부터 지금까지, 해인은 언제나 나의 첫 번째 독자이자 조언가였다. 구상 단계부터 그에게 줄거리와 인물을 설명하며 함께 설계해나갔기에 나는 종종 해인과 글을 함께 써 내려간다는 느낌을 받곤 했다. 공상과학소설을 좋아하는 해인은 평소 순문학을 즐겨 읽지 않았지만, 나는 오히려 그런 순수한 눈이 필요했다.

"지금 쓰고 있는 단편 말이야. 장면 장면은 떠오르는데, 그걸 이어줄 서사가 생각나지 않아. 억지로 쥐어짜봐도 도무지 안 나와."

"전에 말한 태피스트리 하는 여자가 주인공으로 나오는 연애소설 말이구나?"

"맞아. 처음부터 막혔어. 남녀 주인공이 어떻게 만나야 할까? 운명적이기보단 일상적인 방식으로 만났으면 좋겠는데."

집필 중인 단편의 장르는 이삼십 대 여성의 일과 사랑, 삶을 다루는 칙릿이었다. 그중 나는 연애에 관해 쓰고 싶었다.

"산천어축제에서 만나는 건 어때? 여자가 미끼 좀 빌려달라고 남자한테 먼저 말을 거는 거지."

엉뚱한 상상력이었지만, 어떻게든 소설에 도움이 되고자 용케 대답해주는 해인이 귀엽고 웃겼다.

"진짜 상상도 못 했다, 산천어축제라니."

"아니면 우리 첫 만남을 써보는 건 어때?"

“우리?”

“나는 우리 첫 만남 재밌다고 생각하는데. 언젠가 소설에 쓰겠다면서 소재로 아껴두겠다고 했잖아.”

“그 카페, 지금도 있으려나.”

나는 다양한 연령대의 사람들이 작은 카페에 옹기종기 모여 앉아 이야기를 나누던 시절을 잠시 그리워했다.

“그런데 너는 처음에 왜 그 카페에 갔다고 했지?”

“소설을 쓰고 싶어서, 소설에 어떻게든 닿아 있고 싶어서.”

“그런 것도 쓰면 되지 않을까? 네 이야기를 녹여내서.”

“우리 첫 만남은 조금 진부하지. 나는 진부해서 좋지만.”

신호에 멈춰 선 차의 옅은 진동을 느끼며 한때 나를 갈급하게 만들곤 했던 그의 옆얼굴을 바라보았다.

*

처음 글을 쓴다고 했을 때 엄마는 반대했지만, 사실 내가 소설가가 된 건 엄마의 영향이 컸다. 어렸을 때부터 엄마는 좁은 집에서 책만큼은 포기하지 못했다. 엄마는 남매를 논술학원에 보내는 대신 창고형 중고 서점에서 출판사별 동서양 고전이나 각종 인문 서적을 한 질씩 사서 읽혔다. 엄마는 책을 사주는 행위를 통해 만족감을 느끼는 것 같았다. 아르바이트로 밤낮없이 바쁘지만, 자식 교육에도 철저한 엄마가 된 듯한 만족감 비슷한 것이지 않았을까.

엄마가 무작위로 골라 온 책들은 나에게 도피처가 되어주었다. 고주망태가 된 아빠가 폭언을 쏟아내면 나는 분풀이하듯 책을 펼쳐 아름다운 문장들을 읽었다. 그게 나를 정화해줄 거라고 믿으면서. 그렇지만 학창 시절 글을 업으로 삼을 생각은 한 번도 하지 않았다. 그저 안정적으로 돈을 벌고 싶었다. 취업하는 것 외의 다른 미래는 상상조차 못 하며 수동적으로 십대를 지났다. 내가 고등학생이었을 때 공대가 유행처럼 선호되었고 나 역시 대세를 따라 무난히 합격할 수 있었다.

신입생 오티 날 지루하게 앉아 내 앞으로 끝없이 보이는 검은 뒤통수들을 보는데 문득 속이 얹힌 것 같은 기분으로 너무 오래 살았다는 자각이 들었다. 언제나 책을 가까이에 뒀던 나에게 명치께에 걸린 응어리를 아래로 미끄러뜨리는 가장 쉬운 수단은 아무래도 글이었다. 그 후로 문예창작과 수업을 청강했고 소설을 좋아하거나 소설을 쓰는 사람들이 모이는 곳에 닥치는 대로 찾아갔다. 그렇게 동네 카페에서 열리는 소설 모임까지 참여하게 되었다.

매주 책 한 권을 지정해 자유롭게 의견을 나누는, 규칙이 느슨한 모임이었다. 소수의 참가자 중에서도 나와 해인은 유독 편독이 심한 회원이었다. 나는 문학 주간에만 열심히 책을 읽고 모임에 참여했고, 해인은 SF 주간에만 열성을 다해 임했다. 관심 없는 책이 선정된 주에는 둘 다 책의 절반 정도만 읽고 나머지는 블로그 독후감으로 때우곤 했다. 사실 그 절반조차 읽지 않는 경우가 더 많았다. 내가 좋아하는 소설에 대해 회원 중 오직 해인의 관점만 알 수 없었다. 딱 봐도 그는 시큰둥한 얼굴로 인터넷에서 주위 읽은 이야기만 읊었으니까. 해인도 자신이 좋아하는 책에 대한 내 생각만큼은 전혀 알 수 없었다. 내가 책의 서문이라도 제대로 읽었는지 의심될 정도로 두루뭉술한 감상만 늘어놓았으니까. 우리는 서로를 있으나 마나 한 유령 회원으로 여기면서도 언제쯤 상대가 진짜로 책을 읽고 올 것인지 은밀히 궁금해했다.

우리는 가장 데면데면하면서도 같은 동네에 살았기에 모임이 끝나면 언제나 함께 초록색 버스를 타야 했다. 하루는 집으로 돌아가는 버스의 이인석에 나란히 앉아 내가 해인에게 물었다.

"오늘 책 안 읽으셨죠?"

이언 매큐언의 『체실 비치에서』를 읽고 이야기를 나눈 날이었다. 해인이 민망해하며 작년에 영화를 봐서 원작은 안 읽었다고 솔직하게 답했다. 양 엄지와 검지를 맞닿아 삼각형을 만들었다가 손가락을 구부려 그것을 어그러뜨리길 반복했다. 내가 웃음을 참으며 입술을 살짝 깨물었다.

"그런 것 같았어요. 책과 영화의 결말이 다르거든요."

해인은 손가락 장난을 멈추더니 자신이 모임에서 한 발언을 상기하는 듯 미간에 깊은 주름을 새겼다. 모욕감에 사로잡혀 신혼 첫날밤 잠자리를 어려워하던 플로렌스를 조금 더 기다려주지 못했던 에드워드의 성급함. 그 순간의 선택이 두 사람의 삶을 어떻게 바꿔놨는지 의욕적으로 말했다. 동료 첼리스트와 가정을 꾸려 자식을 다섯이나 낳은 플로렌스와 후회 속에서 끝까지 독신으로 남은 에드워드의 삶을 비교하며 남자의 어리석음을 콕 집어 비판했다. "3열 C9번에서 플로렌스의 은퇴 무대를 본다고 한들 무슨 의미가 있겠어요. 사랑하면 잡았어야죠. 결혼이 여섯 시간 만에 끝나도록 두지 말았어야죠." 소설만 읽은 나는 그가 하는 말을 잘 이해하지 못하면서도 그가 사랑에 열정적인 편이라는 걸 알 수 있었다. 동시에 서툰 사랑을 피하고 싶어 한다는 것도.

책이든 영화든 내가 좋아하는 이야기에 대한 해인의 관점을 처음 들은 날이었고, 나는 그의 말에 조금 더 귀 기울이게 되었다. 다른 회원들은 당황한 것처럼 보였지만 누구도 그의 말을 교정해주지 않았다. 문학 주간만 되면 기가 죽던 그가 오랜만에 들떠 보여서 분위기를 깨기가 망설여졌던 걸까. 몇 명은 속으로 그의 어설픈 허세를 비웃었을지도 몰랐다.

"처음에는 제가 소설에서 놓친 부분이 있나 했는데, 아무리 생각해도 기억나지 않는 장면이었어요. 휴대폰으로 검색해보니 영화로도 제작되었더라고요. 그래서 알았죠. 아, 이 사람은 나와 다른 걸 봤구나 하고."

나는 주인공들이 나이 들어 재회하지 않고 그저 각자의 삶 속에서 늙어가며 책이 끝난다는 걸 해인에게 알려줬다. 두 사람의 재회는 영화화되면서 덧붙여진 이야기인 것 같다고.

"완전 바보 됐네요."

그러면서 그는 자신이 그 모임에 참여하게 된 계기를 알려줬다. 그는 주말에 대학교 과제를 하러 그 카페에 자주 갔다고 했다. 동네 형 같았던 사장과 친해져 그 독서 모임에 참여하게 된 것뿐이라고 설명했다. 어울리지도 않는 모임에 참여하고 있는 자신이 수상하지 않았냐고 물으며 부끄러움을 숨기듯 고개를 떨궜다. 그 말을 듣는데 그가 나에게서 총총히 멀어져버릴까 봐 갑자기 겁이 났고 "전혀요!" 하고 큰 목소리를 내버렸다. 당시 우리 관계는 상대가 뒷걸음질 치는 걸 두려워할 만큼 가까운 사이도 아니었고, 정확하게는 아무것도 아닌 사이에 가까웠다.

"저도 여기랑 잘 어울리는 사람은 아니에요. 그리고 전 좋았는걸요. 덕분에 영화도 보고 싶어졌어요."

서둘러 여유를 가장해 미소 지으며 대화를 이어나가려고 했다.

"소설과 영화 중에 어떤 결말이 더 마음에 들어요?"

"영화를 안 보고 블로그 설명만 읽어서 잘 모르겠어요. 그런데 영화 각색에 원작자가 참여했다고 하니, 결국 영화든 소설이든 말하려는 건 같지 않을까요? 처음부터 두 가지 결말이 가능한 이야기였던 거겠죠."

갑자기 해인이 맑은 웃음을 터뜨렸다. 누군가의 웃는 얼굴이 마음을 이리도 환하게 만들 수 있다는 걸 처음 알았다. 나중에 사이가 조금 더 가까워졌을 때 그날 웃음의 이유를 물어보니, 그는 다른 이의 감상을 훔쳐 온 도둑들만이 느낄 수 있는 동질감을 느꼈다고 했다. 그리고 문득 나와 단둘이 대화를 나누길 소원했다는 것을 깨달았다고도.

"우리 둘, 같은 책을 끝까지 읽는 날이 오긴 할까요."

좀처럼 대화의 열기가 식지 않았다. 곧 나는 그가 문학을 읽는 방식 말고도 세상을 읽고 해석하는 방식, 그 모든 것이 궁금해질 것만 같다는 예감을 받았다. 다르게 말하면 머지않아 우리가 사랑하는 사이가 되리라고 직감을 했다.

창가 쪽에 앉아 있던 내가 버스 하차 벨을 누르며 말했다.

"그런데 이 모임 별로지 않아요?"

해인이 말없이 고개를 끄덕였다. 버스에서 내리며 해인이 갑자기 입술을 앙다물며 뜸을 들였다.

"그냥 다음 주부터 가지 말까 봐요."

그날을 기점으로 우리는 카페 밖에서만 만나게 되었다. 그렇지만 '머지않아'는 좀처럼 오지 않았다. 우리는 친구로 지내며 많은 관점을 공유했지만, 연인이 되진 않았다. 나는 연애 경험 없이 그를 만나고 싶지 않았고, 해인은 미필일 때 나를 만나고 싶지 않았다. 우리가 연인이 된다면 아주 오랫동안 만나게 될 것 같다는 확신에 빠져 있었고, 그것을 지나치게 믿은 나머지 교제 전 긴 준비가 필요하다고 생각했다. 에드워드나 플로렌스 같은 실수를 하지 않기 위해서.

그사이 나는 첫 책을 출간하며 바쁘게 지내는 한편 자기중심적인 남자와 일 년 넘게 사귀었다. 해인은 입대와 동시에 집착하는 여자와 반년간 만났다. 우리는 기대했던 내면의 성장을 이루지 못하고 비슷한 시기에 각자의 연애를 끝냈다.

전역 후 해인이 먼저 연락해 밥을 먹자고 했다. 12월 12일. 지지부진하던 우리의 관계가 느닷없이 변한 날이었다. 나는 약속 장소인 버스 정류장에서 오들오들 떨며 코트를 여미고 있었다. 그런데 약속 시각을 십 분 앞두고 해인에게서 전화가 왔다. 그는 동네의 작은 성당의 위치를 일러주며 그곳으로 와달라고 부탁했다. 성당은 내가 있는 곳에서 걸어서 채 오 분도 걸리지 않았다. 동네를 오가며 자주 봤지만, 한 번도 들어가볼 기회나 의지가 없어 나에게는 밋밋한 풍경처럼 느껴지는 성당이었다. 그런데 성당? 뜬금없는 말이었다. 오랜만의 만남에 긴장되어 그를 마주하는 때가 늦게 오길 바라던 참이긴 했지만. 해인은 친구의 장례 미사에 와 있는데 인사를 나누다 보니 약간 늦어졌다며 밖이 추우니 성당 안에서 기다려달라고 했다.

나는 차라리 다른 날 만나자고 했다. 친구를 떠나보내고 해인이 어떤 얼굴을 하고 나에게 올지 상상이 안 되었다. 그는 답지 않게 고집을 부렸다. 오늘 우리가 꼭 만나야 하는 이유가 있기라도 한 것처럼. 결국 뜻을 굽혀 나는 성당으로 발걸음을 옮겼다. 처음 들어가보는 성당이 낯설어 움츠러들었다. 붉은벽돌 건물은 위협적이고 갑갑해 보였다. 나는 종교 시설에만 들어가면 온몸에 두드러기가 나는 것처럼 간지러웠고 습관처럼 소변이 마려웠다. 해인을 기다리는 이십 분 동안 화장실에 네 번 갔는데, 전부 빈뇨만 누었다. 마지막으로 소변을 본 후 손을 씻는데 보라색 숲 같았던 작은 방이 떠올랐다.

내가 열 살이었을 때 엄마는 아침부터 점심까지는 빌딩 청소를 했고 저녁에는 전기 구이 통닭집에서 일했다. 어느 날부터 엄마는 수요일 저녁마다 나를 수학학원 선생님에게 맡겼다. 그러면 선생님은 허름한 빌라로 나를 데려갔다. 보라색 줄무늬 벽지가 사방을 감싼 방에서 사람들이 옹기종기 무릎을 꿇고 모여 앉아 주문 같은 기도문을 외웠다. 골치 아프게도 선생님은 사이비 종교의 일원이었다. 나는 엄마에게 진실을 몇 번이고 말했다. 나중에는 머리가 아플 정도로 소리를 질렀지만, 엄마는 내 말을 듣지 않았다. 무상으로 나를 보살펴주는 선생님에게 오히려 고마워해야 한다고 타이를 뿐이었다.

그렇게 수요일 저녁 다섯시가 되면 어김없이 그 사람이 나를 데리러 왔다. 눈물이 피부에 흡수되어 기분 나쁜 끈적함이 남아 있는 채로 사람들 틈에 앉아 염주를 두 손 사이에 끼고 기도문을 따라 외쳐야 했다. 모임이 끝나면 선생님은 아직 엄마가 오지 않은 빈집에서 콩나물을 넣어 오징어짬뽕 라면을 끓여줬다. 내가 그걸 남김없이 다 먹는 걸 본 후에야 집을 떠났다. 겨우 혼자 남으면 나는 속을 게우기 위해 목구멍에 손가락을 넣곤 했다. 침과 역류한 위액이 묻어 시큼한 냄새가 나는 끈적끈적한 손을 오래도록 씻어야 했다.

그 보라색 방에 마지막으로 간 건 초등학교 육학년 초여름이었다. 기도 시간 중간에 화장실에 가는 척하며 그 집에서 도망쳤다. 빌라 건물을 나오자마자 오줌이 터져 나왔다. 반소매 위에 걸친 노란 리넨 셔츠를 벗어 허리에 둘렀다. 뛰다가 숨이 차면 걸었지만 절대 멈추지는 않았다. 마침 장대비가 내렸고 소변 실수를 숨길 수 있어 안심했다. 그렇게 쫄딱 젖은 채로 아파트 엘리베이터에 탔다. 그 안에는 옆집에 사는 일본인 아줌마가 있었다. 그녀는 친정에 다녀올 때마다 나에게 초코비와 과즙이 든 코코로 젤리 같은 간식거리를 선물로 주곤 했다. 아줌마는 서툰 한국어로 우산이 없었냐고 걱정스레 물었다. 나는 친구들과 비를 맞으며 놀았다고 거짓말을 했다. 내가 즐겁다는 듯 크게 웃자 아줌마는 알 듯 말 듯 한 미소를 보였다. 마음이 놓인 탓인지 아니면 부끄러움 탓인지 웃음이 줄줄 흘러나왔다.

중학교를 졸업하고 안 사실이지만 나는 절반의 등록비로 그 학원에 다녔다. 어린아이의 가난과 불행은 티가 났고 간사한 어른은 그걸 놓치지 않았다. 선생님은 의도적으로 나에게 접근했고, 학원비를 깎아주겠다는 설탕 발린 말로 엄마를 쉽게 매도했다. ("단체 심리상담 같은 거예요. 윤아같이 불안정한 애들이 엇나가지 않으려면 그런 도움이 꼭 필요해요. 다들 봉사하는 마음으로 오는 거라 돈도 안 받아요.") 그 사실을 알게 되고 나는 한동안 분노에 차 엄마가 십오만 원에 딸을 팔아넘겼다는 생각을 지울 수 없었다. 이 이야기를 꺼낼 때마다 엄마는 어쩔 수 없었다고 일관했다. 공부에 소질을 보이는 딸을 다른 아이들만큼 교육시키고 싶었지만, 형편이 되지 않았으므로 선택지는 하나뿐이었다고. 정말이지 그게 최선이었다고. 그리고 그 종교는 사이비가 아니라며 여전히 진실에 등을 돌렸다.

엄마의 말을 듣고 있으면 수요일마다 그 빌라에 가야 했던 건 부주의하게 나약함을 겉으로 내보인 내 탓 같았다. 사과받고 싶지만, 그 누구도 용서를 빌지 않을 때 자기 탓을 하면 현재의 분노를 빠르게 누그러뜨릴 수 있다는 걸 나는 알았다. 그 덮어둔 분노가 미래에 어떤 형태로 변모해 나를 파괴할 수 있다는 걸 알았지만, 달리 방법이 없었다.

내가 그날 그곳에서 도망쳐 왔기 때문에 다행히 엄마나 오빠는 사이비에 전도되지 않았다. 아니, 나의 용기와 무관하게 아무도 그 종교를 믿지 않았을 것이다. 엄마는 하루 벌어 하루 먹고살기 바빴고, 오빠는 엄마가 자신에게 무엇이든 요구하는 걸 조금도 못 견뎌했으니까.

성당 로비 테이블에 엎드려 누워 있는 나의 어깨를 톡톡 친 건 해인이었다. 상체를 일으켜 앉아 멍한 눈으로 그를 응시했다. 진역한 지 일주일이 조금 넘었다는 그의 머리는 생각보다 짧지 않았다. 내가 아는 이 년 전 해인의 얼굴 그대로였다.

"정말 미안해."

"네가 오늘 장례식에 가는 걸 알았다면 만나자고 하지 않았을 거야. 이런 날 내가 너를 억지로 불러낸 것만 같잖아."

내가 불편한 티를 감추지 않으며 심상하게 말했다.

"오늘 아침에 나갈 준비를 하는데 부고를 받았어. 평소에 교류하던 친구는 아니고 먼 동창이야. 그런데 너를 만나는 날을 미루고 싶지 않았어."

해인은 성당에 있는 게 어색해 보이지 않았다. 그를 알고 지내는 동안 성당에 다니는 것을 한 번도 보지 못했다. 그는 일요일을 주일이라고 말한 적도 없었다. 해인에게 가톨릭 신자냐고 물었다. 그는 인제에서 할아버지를 따라 성당에 다녔고 세례도 받았지만 더는 믿지 않는다고 답했다. 나는 그에게 종교가 없다는 점이 마음에 들었다.

그로부터 여덟 시간 후 우리는 연인이 되었다. 처음 그를 보고 일었던 사랑의 충격은 연애로 이어지지 않았다. 하지만 이 년 후 재회했을 때 급작스럽게 연애의 충동이 찾아왔다. 서로를 가엽게 여기는 마음이 돋아난 덕분이었다. 그날 해인은 처음 또래의 장례를 치러본 이십대 초반답게 자주 대화의 길을 잃었고 내면의 억누름에서 오는 차분한 분위기를 풍겼다. 평소보다 그의 몸피가 작다고 느껴질 정도였다. 해인도 첫인상에서 느낀 감정을 연애까지 끌고 오는 데 필수불가결한 요소는 연민이라는 것에 동의하리라. "진짜 재미없는 이야기 해줄까?" 이 말을 시작으로 나는 처음으로 그에게 가족 이야기를 했다. 나에게 어떤 위로든 해주고 싶어 눈치 보는 강아지처럼 안절부절못하는 그를 보고 내가 말했다. "너 참 안되었다." 그러자 해인은 눈 맞춤을 피하지 않은 채 내 쪽으로 몸을 기울이며 그 말을 똑같이 따라 속삭였다. 그때 내가 느낀 안도감은 아직도 높은 채도로 선명히 기억한다. 그 뒤로 분위기가 부드러워졌고 우리는 별것도 아닌 말들에도 웃음을 터뜨렸다.

친구였을 때와 달리 더 많은 것을 공유하는 연인이 되니 맞춰가야 할 것들이 많았다. 연락의 빈도, 주량, 통화를 위한 잠의 희생 정도, 성욕, 책임감. 가장 다행스러웠던 점은, 우리가 진취에 대한 열망의 총량이 비슷했다는 것. 해인은 곧장 복학해 학교를 빠르게 마친 후 곧바로 인테리어 자재 회사에 취업했다. 나 역시 소설가 활동을 병행하면서 한 번의 휴학 없이 학교를 졸업했다. 앞으로 나아가는 것에 두려움이 없는 우리는 결혼 이야기를 스스럼없이 입에 올리기 시작해 지금에 이르렀다. 우리의 열망에 한 가지 다른 점이 있다면 나는 과거를 보상받기 위해 꿈을 꿨고 그는 미래를 마중 가기 위해 꿈을 꿨다는 것.

*

집으로 돌아가는 길 내내 해인은 여러 아이디어를 내놓았다. 소설에 큰 도움이 되지는 않았지만, 딱딱하게 응고된 나의 머리를 조금은 부드럽게 풀어주었다. 집에 도착해 해인은 우리가 파주에 살았을 때 자주 갔던 국숫집의 아부라소바를 만들어줬다. 그는 요리가 취미였고, 특히 우리의 단골집 메뉴를 흉내 내는 걸 좋아했다. 해인은 식재료를 다듬고 조합하며 맛을 만드는 과정에서 스트레스가 풀린다고 했다. 가게에서 먹었던 것보다 깊이는 부족했지만, 맛 자체는 그럴싸했고 돼지 뒷다리 살이 가득 올라가 있어 푸짐했다.

저녁 식사 후 다시 작업 방에 들어와 작파한 소설과 다시 마주했다. 해인과의 첫 만남과 애인이 된 날의 장면을 선명하게 떠올리려고 애쓰며 책상에 앉아 눈을 감았다. 사적이고 유일한, 그래서 특별한 그와의 추억을 글로 쓸 자신이 없었다. 역시 그 소재는 조금 더 아껴두는 게 좋겠다고 생각하며 전날 밤에 쓰다 만 문장을 이어 다시 쓰기 시작했다. 이유는 알 수 없지만 머릿속에서 불타는 자동차의 이미지가 스케치되었다. 형태만 알아볼 수 있을 정도에서 점차 선이 굵어지더니 명암이 생겼고 채색까지 빠른 속도로 이뤄졌다. 어찌나 생생한지 책상 주위에 민들레 홀씨

같은 불씨가 나부끼는 것 같았다. 그 참담한 사고 현장에서 어떻게 로맨스를 뽑아내야 할지 고민이 깊어졌다. 자정이 되면 해인이 방문을 두들겨 크리스마스임을 알릴 것이고 그러면 집중력이 흐트러져 그대로 작업이 끝날 것이다. 그 전에 한 장이라도 쓸 수 있길 바랐다.

크리스마스의 악몽

결혼식에서 받아 온 꽃들을 다듬고 화병에 꽂는 사이 해인이 전날 소바에 사용하고 남은 쪽파를 올려 마파두부덮밥을 만들어 줬다. 아침을 소화시키기 위해 집안일을 하다 보니 벌써 휴일을 마무리 짓는 초읽기에 들어간 것 같아 조급해졌다. 한 해가 끝나 긴다는 사실과 더불어 앞으로 해나가야 할 결혼 준비가 벅차게 느껴졌다. 간소하게 치르는데도 이렇게 번거로운데, 성대한 식을 올리는 사람들은 어떻게 해내는 것일까. 나는 실제로 내가 해야 할 일들보다 결혼이라는 사실 그 자체에 더 압도되어 있었다.

그런 잡념에 사로잡혀 수건을 개는데, 해인이 크리스마스 선물을 교환하자고 했다. 볕이 좋은 오후 두시였다.

나는 2월에 가기로 한 스키장에서 쓸 비니를 선물했다. 나도 해인의 것과 색상은 같지만, 디자인이 다른 비니를 장만했다. 나는 그가 선물로 버켄스탁을 준비했으리라고 짐작했다. 지난여름 나는 버켄스탁의 스웨이드 샌들을 살지 고민하다가 끝내 포기했다. 장편을 마무리하면 수고의 의미로 스스로에게 선물하려고 했는데, 출간이 무산된 탓이었다. 다른 이유를 붙여서라도 살 수 있었겠지만, 조금 더 신중하게 고민한다는 것이 길어져 결국 사지 않았다. 얼마 전 해인이 그 샌들이 할인 중이라는 말을 흘렸고, 나는 그가 나름 크리스마스 선물 힌트를 준 거라고 추측했다.

해인은 등 뒤에서 상자를 꺼내는 대신 테이블에 아무렇게나 놓인 귤껍질을 치우고 휴대폰을 내밀었다. 푸르게 빛나는 휴대폰 액정에는 이탈리아행 왕복항공권이 예약 완료되었다는 내용의 글이 적혀 있었다. 호들갑 떨고 싶지 않았으나 입에서 환호성이 먼저 나오고 말았다. 그가 "아직 끝나지 않았어"라고 말하며 반으로 접힌 작은 편지지를 내밀었다. 그것을 펼쳐 보니 부츠 모양의 이탈리아 지도가 그려져 있었다. 실선으로 표현된 도시와 도시를 잇는 여행 경로 위에는 작은 졸라맨으로 그려진 해인과 내가 있었다.

"우리의 여행은 여기서부터 시작될 거야."

해인이 나폴리를 가리켰다. 검정 펜으로 그린 투박한 그림은 나폴리부터 시작해, 바리를 거쳐 시칠리아까지 이어져 우리가 어디를 가고 무엇을 먹을 건지 알려주고 있었다. 나폴리에는 피자와 레몬 그리고 이스키아섬이, 바리에는 파스타와 비키니가, 시칠리아에는 에트나 화산이 그려져 있었다.

에트나 화산이라니. 프러포즈 날, 오랫동안 잠들지 못한 우리는 신혼여행지를 고민하다가 에트나 화산에 올라보자고 의견을 모았다. 우리는 검은 숨을 토해내며 살아 있음을 증명하는 격동적인 화산에 경외심을 품고 있었다. 또 그 산을 함께 등반하는 과정은 앞으로 함께할 삶의 축소판과도 같았다. '우리는 에트나 화산을 함께 올랐으니까.' 이 말이 훗날 어떤 어려움이 닥치더라도 헤쳐나갈 힘이 되어줄 것만 같았다. 해인이 이직이나 퇴사를 하지 않는 한 이렇게 길게 해외여행을 갈 기회가 드물 것 같아 이번에 꼭 이탈리아 최남단에 있는 그 신비로운 화산섬에 가자고 약속했다.

"고마워. 이걸 다 언제 알아본 거야?"

"꽤 고생했어. 그림은 좀 아쉽지만 말이야."

그동안 해인보다는 시간을 자유롭게 쓸 수 있는 내가 주로 여행 정보를 알아보았다. 하지만 마감 날이 다가오자 정신이 없어졌고 한동안 신혼여행 준비에 신경을 쓰지 못했다. 고맙게도 그런 나를 대신해 그가 계획을 짜고 표를 예매했다.

"같이 쓰는 카드로 결제했지?"

"당연히 아니지. 이건 크리스마스 선물이잖아."

"푯값 엄청 비쌀 텐데."

내가 걱정스레 물었다. 그의 고운 마음을 온전히 받고 기뻐하고 싶었지만, 습관처럼 돈 걱정이 나와버렸다.

"나 백수였을 때 네가 반지를 맞춰줬잖아. 그거 갚으려면 멀었지."

해인이 왼손을 들어 나에게 보여줬다. 세로로 나뭇결무늬가 새겨진 투박한 백금 반지는 푯값의 절반도 못 미치는 가격이었

104

지만, 그는 미래가 불확실했던 시절에 그것도 결혼을 일찍 하고 싶어 하는 내가 자신의 곁을 떠나지 않은 것을 늘 고마워했다. "쩌리 시절 옆에 있어준 여자를 잡아야 해"라고 말하곤 했다.

"반지 맞추고 이 집 꾸밀 때까지만 해도 꿈꾸는 거 같았어. 그런데 이제 한 계절만 바뀌면 우리가 부부가 된다니, 참 놀라워."

"이런 곳에서 살 수 있을지, 걱정될 정도로 낡고 오래된 집이었잖아. 우리 손으로 하나하나 고쳐서 그런지 정이 많이 들었어. 이제는 정말 아늑하고 살기 좋은 집이 되었고."

입주 전 해인과 낡은 아파트를 고쳤던 가을의 볕과 냄새를 아직도 섬세하게 기억한다. 지어진 지 삼십 년 가까이 된 아파트였다. 집을 처음 보러 간 날 만난 집주인은 감색 체크무늬 셔츠를 입은 백발의 노인이었다. 그는 리모델링을 하지 않아 새시가 망가지고 나무 문틀도 너무 구식이라며 멋쩍어했지만, 오히려 나는 그 오크색 나무 문틀에 반했었다. 그 아파트는 과거에 집주인의 신혼집이었고, 그곳에서 아이 둘을 낳아 초등학교에 들어갈 때까지 살았다고 했다.

우리는 지난겨울의 흔적인 결로와 곰팡이를 닦아내고 새하얀 페인트를 칠했다. 거실에 티브이장을 두는 대신 집주인에게 허락받고 그 자리에 긴 선반을 달았다. 짜장면을 시켜 먹고 다시 기운을 내서 노랗게 변한 콘센트 커버를 철물점에서 산 새것으로 교체했다. 화장실은 아예 개조해야 하는 수준이었다. 파란 타일과 때가 탄 욕조, 덮개 없이 전구가 노출된 조명. 심지어 환풍기도 없었다. 처음에는 그것에 큰 불편함을 못 느꼈으나 점점 심해지는 곰팡이에 결국 작은 제습기를 사야 했다. 그 후에도 필요한 것이 끝도 없이 생겨나 이케아에 세 번 가야 했고, 갈 때마다 긴 긴 영수증을 받았다.

그 정도로 우리의 손을 거치지 않은 곳이 없는 집이었다. 첫 집이라 미련이 남을 줄 알았는데, 어느새 계약 기간인 이 년의 절반을 훌쩍 넘겨 슬슬 다음 집을 모색할 때가 되자 오히려 홀가분했다. 후회 없이 애정을 쏟아낸 탓도 있겠지만, 그와 함께 삶의 다음 단계로 나아가는 일에 저항감이 옅어졌기 때문이었다.

*

해인이 새 분쇄 원두를 꺼내고 모카 포트에 불을 올려 커피 내릴 준비를 했다. 나는 냉장고에서 블루베리 크럼블을 꺼내 접시에 담았다. 동네 단골 빵집에서 사 온 양장본 책만큼 커다랗고 두꺼운 크럼블로, 어젯밤 크리스마스 케이크 대신 사 왔다. 각자의 역할이 알맞게 분배되어 군더더기 없는 동선으로 티타임을 위한 식탁이 차려졌다. 오후 느지막이 달콤한 디저트와 함께 커피를 마시니 따분하지만 넉넉한 크리스마스가 되었다.

노트북을 펼쳐 넷플릭스에 접속해 어떤 영화를 볼지 이십 분 가까이 고민하던 중 불현듯 내가 놓친 일이 떠올랐다.

"해인아, 너 해진이한테 결혼하는 거 말했어?"

"지난주에 통화하면서 말했지."

"나, 오빠한테 아직 말을 안 했네."

오빠 역시 엄마처럼 나의 결혼을 진지하게 받아들이지 않았다. 나의 결혼을 금기처럼 여기는 어색한 형제에게 어떻게 결혼을 알려야 할까.

"다음 주가 새해니까, 그때 본가에서 만나지 않아?"

"오빠가 파주로 온다고 했어. 그날 말하면 되겠지? 아니면 지금 전화해서 바로 말할까?"

"얼굴 보고 이야기하는 게 낫지 않아?"

"혹시라도 오빠가 더 일찍 말하지 않았다고 뭐라고 할까 봐."

"그래봤자 일주일 차이인데?"

"알잖아, 우리 오빠 늘 이상한 포인트에서 기분 상하고 화내는 거. 도대체 그 장단을 맞출 수가 없단 말이야."

마지막으로 오빠를 만난 건 지난 추석이었다. 오빠는 얼마 전 승진했다며 엄마와 나에게 족발을 사줬다. 근황을 전하며 오빠는 얼마 전 고양이를 파양했다고 했다. 오빠에게는 일 년째 같이 사는 삼색 털 고양이가 있었다. 빌라 이웃이 보살피던 길고양이가 다섯 마리를 낳자, 단지 곳곳에 입양 공고문이 붙었다. 오빠는 그중 가장 얌전해 보이는, 몸집이 작은 새끼를 집으로 데리고 왔다. 나는 입양 소식을 듣기 전까지 오빠가 고양이를 좋아하리라고는 상상도 못 했다. 그러니까 작은 생명에 호의를 갖고 있으리라고는.

그러나 새끼 고양이는 활발했고 시끄러웠으며 종종 오빠에게 발톱을 보였다. 그래도 오빠는 꾹 참고 일 년을 함께 살았다. 오빠의 표현을 빌리자면 그 버르장머리 없는 고양이와 같이 사는 건 불가능했다. 원래 사람 무는 개도 안 기르는 법이라며 자신의 행동을 정당화했다. 고양이도 자기와 함께 사는 게 별로 행복해 보이지 않았다고 확신했다. 엄마도 오빠의 편을 들며 애정으로 키운 고양이가 갑자기 흥분해 할퀴는 바람에 응급실 신세를 진 지인의 이야기를 들려줬다. 무엇보다 동물을 키우는 데에는 돈이 많이 든다면서 갑자기 나를 보더니 키울 생각도 말라고 잔소리했다. 어린 시절 내가 고양이를 키우자고 떼를 썼던 걸 기억하는 듯했다. 두 사람의 대화를 듣는 내내 오빠가 음식을 짭짭거리는 소리가 귀에 거슬렸다. 오빠가 그 고양이를 어디로 보냈는지는 끝내 기억나지 않는다.

"부모님도 아니고 형제한테 알리는 건데, 그렇게 긴장할 것 없잖아. 형님한테 결혼 허락받는 것도 아니고. 윤아가 잊은 거 같은데, 결혼은 집안의 경사야. 경사를 알리는데 왜 그렇게 걱정해?"

"그야 우리 가족한테는 이게 경사인지 모르겠으니까."

나 역시 걱정이 기우에 그쳤으면 했지만, 오빠는 해인을 못마땅해했다. 오빠는 능력이 부족하다며 해인을 깎아내리곤 했다. 사회초년생인 남자를 네가 먹여 살릴 거냐고 타일렀다. 경제적 조건을 면밀하게 따지자면, 도움을 줄 수 있는 부모님이 계신 해인 쪽이 더 낫다는 걸 오빠도 모르지 않을 텐데. 어쩌면 그 차이를 잘 알기에 일부러 자존심을 내세우는 걸지도 몰랐다.

무엇보다 오빠에게는 해인에 관한 묵은 편견이 있었다. 우리 남매와 해인은 모두 같은 중고등학교 출신이었다. 학년이 달라 그때는 서로를 몰랐지만, 오빠와 해인은 불쾌한 방식으로 만난

적이 있었다.

고향에는 꽤 넓은 인조 잔디 운동장이 있는 공원이 있다. 중학생이던 해인과 고등학교에 갓 입학한 오빠는 운동장에서 각자 축구 시합을 하고 있었다. 그런데 해인과 오빠의 친구 중 한 명이 실수로 몸을 세게 부딪쳤다. 고등학생들은 머리 하나만큼 더 큰 키를 과시하며 해인을 내려다봤다. 처음에는 비속어를 쏟아내며 일방적으로 해인을 몰아붙이다가, 점점 몸을 건드리기 시작했다. 해인의 친구들도 모여들며 싸움이 산불처럼 번졌다. 해인 역시 사춘기 한가운데를 지나는 소년답게 얼굴이 붉어진 채 지지 않고 몸싸움에 뛰어들었다.

내가 해인을 가족에게 처음 소개해준 날 오빠는 바로 그를 알아보며 "너 옛날에 축구 하지 않았어?"라고 반말로 물었다. 오빠는 해인을 무례하고 맹랑한 후배로 기억하고 있었다. 하지만 해인은 고등학생들이 먼저 터무니없는 이유로 시비를 걸어와서 생긴, 남자아이들이라면 한 번쯤 겪을 법한 흔한 다툼이었다고 가볍게 기억했다. 현장을 목격하지 못한 나로서는 무엇이 진실인지 알 수 없었지만, 오빠는 그 순간의 인상만으로 해인을 전부 판단하려 했고 나는 그 태도가 불편했다. 언제까지고 과거를 들먹이는 건 어리석어 보였다.

나는 포크로 애꿎은 크럼블만 쪼갰다. 어느새 노트북은 잠금 화면으로 전환되었다.

"지금 네가 옆에 있을 때 말하는 게 좋겠어."

이런 고민으로 쓸데없이 시간을 허비하는 게 아깝다고 느껴졌고 곧장 오빠에게 전화를 걸었다.

"여보세요?"

통화가 연결되자마자 거친 소음이 고막을 때렸다. 식기 부딪치는 소리가 요란한 걸 보아 식당인 듯했다.

"뭐 해?"

"밖이야. 밥 먹어."

"쉬는 날이야?"

오빠의 회사는 교대근무를 하기 때문에 주말이나 공휴일에도 일하는 경우가 잦았다.

"응. 왜? 무슨 일 있어?"

오빠가 심상하게 물었다. 가족끼리 자주 연락을 하지 않는 탓에 갑자기 전화라도 오면 긴급한 사안이 생겼다는 생각부터 드는 것이다.

"오빠."

나는 대화의 물꼬를 어떻게 터야 할지 몰라 해인을 흘깃 봤다. 내 눈빛에서 걱정을 읽었는지 그가 용기를 나눠주듯 손을 맞잡았다.

"나 결혼해."

잠시 숨 막히는 정적이 흘렀다.

"결혼한다니까. 프러포즈도 받았어."

"진짜로? 프러포즈를 받았다고?"

오빠가 크게 동요했다. 자리에서 일어나 밖으로 나가는 소리가 전화기 너머로 고스란히 들렸다. 살을 할퀴는 듯한 바람 소리가 생생했다.

"응."

"엄마한테는 말했어?"

"말했지. 엄마도 알겠대."

"언제 하는데?"

오빠는 내가 말을 이을 기회를 주지 않고 질문을 던졌다.

"4월 25일."

"네 결혼이니까 알아서 하겠지. 어쨌든 축하한다."

오빠는 하고 싶은 말을 참는 것 같았다. 전과 달리 이십대 중반의 나이를 책잡아 결혼이 이르다는 둥 찬물을 끼얹지도 않았다. 프러포즈를 받고 엄마도 허락한 마당에 오빠가 무슨 말을 더할 수 있을까? 그도 이 이상 동생의 결혼에 왈가왈부하는 것이 바람직하지 않다는 걸 알고 있을 것이다.

전화를 끊고 나니 갑자기 심장이 느리게 뛰는 것이 느껴졌다. 통화 내내 지나치게 긴장했다는 사실을 뒤늦게 자각했다. 나는 가족에게 결혼을 알리는 과정에 과할 정도로 신경을 곤두세우고 있었다.

"별거 아니었네. 오빠도 축하한대."

"당연하지, 결혼은 축하할 일이잖아!"

내가 해인을 향해 양팔을 위로 뻗었다. 그도 화답하며 나를 와락 안았다. 우리는 서로를 부둥켜안고 메트로놈처럼 좌우로 몸을 흔들었다.

마음의 짐을 덜은 후 고심 끝에 영화 〈우리도 사랑일까〉를 골랐다. 마고가 이혼을 고했을 때 루가 그동안 숨겨왔던 진실을 고백하는 장면은 정말이지 인상적이었다. 마고는 샤워할 때마다 갑자기 찬물이 나오곤 해서 수도가 고장 난 줄 알고 있었는데, 사실 매일 루가 커튼 뒤에서 찬물을 끼얹는 장난을 친 거였다. 루는 몇십 년 후에 이 사실을 밝혀 노인이 된 마고의 웃는 얼굴을 보고 싶었다. 하지만 그들은 헤어졌고 루는 이제 마고가 어떻게 늙어갈지 알 수 없게 되었다. 그 장면에서 나는 가슴이 먹먹해졌다. 그 말을 하는 루는 정말 슬퍼 보였다.

찬물을 끼얹듯 영화의 감동을 깬 건 휴대폰의 진동이었다. 발신자는 오빠였다.

"야! 너는 무슨 애가 그러냐? 엄마 생각은 하나도 안 해?"

예상치 못한 윽박에 순간 목덜미가 서늘해졌다. 옆에서 볼을 맞대고 같이 듣고 있던 해인도 어리둥절하긴 마찬가지였다.

"그게 무슨 말이야."

"엄마한테 제대로 설명하지도 않고 무작정 결혼하겠다는 거야?"

"엄마한테 결혼한다고 말했어. 엄마도 알겠다고 했고, 상견례 어떻게 할지도 같이 이야기했어. 큰삼촌 부르⋯⋯."

"엄마가 아니라는데?"

오빠는 나의 해명 따위는 중요하지 않다는 듯 너무 쉽게 말을 잘랐다.

"뭐라고?"

많은 사람이 보는 무대에 오른 사람처럼 목소리가 떨렸다. 지난 주말 엄마와 보낸 반나절, 함께 먹은 샤부샤부와 아귀찜, 아직 남아 있는 냉장고의 반찬들이 전부 환상처럼 느껴졌다. 그날 나는 긴장과 이완 끝에 결혼 준비에 작은 진전을 이뤘다고 철석같이 믿었는데.

오빠는 나와 전화를 끊은 후 바로 엄마에게 연락했다. 엄마는 내가 왜 그렇게 빨리 결혼하려는지 모르겠다는 말만 반복했다. 아무런 준비가 되지 않았다면서 하소연을 쏟아냈고 나를 두고 혼자인 자신을 전혀 배려하지 않는 무정한 딸이라고 했다. 실 리프팅을 받고 싶다고 할 땐 언제고 고작 며칠이 지났을 뿐인데 엄마의 마음이 전복됐다니.

"너 엄마한테 결혼한다고 언제 말했어?"

오빠의 목소리에는 나의 잘못을 책망하기 위한 사나움만 서려 있었다.

"지난 주말에."

"야! 너는…….'"

나는 오빠가 분명 상스러운 말을 입안에서 굴리고 있으리라고 생각했다. 어린 시절 오빠는 그런 식으로 나에게 겁을 주곤 했으니까.

"결혼 오 개월 전에 엄마한테 그딴 식으로 통보한다고? 친구한테도 그렇게 안 해! 최소 일 년 전에는 결혼을 알리는 게 정상 아니야?"

나는 내가 무엇을 그렇게 잘못했는지 알 수 없었다. 엄마에게 오 개월이라는 시간은 딸의 결혼을 받아들이기에 너무 짧은 건지도 몰랐다. 그러나 나는 가족에게 지금껏 결혼을 비밀에 부치다 갑작스럽게 고백한 것이 아니었다. 왜 다들 이제 와서 해인의 존재를 처음 안 것처럼, 내가 평생 비혼주의였다가 갑자기 가치관을 뒤집기라도 했다는 것처럼 구는 걸까. 왜 결혼에 대한 나의 선택권과 자율성을 아무렇지 않게 앗아가고는 내가 비상식적인 사람인 것처럼 몰아가는 걸까.

"도대체 언제까지 허락을 구해야 하는데?"

"될 때까지. 나 말고 엄마한테."

"알았어. 지금 당장 전화해서 다시 말하면 되잖아. 이렇게 말 바꿀 때마다 계속 허락 구하면 되잖아."

오빠의 대답을 듣지도 않고 통화를 종료시켰다. 곧바로 다이얼에 엄마 번호를 눌렀다. 엄마가 훼방 놓으려 하는 딸의 결혼이 절대 없었던 일이 될 수 없다는 걸 보여주고 싶었다. 그때 엄마에게 문자가 왔다.

─왜 그렇세 결혼을 서두르는 건지.

─나는 도저히 이해가 안 되네.

─정말 임신이라도 했니.

마지막 메시지를 읽자마자 웨딩드레스에 소변 튀는 장면이 눈 뒤에서 선명하게 재생되었다. 엄마는 나에게 왜 이런 수모를 주는 걸까. 평소 말줄임표가 없으면 문자를 못 쓰는 사람이었는데, 왜 지금은 문장부호 하나 없는 날카로운 문장으로 나를 찌르는 걸까.

"해인아, 나 혼자 이 상황을 이해 못 하는 건가? 왜 또 나를 못

살게 구는 건데?"

"우선 진정해봐, 윤아야."

해인이 말릴 틈도 없이 엄마에게 전화를 걸었다. 휴대폰을 손에 쥐고 있었던 듯 두 번의 연결음 만에 엄마의 목소리가 들렸다.

"엄마, 왜 거짓말해서 오해를 만들어? 오빠한테 전화 와서 난리였어."

"있는 그대로를 말했을 뿐이야. 나는 너를 도무지 이해할 수 없다니까."

엄마는 문자 내용 다시 육성으로 내뱉을 뿐이었다. 엄마와의 대화는 항상 이런 식으로 빙빙 돈다. 결말 없이 전개만 있는 지루한 글처럼. 엄마는 이 결혼을 끝없이 미루고 싶어 했고, 그 과정에서 결혼이 무산되길 바라는 것 같았다.

"엄마, 제발. 내가 결혼하고 싶을 때 결혼하고 싶어."

"그게 꼭 지금이어야 해? 올봄은 급해도 너무 급해. 아니면, 혹시 해인이가 지금 결혼 안 할 거면 헤어지자고 하던?"

"그런 거 아니야. 뭐가 그렇게 마음에 안 드는 건지 모르겠지만, 나 좀 내버려둬."

"무슨 죄지은 애들처럼 도둑 결혼도 아니고 이렇게 급히 해야 할 이유가 없잖아. 아니, 그렇잖아. 왜 한창 일해야 할 네 나이에 홀랑 결혼을 하냐고."

도둑 결혼이라는 표현에 스위치가 눌린 듯 화가 터져 나왔고 내가 감당할 수 없는 말이 멋대로 흘러나왔다.

"엄마는 무서운 거지? 내가 결혼하면 팩 돌아서서 돈 안 빌려줄까 봐? 내 가정 챙기느라 바빠서 엄마 살펴보지 않을까 봐? 결혼했다가 덜컥 애라도 들어서면 돈 들어갈 데 많아서 엄마한테 줄 돈 없을까 봐?"

"너는 말을 왜 또 그렇게 하니. 엄마가 하지 말라면 좀 들어!"

짧은 침묵이 맴돌았다. 얼굴은 눈물범벅이었고 계속 흐르는 콧물을 훔치느라 인중이 따가웠다.

"엄마 뜻대로 결혼 안 할 테니까, 대신 돈 갚아. 집도 당장 빼고 전세금도 내놔!"

"어, 그래. 네 돈 다 줄게, 그러면 되지? 나 여수 내려가서 할머니랑 살라니까!"

최악으로 치닫는 모녀의 말싸움을 불안하게 지켜보고 있던 해인이 내 손에서 휴대폰을 빼앗았다. 그가 또 무시무시한 말을 내뱉으려고 들썩이는 나의 어깨에 팔을 둘렀다. 마치 울타리를 치듯이.

"어머님, 저 해인이에요."

"……어, 해인아. 옆에 있었구나."

엄마의 목소리가 누그러졌다.

"오늘은 너무 감정적으로 흥분한 것 같으니까 다음에 이야기하는 게 어떨까요? 윤아는 제가 잘 살필게요."

"그래, 고맙다. 윤아가 좀 예민해."

예민하다, 가족에게 자주 들어온 말이었다. 통장에 돈이 빠져나갈 때마다 기분부전증에 걸려 한 계절을 무기력하게 보내고 있으면 엄마와 오빠는 내가 너무 예민한 거라고 했다. 오빠는 엄마에게 질리지도 않고 이렇게 물었다. "윤아가 아빠한테 제일 덜 맞았는데 왜 자기가 제일 불쌍하다고 생각하지?" 실제로 나는 나머지 가족보단 아빠의 표적이 되는 일이 적었다. 몸이 작은 딸을 무자비하게 손찌검하지 못한 건 일말의 자존심이었는지도 몰랐다. 대신 오빠가 나에게 손을 댔다. 아빠한테 당한 화풀이를 애먼 나한테 하곤 했다. 나는 아빠보다 오빠가 더 무서웠다. 그래서 그에게 결혼을 알리는 일이 그토록 두려웠던 걸지도 몰랐다. 또 엄마는 수년 전 찾아갔던 점집의 무당이 한 말을 끄집어내곤 했다. "딸이 아빠 영향을 제일 많이 받을 거라고 조심하라고 했는데, 그 말이 정확히 들어맞네." 나에게는 어떠한 변명이나 변호의 기회도 주지 않고 모자는 고개를 끄덕였다. 내가 너무 예민하다고.

"그래도 윤아 옆에 네가 있어서 다행이다."

엄마는 결혼을 미루라고 떼를 쓸 때 언제고 예비 사위에게 어린아이를 맡기듯 나를 부탁했다. 마치 그 수학 학원 선생님에게 나를 맡겼을 때처럼. 해인과 나의 관계를 지지하면서, 결혼은 허락하지 않는 엄마의 말들에 마음이 어지러웠다. 엄마를 영영 이해하지 못할 것 같았다.

결혼은 전진이 아니라 후진이었다. 결혼을 준비하기 시작하며 미래보다 과거를 더 많이 생각하게 되었다. 이렇게까지 과거를 돌아본 적이 있었나? 결혼 준비는 다가올 미래와 변화에 대비하는 완충의 시간이 아니라 놓아주지 못했던 유년에서 기꺼이 졸업하기 위한 시간일지도 몰랐다.

장르 전환

원래는 트리를 1월까지 치우지 않는 나였지만, 올해는 크리스마스 다음 날 바로 분해해 베란다 붙박이장에 정리했다. 기억하고 싶지 않은 음울한 크리스마스였다. 평생 그렇게 많이 운 날이 없었다. 게다가 하루아침에 크리스마스 선물로 받은 이탈리아행 항공권을 환불해야 하는지 고민하게 될 줄이야. 어떤 불가해한 힘이 내게서 그해 겨울을 송두리째 앗아가려 하는 것만 같았다. 겨우 좋아하게 된 추위와 눈이었는데.

크리스마스 다음 날 엄마에게 사과의 메시지를 보냈다. 아침이 되고 이성이 다시 감정보다 우위를 차지하자 엄마의 기분을 풀어주는 게 최우선이라는 판단이 들었다. 나도 엄마에게 해야 할 말과 하지 말아야 할 말을 구분하지 못했으니.

ㅡ어제 막말해서 미안해.

ㅡ내가 너무 흥분했어.

엄마에게 문자를 보내며 가족에게 결혼을 축복받고 싶은 내 안의 욕망을 확인했다. 원가족을 배제한 채 결혼한다면 홀가분할 테지만, 그러면 이 결혼이 정말 엄마를 향한 치기 어린 복수극밖에 더 되지 않을 테니까. 나는 내 결혼이 그런 식으로 이용되는 걸 원하지 않았고 훗날 돌이켜 결혼을 생각했을 때 가슴이 콱 막힌 듯한 고통을 느끼는 것만큼은 피하고 싶었기에 엄마와 오빠의 존중 속에서 결혼하고 싶었다. 무엇보다 결혼 준비를 즐겁게 하기로 해인과 약속했으니, 최소한 엄마와 사이좋게 지내기 위해 노력해야 했다.

오후 늦게야 엄마에게 답이 왔다.

─집에 와서…… 책에 사인 좀 해줘.

─책 줘야 하는 사람이 있어…….

내 사과에 대해서는 일절 언급하지 않았다. 어제 그렇게 서로를 헐뜯어놓곤 책에 사인을 해달라니. 나는 고작 사인 때문에 파주까지 갈 수는 없다고 했다. 그러나 엄마는 갈빗집 사장한테 부탁받은 일이니 해줬으면 좋겠다면서 완고하게 굴었다. 그러게 왜 자랑하고 다녀서 일을 만드는 걸까. 우리의 관계가 틀어져도 엄마에게 나는 변함없는 자랑거리였다. 나는 그것이 못내 거북했다. 마침 그 주 주말에 해인이 그의 본가에 갈 일이 있었고 나는 사인한 책을 그 편으로 보내기로 했다.

엄마와의 관계 회복은 진전이 없었지만, 다른 결혼 준비는 차질 없이 진행되었다. 해인의 예복을 결정했고 수선까지 마쳤다.

그러나 그는 넥타이를 결정하지 못해 쩔쩔맸다. 매장 네 곳을 돌며 넥타이를 열한 개 정도 매봤지만, 그는 여전히 보는 사람마저 답답해지는 신중한 얼굴로 조금 더 고민하고 싶다고 했다. 결국 우리는 넥타이를 사지 못하고 집으로 돌아왔다.

웨딩 촬영 스냅 업체를 선정하는 건 훨씬 어려운 과제였다. 나는 필름 카메라로 찍은 빈티지 웨딩 스냅을 원했다. 스냅 작가들의 소셜미디어 계정을 팔로우하고 그들이 피드에 전시해놓은 레퍼런스 이미지를 꼼꼼하게 살폈다. 그러나 업체는 너무 많았고, 가격과 작업물 분위기는 엇비슷해 선뜻 결정을 내릴 수 없었다.

고심 끝에 여성 작가이며, 자체 스튜디오를 보유해 따로 공간 대여가 필요하지 않고, 야외와 스튜디오 상품을 부분 선택할 수 있는 업체를 골랐다. 메이크업 제휴를 지원하고 있다는 점에서도 수고를 덜 수 있었다. '스튜디오 베이식 웨딩 촬영(장소 1곳 / 의상 1벌 / 제한 시간 90분)' 상품의 가격은 팔십오만 원이었다. 앞에 '웨딩'이라는 단어가 붙으면 뭐든 웃돈이 붙는 법이었다.

정작 문제는 스냅 예약이 생각보다 쉽지 않다는 것이었다. 겨울이라 비수기로 예상했는데 1월 주말에 예약이 가능한 날짜는 둘째 주 일요일뿐이었다. 아무래도 직장 때문에 주말 촬영이 선호되는 듯했지만, 평일도 대부분 회색 글씨로 '예약 마감'이 적혀 있었다. 다른 업체들도 크게 다르지 않았다. 팔로워가 십만이 넘는 유명 스냅 작가는 벌써 내년 상반기 예약이 마무리되고 하반기만 받는 곳도 있었다. 결혼도 연애도 하지 않는 시대라고 했건만 세상은 여전히 결혼을 꿈꾸는 사람들로 가득했다.

선택지 없이 일요일로 예약을 마치고 몇 없는, 그마저도 연락을 주고받지 않는 게 대다수인 친구들의 스토리를 무성의하게 보며 휙휙 넘기는데 광고가 떴다. 얼른 손가락으로 화면을 꾹 눌러 다음으로 넘어가려는 사진을 붙잡았다. 기진해 보이는 신부와 신랑이 나란히 앉아 있는 흑백사진 위에 적힌 글씨에 시선이 꽂혔다.

이런 결혼식은 지겨워.
그냥 우리답게 하면 안 될까?

매력적인 광고 문구였다. 웨딩 스냅 계정을 찾다 보니 어느 순간 알고리즘이 '결혼'에 지배되어 결혼 박람회나 웨딩드레스 광고가 자주 떴다. 결혼 정보에 늘 목말라 있던 나는 매번 광고를 쉽게 지나치지 못했다. 이번에는 결혼식 관련 칼럼을 올리는 인스타 계정 광고였다. 만들어진 지 얼마 되지 않았는지 게시물은 일곱 개밖에 없었다. 앉은자리에서 가장 최근 연재된 것부터 시작해 일곱 편을 전부 읽었다. 예상대로 플래너 매칭, 부케와 드레스 제휴……. 글 말미에 빠짐없이 광고가 삽입되어 있었다. 그래도 무의미한 콘텐츠는 아니었다. 실제 사례인지 적당히 꾸며낸 이야기인지 알 수는 없었지만, 칼럼에 소개된 결혼의 모습은 하나같이 개성이 넘쳤다. 읽다 보니 나의 결혼도 이상할 것 하나 없게 느껴졌고 무언의 위로가 되었다.
그만 앱을 종료하려는데, 우경 언니가 올린 게시글에 다시 붙잡히고 말았다. 언니와는 사 년 내내 전공 수업을 함께 들었다. 언니는 대학을 자퇴한 후 오 년 만에 재입학해서 나이가 많았는데, 내가 스물이었을 때 언니는 서른이었다. 나는 유독 언니를 잘 따랐다. 한 학기 동안 팀플을 함께 한 덕에 자연스럽게 사이가 돈독해진 것도 있지만, 무엇보다 그녀의 반듯함이 좋았다. 당시 소설을 쓰느라 전공을 등한시하며 졸업장만 받으면 된다는 식이었던 나와 달리 언니는 정말 배움을 위해 학교에 다니는 학생이었다. "이 나이 먹고 열 살 어린 너희들 틈에서 공부하는데 대충 하면 되겠어?" 그런 순수한 열정 때문인지 언니는 나의 동기들과도 나이 차이가 전혀 느껴지지 않았다. 줄곧 성실했던 언니는 사 학년 여름방학에 조기 취업 했고, 학교에서 얼굴을 볼 수 없게 되자 자연스럽게 연락이 끊어졌다.

그동안 언니는 소셜미디어 활동을 거의 하지 않았기에 새 게시글이 유독 반가웠다. 무엇보다 결혼 소식이 눈길을 붙잡았다. 아마도 제주노에서 찍었을 결혼사진 여섯 장과 함께 장문이 적혀 있었다. '결혼식을 올리지 않아 이렇게 소식 전하게 되었습니다.' 이 문장으로 시작된 글은 대부분 정중한 사과로 채워져 있었다. 초대하지 못해서, 연락하지 못해서, 식사를 대접하지 못해서 감사한 마음을 돌려드리지 못해서. 마치 식을 올리지 않았다는 이유만으로 심한 질책을 받아본 사람처럼 조심스러웠다. 이렇게까지 미안해해야 하나 싶을 정도였다. 행복하게 잘 살아가는 모습으로 보답하겠다는 말로 글은 마무리되었다.

글쓰기를 여간 싫어하던 언니를 생각하면 이 게시물 하나를 올리는 데 적지 않은 고생을 했을 게 분명했다. 나는 사진을 이리 저리 확대해서 봤다. 언니도 노 웨딩을 했구나. 장거리 연애를 했던 그 장신의 남자와는 헤어졌구나.

나는 언니의 가족이 딸의 결혼과 그 방식을 소란 없이 받아들였을지 궁금했다. 외에도 어떻게 양가의 이견을 조율했는지, 준비가 힘들진 않았는지, 남들과 다른 결혼을 해보니 어땠는지, 묻고 싶은 걸 생각하다 보니 험준한 산에서 이정표를 찾는 것처럼 절박한 심정이 되어 언니를 꼭 만나고 싶어졌다. 그 속내가 어떨지는 신중하게 골라 게시했을 사진 몇 장으로는 절대 알 수 없었다. 나는 반가움과 호기심에 바로 메신저에 접속해 친구 목록에서 언니를 찾았다.

마지막으로 언니와 메시지를 주고받은 건 이 년 전이었다. 대학을 졸업한 후 처음이자 마지막으로 나눈 연락이었다. 언니는 내 생일을 축하해주며 커피 기프티콘을 보내줬고, 나는 사용 기한만 연장한 채 아직도 쓰지 않았다. 결혼에 조언을 구하려 오랜만에 연락하는 건 염치없는 일 아닐까 잠시 망설였지만, 이내 용기를 내 메시지를 보냈다.

—언니, 잘 지내요?

—소식 봤어요. 축하해요.

*

그해 마지막 일요일이었다. 엄마의 부탁대로 책 세 권에 사인했다. 갈빗집 사장은 어떻게 사인해야 하는지 구체적으로 양식을 만들어줬다. 이름을 어디에 적어야 하며, 어떤 문구를 적어야 하는지까지 전부. 엄마가 전달해준 요구 사항을 읽으며 실소가 나왔다. 정말이지 이런 경우는 처음이었다. 엄마는 간혹 사장 욕을 하곤 했다. 아들 사교육에 매달 이백만 원을 쓴다느니, 회계사 아내에게 자격지심이 심하다느니, 젊은 여자 연예인이 식당에서 일하는 예능프로그램 영상을 보여주며 이렇게 예쁘게 좀 웃어보라는 둥 개소리를 한다고. 그 사장 밑에서 십 년 가까이 버티기도 만만치 않았을 텐데. 사장이 엄마에게 사인본을 재촉했을 걸 생각하면 나도 열이 뻗쳤다. 네임펜으로 아들 이름을 크게 적은 후 사장이 가이드를 준 대로 문구를 적었다. 중학교 졸업을 축하합니다. 학업에 눈부신 성취가 있기를…….

해인이 책을 들고 본가로 출발했다. 해진의 생일을 맞이해 가족이 모이는 자리였다. 가족의 생일을 살뜰히 챙기는 문화가 나에게는 낯설었다. 어머님은 나도 함께 오길 바랐지만, 나는 내일까지 단편을 마감해야만 했다.

그가 집에 돌아왔을 때 나는 내일 오전발로 메일 예약을 마친 후 잠깐 눈을 붙이고 있었다. 도어록 열리는 소리에 부스스 일어났다. 해인은 두 집을 들른 탓인지 무척 피곤해 보였다. 그를 도와 반찬을 냉장고에 정리했다. 그러지 말라고 단단히 일러두었는데도 엄마는 반찬을 한가득 챙겨줬다. 감자채볶음, 가지무침, 된장찌개는 물론이고, 집에 전기밥솥이 멀쩡히 있는데도 엄마는 현미밥을 소분해서 여덟 팩이나 싸줬다.

124

"가지무침은 이제 하지 말라니까. 해인이 너도 가지는 아예 먹질 못하잖아."

내가 긴 한숨을 내쉬었다. 그는 가지 알레르기가 있었고, 나는 작년에 가지를 먹고 체한 후로는 아예 입에도 대지 않게 되었다.

"가져가도 못 먹는다고 말했는데 장모님이 윤아가 제일 좋아하는 거라고 우기셔서 어쩔 수 없었어."

엄마가 보내온 반찬은 전부 내가 어린 시절에 좋아했던 것들이었다. 엄마는 아직도 발랄하고 뭐든 골고루 잘 먹던 초등학생 시절의 나만 기억했다. 엄마는 내가 어렸을 때 선호하던 음식과 계절, 케이크를 여전히 좋아한다고 믿었다. 엄마는 그 시간에 갇힌 채 달라져버린 지금의 나를 보지 않았다. 성장과 함께 달라진 취향과 입맛을 아무리 말해도 엄마의 기억은 업데이트되지 않았다. 그런 착각 속에서 엄마는 나와 사이가 틀어질 때마다 더 많은 반찬을 만들었다. 마치 자신이 할 수 있는 최선의 사과라는 듯이.

끝없이 나오는 반찬을 보면서 나는 엄마의 화가 조금은 누그러졌을 거라고 기대하며 해인에게 물었다.

"엄마 상태는 좀 어때?"

"그날 네가 한 말에 꽤 상처받으셨나 봐. 마음 앓다가 몸살까지 나셨대."

"그거 거짓말일 수도 있어."

"처방받은 약 봉투도 있던데. 기침도 하시고 정말 편찮아 보이시더라."

내가 머리를 부여잡았다. 엄마는 감정이 다치면 그 쓰라림을 못 이겨 몸까지 아프곤 했다. 옛날부터 몸과 마음이 잘 동화되는 편이었다.

"엄마한테 전화하는 게 아니었는데. 왜 그 잠깐을 못 참는 걸까? 그날 나한테서 일찍 휴대폰을 뺏지 그랬어."

"일부러 좀 지켜보다가 말린 거야. 그렇게 화 안 냈으면 장모님 대신 네가 병났을걸. 가족 일 다 참아주는 거, 옆에서 보는 나조차 힘들고 갑갑한데 너는 오죽할까."

그래, 누구 하나는 병이 나야 끝나는 싸움이지. 나는 허탈한 기분으로 라면 한 봉지를 끓였다. 해인은 가족과 함께 뷔페에서 배부르게 저녁을 먹고 왔지만, 나는 쪽잠을 자느라 저녁때를 놓쳤다. 피곤함과 마감 스트레스가 사라지자 신경을 긁는 허기가 몰려왔다. 청양고추가 없어서 대신 페페론치노를 넣고 대파를 큼직하게 잘라 넣었다. 면이 다 익었을 즈음 달걀을 풀고 위에 노란 치즈를 올려 완성했다. 요리하긴 귀찮지만 제대로 끼니를 챙기는 기분을 내고 싶을 때 해인과 나는 푸짐하게 재료를 넣어 라면을 끓여 먹곤 했다.

"어머님이 상견례 언제 할 건지 묻진 않으셨지?"

내가 앞접시에 면을 덜며 말했다.

"한 입 먹을래?"

해인이 배가 터질 것 같다며 고개를 도리질했다.

"안 그래도 엄마가 먼저 이야기 꺼내더라. 상견례는 빨리하면 좋겠다고."

젓가락으로 면을 집다가 멈칫했다.

"엄마가 너희 부모님을 너무 오래 기다리게 하면 안 될 텐데. 실례잖아."

국물이 튀지 않게 조심하면서 면을 한 입 가득 넣으며, 그의 부모님이 결혼을 미루고 싶어 하는 엄마를 어떻게 생각할지 걱정했다.

"괜찮아, 내가 천천히 하자고 말해놨어. 그리고…… 장모님하고도 대화 좀 하고 왔어."

"네가 왜? 그냥 책만 전해주고 오라니까."

미안함이 짜증으로 바뀌어 표출되었다. 차라리 책을 우편으로 보낼 걸 그랬나. 엄마가 해인에게 말실수라도 했을까 봐 걱정되었다.

"어떻게 그렇게 칼같이 해. 책하고 반찬 교환하는 것도 아니고. 반찬 챙겨주실 때 잠깐 앉아서 얘기한 거야."

"엄마가 너한테 뭐라고 해?"

"그건 아니고, 내가 우리 결혼에 대해 어떻게 생각하시는지 은근슬쩍 물었지. 그런데 지금으로서는 아무 생각도 하실 수 없대. 우리 결혼이 당신한테는 너무 압박이래. 좀 배려해달라고만 하시네."

"압박?"

내가 이로 면을 끊고 말했다. 매운 기운이 혀끝을 할퀴고 지나 그대로 목구멍으로 미끄러져 내려갔다.

"결혼 주인공이 우리지 엄마야? 그러면 엄마가 마음의 준비가 될 때까지 우리는 무한정 기다려야 하는 거냐고."

"그래도 대화에 소득이 있었어. 나 어머님이 우리 결혼 미루려고 하는 이유 중 하나를 알아낸 거 같아."

"뭔데?"

"지나가는 말로 하신 거지만. 어머님이 윤아 네 사주를 봤는데, 2028년 전에 결혼하면 일복이 막혀버린대. 있던 복도 다 달아난다고 했대."

내가 젓가락을 소리 나게 내려놓고 이마를 짚었다. 머리가 지끈거렸다. 그런 말을 나도 아닌, 해인에게 하다니.

"그거 내가 첫 책 냈을 때 엄마가 나 몰래 점 보러 가서 들은 말이야. 그런데 그걸 아직도 들먹인다고? 딸보다 무당 말을 더 믿는다니."

목소리가 점점 격앙되는 와중에도 라면이 매워 자꾸 숨을 들이켰다.

엄마는 의지할 곳을 찾듯 주기적으로 복권을 사고 점집에 갔다. 점집 상담은 비싼 편이라 그 주기가 길었고 보통 집안의 큰일 전후에 찾아갔지만. 문제는 점집에 가서 본인보단 딸의 사주와 운을 점친다는 것이었다. 한번은 이런 적도 있었다. 내가 스물두 살이었고 한 해의 마지막 날 엄마는 BYC에서 사 온 사이즈도 맞지 않는 붉은색 속옷 세트를 내밀었다. 다음 해가 삼재이니 액막이를 위해 그 속옷을 입고 새해를 맞이해야 한다고 강력히 주장했다. 어처구니가 없었지만, 나는 엄마의 뜻대로 1월 1일 자정이 지날 때까지 그 붉은 속옷을 입었다. 엄마의 이상한 요구는 악의 없이 오직 나를 염려하는 마음에서 비롯되었다는 걸 모르지 않았기 때문이었다.

"설마 그 이유 하나 때문에 결혼을 미루시는 건 아닐 거야."

항상 나의 불안을 덜어주었던 해인의 낙관이지만, 이번에는 그것도 힘을 발휘하지 못했다.

"엄마 고집을 내가 알아. 우리는 4월에 결혼 못 할 거야. 4월에 상견례 하면, 아이고 감사합니다, 해야 할걸."

만에 하나 엄마가 정말 상견례를 4월까지 미룬다면 나도 절대 가만히 있지 않을 거였지만, 앞으로 엄마와 나눠야 할 긴 대화와 타협을 생각하면 벌써 지치는 것 같았다.

"그럴 일 없을 거라니까."

해인이 나의 기분을 살피며 다른 주제를 꺼냈다.

"오늘 혼자서 어떻게 보냈어? 소설은 잘 마무리했어?"

"응. 썩 마음에 들진 않지만."

나는 자작하게 남은 국물을 괜히 뒤적였다. 엉망진창으로 마감했고, 그 단편은 나중에 소설집을 엮게 된다면 제외하고 싶을 정도였다.

"어떻게 끝나는데? 소설 속 주인공들은 결혼에 성공해?"

"아니, 결국 헤어져."

그릇을 마저 깨끗하게 비우고 내가 턱을 괴고 말했다.

"그런데 해인아, 비행기표 환불해야 하지 않을까?"

그의 노력에도 불구하고 대화 주제는 다시 '우리 결혼'으로 돌아오고 말았다.

"괜찮아. 조금만 기다리면 장모님도 금방 마음 돌리실 거야."

"나는 엄마를 알아. 엄마는 그렇게 호락호락하지 않아."

"윤아 너도 호락호락하지 않잖아. 게다가 젊고 기운차기까지 하지. 장모님도 그걸 잘 아니까 계속 고집 피우시진 않을 거야."

"그래서 둘이 자꾸 싸우나 보다. 호랑이 대 호랑이야."

속으로는 호랑이 대 고양이라고 생각했다. 엄마 앞에서 나는 언제나 쪼그라들었으니까.

해인이 면기와 젓가락을 싱크대에 넣고 고무장갑을 꼈다.

"그나저나 이번 소설은 정말 기대돼. 우리 이야기 썼을지도 궁금하고. 이따 씻고 읽게 해줘."

그는 내가 잠시라도 안 좋은 생각에서 멀어질 수 있도록 용을 썼다. 하지만 알고리즘처럼 이미 내 머릿속도 결혼으로 가득 차 있었다.

"이건 로맨스가 아니라 스릴러야."

내가 생존에 강한 집념을 보이는 사람처럼 인상을 쓰며 말했다. 해인이 설거지를 하다 말고 상체를 틀어 놀란 눈으로 나를 바라봤다.

"갑자기 소설 장르가 바뀌었네?"

내가 입가에 묻은 붉은 국물을 손등으로 닦았다. 페퍼론치노 때문에 입술이 따끔거렸다.

"아니, 우리 결혼 말이야."

"……우리 결혼도 로맨스 장르로 하면 안 될까?"

"로맨스가 되기엔 이미 늦었어."

피부에 살벌한 한기를 돌게 만드는 직감이었다.

　　　　　　　　　　　　＊

　시끄러운 알림음에 눈을 떴다. 잠에 들기를 포기하고 가만히 눈을 감은 채 의미 없이 누워 있던 참이었다. 우경 언니에게서 온 메시지는 해외라 연락이 늦었다는 말로 시작했다. 언니는 신혼여행으로 포르투에서 한 달 살기 중이라고 했다. 그 탓에 약속을 잡는 게 생각보다 까다로웠다. 가장 빠르게 만날 수 있는 날이 2월 중순이었다.

　약속 날짜를 정한 후 휴대폰 화면을 끄고 다시 눈을 감았지만, 오래지 않아 다시 눈이 떠졌다.

　"이건 아니야."

　이불을 걷어내며 중얼거렸다. 해인은 늦은 점심을 먹고 선잠에 들어 있었다. 새해가 된 지 일주일이 지났다. 나는 내가 해야 하는 일이 무엇인지 알았다.

　신정 때 본가에 가지 않았다. 오빠에게 연락이 와서 본가에 오지 말라고 했기 때문이었다. 지금 둘이 얼굴 보면 싸우기밖에 더 하겠냐면서 자기가 대신 엄마와 대화를 나눠보겠다고 했다. 나는 오빠에게 다시 상황을 차분하게 설명했고, 그는 결혼을 몇 년씩이나 미루는 것은 자신도 아니라고 생각한다며 나의 편을 들어주었다. 나는 한번 오빠를 믿어보기로 했다. 엄마는 오빠의 말을 잘 거스르지 못하니까.

　새해가 밝고 줄곧 그의 연락을 기다렸다. 그러나 신정에 둘이 무슨 대화를 나눴는지, 그 이후로 오빠는 나에게서 돌아섰다.

"엄마랑 얘기해봤는데, 나도 지금은 결혼 시기가 아니라고 본다. 차라리 내년 가을에 해. 그 정도면 엄마도 준비될 거야. 그러면 나도 도와줄게."

당황스러웠다. 엄마에 이어 오빠까지 나의 결혼 시기를 마음대로 정하려고 했다. 남에게 질질 끌려가는 결혼식이 싫어 노 웨딩을 선택했는데, 나의 바람과 정확히 반대로 일이 흘러가고 있었다.

"싫어. 결혼 시기 정도는 내가 정하고 싶어. 내 인생의 중대사잖아."

이제 엄마와 오빠를 향한 반발심 때문에라도 그들이 원하는 대로 결혼을 미루고 싶지 않아졌다. 도리어 반드시 봄에 결혼하겠다는 의지가 더 강해졌다.

오빠가 깊은 한숨을 쉬었다.

"너도 양보할 건 해야지."

"왜 나만 계속 양보하고 이해하고 희생해야 하는데? 오빠도 나중에 결혼할 텐데, 엄마가 자기 마음대로 날짜 정하고 몇 년 기다리라고 하면 순순히 따를 거야? 그렇게 고분고분 엄마 말만 들을 거냐고."

"아들이랑 딸이랑 같아?"

오빠의 목소리는 마치 으르렁거리는 사나운 동물 같았다.

"우리 집에 아들 딸 구분이 있었나? 지금까지 내가 장남 역할까지 다 했다고 생각하는데?"

"뭐라고? 나도 자존심이 있지, 장남 역할 운운하는 건 좀 그렇다? 싸우자는 것도 아니고."

오빠가 길게 한숨을 쉬더니 말했다.

"나도 모르겠다. 둘이 알아서 해."

그래도 내 말에 찔리는 구석이 있었는지 기세가 한풀 꺾인 것 같았다. 아니면 괜히 나서서 모녀의 싸움에 휘말린 것을 후회하는 걸지도 몰랐다. 상황을 더 꼬이게 만들어놓고는 이제 와서 무책임하게 이 일에서 손을 떼겠다니. 또다시 휘둘렸다는 생각에 울화가 치밀었다.

"그리고 너 인마, 엄마한테 돈 얘기 좀 하지 마. 안 그래도 너한테 돈 빌린 것 때문에 미안해하는데 그걸 꼭 헤집어야겠냐. 전세금 걸고넘어지지도 말고. 안 돌려주겠다는 것도 아니고 집 계약 끝나면 원금 그대로 준다잖아. 네가 당장 달라고 할 것처럼 구니까 엄마도 겁나는 거지."

"나한테 이래라저래라 하지 마. 어쭙잖게 보호자 행세 하지 말라고. 지금 마음이 너무 헐었으니까 제발 나 좀 건드리지 마."

내가 오빠에게 그렇게 대들 수 있다는 것에 놀라웠다. 싸울 생각조차 못 하고 언제나 눈치 보기에 급급했는데, 언제 이렇게 대범해진 걸까.

오빠와 대화를 마친 후 나는 정신이 번쩍 들었다. 오빠만 믿었다가 아무 소득 없이 아까운 시간만 버렸다. 다인이 결혼 준비에는 소통이 가장 중요하다고 조언했는데, 이렇게 가만히 있을 순 없었다. 조금이라도 더 빨리, 엄마를 만나야만 했다.

"해인아."

내가 옆에 누워 있는 해인의 몸을 가볍게 흔들었다. 얕은 잠이었는지 그가 부스스 눈을 떴다. 손을 당겨 침대 헤드에 걸터앉은 나를 도로 눕히곤 두 팔 안에 가두었다.

"응? 윤아야, 왜?"

"나 파주에 가야겠어."

"지금 간다고?"

"응, 이제는 정말 엄마를 만나야 해. 지금 우리에게 가장 중요한 건 상견례를 제때 하는 거야. 그래야 다음 단계로 넘어갈 수 있어. 우리가 생각한 상견례 날짜는 고작 삼 주밖에 남지 않았는데, 식당도 못 정했고 엄마는 큰삼촌한테 연락도 안 했을 거야. 그 날짜에 무조건 상견례 할 거라고 못 박을 거야."

내가 긴박하게 말을 쏟아냈다.

"그래도 괜찮겠어? 장모님이랑 잘 대화할 자신 있어?"

"없어, 그런 자신 있을 리가 없잖아. 엄마와는 울지 않거나 화내지 않고 대화한 적이 거의 없으니까. 하지만 해보는 수밖에 없잖아. 아무것도 안 하는 것보단 낫지."

하고 싶은 대로 끝까지 몰아붙여봐요. 후회 말고. 다인은 또 이렇게 조언하지 않았나. 지금이 바로 그때인 것 같았다.

"같이 갈까?"

"아니, 이번에는 나 혼자 갈게."

"기다리고 있을게. 뒤에는 늘 내가 있다는 거 잊지 마."

그의 말에 나는 든든한 기분이 들었다.

해인이 휴대폰 화면을 켜 날짜를 확인했다. 오늘은 토요일이었다.

"오늘 일 빼고 수원에 결혼식 가신다고 하셨지. 마침 가까우니까 모시러 가면 되겠는데?"

"그 가방 메고 갔겠네. 우리가 사준 가방."

*

수원역 앞에서 엄마를 기다렸다. 엄마에게 다른 설명 없이 역으로 데리러 가겠다고 문자를 남겨놨다. 엄마는 덧붙이는 말 없이 알겠다고만 했다. 시간이 애매하게 남아 마트에 들러 딸기 두 팩을 샀다. 하얀 과육의 만년설 딸기였다. 엄마를 위해 과일을 산 건 처음이었다.

차창을 조심스럽게 두들기는 소리에 놀라 어스름한 창밖을 보니 엄마의 얼굴이 가까이 있었다. 언제 이렇게 늙은 거지? 집 밖에서 보는 엄마는 종종 타인으로 인식되었다. 비쩍 말랐는데 강단 있어 보이는 아줌마네, 남들 눈에 엄마는 이렇게 비치고 있었던 걸까. 나와 거리를 두고 싶은 건지 엄마는 조수석이 아닌 뒷좌석에 앉았다. 서늘한 겨울바람 한 줌이 엄마를 따라 들어왔다.

"잘 놀고 왔어? 오늘은 술 많이 안 마셨네?"

룸미러로 엄마를 힐긋 봤다. 엄마는 내가 사준 가방을 소중하다는 듯이 품에 꼭 껴안고 있었다. 마치 크리스마스 선물을 받은 어린아이처럼. 자세히 보니 손잡이에 태그가 걸려 있었다. 가방 안에 넣어 숨기려고 한 것 같지만 티가 났다. 그날 백화점에서 환

135

불할 일이 있을지도 모른다며 영수증을 소중하게 챙기던 엄마였다.

"감기가 좀처럼 안 떨어지는 바람에 술도 잘 안 들어가더라. 이번 결혼식은 음식이 맛있다고 다들 칭찬하던데, 나는 입이 써서 무슨 맛인지도 모르고 먹었어."

엄마는 피로연 때 신부가 입은 한복이 독특했다며 말을 이었다. 저고리가 시스루 소재라 가슴팍과 어깨가 훤히 들여다보였는데, 엄마 눈에는 별로였다고 했다. 한복의 단아함이 사라져 네 멋도 내 멋도 아니었다고. 자리에 있던 친구들도 난해하다며 한 마디씩 거들었다고 했다.

"어른들 눈에는 안 예뻤겠네."

사사건건 남의 결혼식을 깎아내리는 엄마가 탐탁지 않으면서도 맞장구를 쳐주었다. 결혼식 이야기가 딸의 결혼 이야기로 흘러갈까 봐 두려웠던 것인지 엄마는 갑자기 딴소리를 했다.

"얘, 나는 네가 운전할 수 있어서 정말 좋다."

"좋긴, 보험비에 유류비에 돈 먹는 하마지."

"그래도 나랑 다르잖아. 넌 언제든 맘만 먹으면 떠날 수 있잖아."

엄마는 어디론가 떠나고 싶은 걸까. 아니면 그저 자신을 혼자 두고 먼 도시로 떠나버린 나에 대한 서운함을 돌려 말하고 싶은 걸까.

내 기억이 틀리지 않는다면, 내가 운전하는 차에 엄마를 태운 게 처음이었다. 간혹 나의 차에 타더라도 운전석에는 늘 해인이 앉아 있었으니. 얼마 전까지 엄마 등에 업혀 있던 아이가 하루아침에 어른이 되어 엄마를 차에 태운 것 같은 야릇한 감각이었다. 그 아이와 현재의 나 사이에는, 독해할 수 없는 시간이 압축된 얇은 판만이 존재했다. 너무 순식간에 어른이 된 기분이었다.

"차가 있어도 발목 붙잡는 게 많아서 훌쩍 못 떠나."

"네 나이에 붙잡힐 게 뭐 있다고? 애도 없으면서."

신호에 걸렸고 창에 비스듬히 머리를 기댔다. 언젠가부터 엄마가 아이를 언급하면 불편해졌다.

"일 때문에 그렇지, 뭐."

"오늘 식장에서 오랜만에 만난 친구가 있어. 걔가 작년에 면허를 땄는데, 주말에 교회 가거나 네 살배기 손주 돌봐주러 딸네 집 갈 때만 운전한단다. 교회도 딸 집도 차로 딱 십 분 거리래. 늘 다니던 길 말고는 아예 운전을 못 한다는 거야. 오늘도 대중교통 타고 왔다지 뭐냐."

"그럴 거면 면허를 왜 땄대. 그것도 운전할 수 있다고 말할 수 있나."

"애, 그거라도 할 수 있는 게 어디냐? 나는 그거라도 부럽더라. 나도 면허 따고 네 집 가는 길만 익혀둘까? 대중교통으로는 도저히 혼자 갈 수가 없겠더라."

문득 나는 엄마가 평택 집에 한 번도 와본 적이 없다는 걸 깨달았다. 평택을 선택한 건 해인의 회사 위치를 고려해 그의 출퇴근을 편하게 하기 위해서였다. 나는 책과 책상을 둘 작은 방만 있으면 되는 직업이었으니 그를 배려한 거였다. 내가 살게 되리라고 한 번도 생각해본 적 없는 낯선 도시였지만, 파주와 멀다는 점이 마음에 들었다. 해인의 부모님은 두 번이나 찾아왔다. 첫 번째 방문 때는 집들이를 한다고 각종 음식을 준비하기도 했다. 그러면서도 엄마를 그 집에 초대할 생각은 하지 못했다.

"면허 따는 것도 힘든데, 차까지 살 생각이야? 그냥 택시 타고 다녀."

"걔는 오백만 원에 중고 모닝 샀다던데. 나는 그걸 살 형편도 안 되지만."

내가 대답이 없자 엄마는 가만히 창밖을 내다봤다. 낮게 노래를 불렀는데, 나는 모르는 곡이었다.

집에 도착하자마자 엄마는 샤워도 하지 않고 조기를 굽기 시작했다. 냉동 잡곡밥을 데우고 파김치와 갈치속젓을 꺼내 텔레비전 앞 좌식 테이블 위에 간단한 상을 차렸다. 순찰을 마치고 제 영역에 돌아온 고양이처럼 편안해 보였다.

엄마를 등진 채 부엌 식탁에 앉아 엉망인 집을 살폈다. 해인에게 들은 대로 엄마의 몸살은 거짓말이 아닌 것 같았다. 빨래 통에 옷가지가 쌓여 있었고 바닥에는 머리카락이 가득했다. 원목 식탁 위에는 이쑤시개며 복권이며 온갖 잡동사니가 어지럽게 널려 있었고 언제 닦은 건지 모를 정도로 끈적했다. 행주로 물건을 가장자리로 밀며 상을 닦았다.

"이 식탁 좀 바꾸자. 아니면 유리 상판을 올리든가. 해인이한테 부탁해서 알아볼까? 아는 곳 많을 텐데."

"됐어."

생각해보면 어느 순간부터 엄마는 집에 유리로 된 가구를 들이지 않았다. 화분 장식장이며 협탁이며 모든 게 합판이나 원목이었고, 옵션인 아일랜드 위에 있던 유리 상판은 창고에 치워버렸다. 그건 취향이라기보단 불시에 찾아오는 재난에 대비하는 습관에 가까웠다.

과거에 아빠는 많은 유리를 쉽게 산산이 조각냈다. 하필 치우기도 가장 까다로운 유리를 말이다. 엄마는 아직도 외할머니가 보내준 김치가 담긴 유리 반찬통과 부엌의 작은 창문이 깨지던 밤에서 완전히 헤어 나오지 못했다. 그건 쉽게 이겨낼 수 있는 트라우마가 아니었다. 나 역시 집 안의 무언가가 깨지고야 말았던 무수히 많은 날의 소음과 피부가 곤두서던 감각을 고스란히 기억하고 있었다. 이를테면 아빠가 플루트 연주자 청동상을 도끼처럼 휘둘러 식탁 유리를 깨부쉈던 날, 그 진동에 흔들리던 펜던트 조명의 노르스름한 빛까지도 전부.

엄마는 언제 소주를 꺼내 온 건지 반주를 하고 있었다. 아파서 술도 안 들어간다면서……. 엄마의 볼은 핼쑥했고 피부에는 붉은 기가 올라와 있었다. 보일러는 작동되지 않았고, 얇은 패딩을 걸치고 넥워머까지 두른 채로 전기장판 위에 앉아 있었다. 하얀 각질로 버성긴 발뒤꿈치는 꼭 누룽지 같았다. 엄마가 실팍한 몸의 독거노인이 되어 알코올에 의존해 살아가는 모습이 선연했다. 가슴이 답답해졌다. 딸기를 꺼내 씻어 엄마 앞에 놓곤 다시 엄마를 등지고 앉았다.

"하얀 딸기래. 먹어봤어?"

"이런 건 첨 본다. 희끄무레한 게 꼭 덜 익은 거 같네."

"보기와 다르게 달대. 먹어봐."

"이따가 밥 먹고."

엄마는 꿋꿋하게 딸기에 손을 대지 않았다.

"엄마, 그날은 미안해."

먼저 사과부터 해야 할 것 같았다. 문자로 보낸 사과가 충분치 않았을까 봐 신경 쓰였다. 아직 문자에 대한 엄마의 답장을 받지 못했으니까.

"나는 아직도 후회해. 내가 사채에 손대는 한이 있더라도 너한테 돈을 빌리면 안 됐었는데."

돈, 맞다. 엄마가 나에게 큰돈을 빌린 후로 우리는 사이가 완전히 틀어졌다. 하지만 그게 전부는 아니었고, 염증을 유발한 진짜 원인도 아니었다. 내가 가족에게 신물이 난 이유는 따로 있었다. 그런데 누구도 그걸 알아주시 않았다.

"엄마, 그게 아니야. 오빠랑 엄마는 계속 나를 오해하고 있어."

엄마는 뭐가 아니냐고 따져 묻는 것처럼 겉옷을 거칠게 벗었다. 취기와 함께 열기가 올라온 것 같았다.

"엄마에게 큰돈을 빌려줘서 힘들었던 게 아니야. 내가 이렇게까지 힘든 이유는…… 엄마는 나만 못살게 굴잖아."

"그게 무슨 말이야?"

"엄마는 돈이 필요할 때마다 나만 찾잖아. 엄마 아들은 찾지도 않잖아. 우리 가족은 둘이 아니라 셋이잖아. 그렇게 가족이 뭉쳐야 한다고 말하면서, 왜 일이 생기면 나만 찾는 거야? 내가 돈이 많아서 오빠 몫까지 다 빌려준 거 아니야. 엄마가 오빠 앞에서는 입에 자물쇠라도 채운 것처럼 구는 통에, 엄마를 도울 수 있는 사람이 나밖에 없어서 어쩔 수 없었던 거라고."

어느새 나는 가슴을 치고 있었다. 엄마가 주먹을 내려놓으라고 말했을 때야 깨달았다. 하지만 주먹질과 말 모두 도무지 멈추지 않았다.

"엄마는 오빠한테 돈 얘기 하는 게 그렇게 무서워? 왜 딸만 잡아? 나는 엄마가 원망스러워. 가끔은 정말 원망스러워서 어쩔 줄 모르겠어."

누군가 소통을 가장해 화내는 건 나쁜 방법이라고 할지라도, 나는 화가 해소되지 않으면 다음 단계로 넘어갈 수 없었다.

엄마는 말이 없었다. 텔레비전에서는 우스꽝스러운 효과음이 연이어 흘러나왔다. 엄마에게 솔직하게 속마음을 드러내는 내가 낯설었다. 늘 떼쓰고 툴툴거리고 큰소리만 쳤지, 그 안에 은연중에라도 진심을 묻어놓은 적은 없었으니까. 엄마와 나는 드디어 끓는점에 도달한 건지도 몰랐다.

"나는 그렇게 살아왔거든."

엄마는 표정 변화 하나 없이 소주를 들이켰다. 그렇게 쓴 소주도 엄마가 마시면 물처럼 느껴졌다.

"여상을 졸업하자마자 법무사무소에서 경리로 일했어."

여기까지는 나도 알고 있는 엄마의 과거였다. 나는 갑자기 삼십여 년 전 이야기를 꺼내놓는 엄마를 가만히 응시했다.

"그때 월급이 십오만 원이었어. 월세랑 최소한의 생활비만 쓰고 일 년 동안 모은 돈을 전부 첫째 오빠 등록금으로 줬지. 곧 둘째 오빠가 필리핀에 가서 사업을 하고 싶다고 하데. 그 비행기 푯값을 내가 냈어. 왜 내가 희생해야 하냐고 물을 생각조차 못 했어. 다들 무슨 일이 있으면 늘 딸만 찾으며 살아왔으니까. 그 뒤로 구멍 난 통장을 메우려고 죽을 듯 일만 하는데, 막내가 졸업하고 내 자취방에 왔어. 취업하기 전까지 음식을 전부 해 먹이고 용돈도 줬지. 이제 집안이 좀 조용해졌다 싶더니 시골 외할머니한테서 전화가 와서 농사를 다 망쳤다네. 당장 죽겠다는데 어떡하겠어, 소 한 마리를 사드렸지. 결혼해서도 마찬가지였어. 알고 보니 네 아빠한테 빚이 있었고 난 그걸 갚느라 회사 생활 하며 모아둔 돈을 다 털어 넣어야 했어. 그이는 나한테 생활비 한 번을 안 줬는데 말이야. 네 오빠를 임신하고 퇴직할 수밖에 없었지만, 먹고살려면 아르바이트라도 해야 했어. 한번 식당에서 일하기 시작하니 어느새 할 수 있는 일이 음식을 만드는 것밖에 없는 사람이 되어버렸어. 그 와중에 시누이들이 결혼이며 이사며 아름아름 몇백씩 얄밉게 빌려 가더니만 어느새 연락을 끊었어. 그런데 나한테는 당연했어. 가족들이 의지하는 게. 내 인생이 여간 피곤한 인생이 아니야."

"……그랬구나, 엄마는 그렇게 살았구나."

부지런히 부리로 마른 나뭇가지나 풀잎 같은 자재를 수집해 만들었을 엄마의 작은 둥지, 그 삶을 엿보았다. 엄마는 위의 두 오빠와 아래 남동생 사이에 낀, 사 남매 중 유일한 딸이었다. 남자 형제들을 건사하기 위해 희생할 수밖에 없는 위치였다. 엄마가 살아온 시대를 생각해본다면, 엄마가 나에게 돈을 빌린 건 그저 관습에 지나지 않은, 당연한 판단이었을지도. 엄마와 나는 서른하고도 다섯 살 차이가 난다. 한 사람이 태어나 어른이 되고도 남는 시간이었다. 가족을 위한 여자의 희생이 당연했던 시대는 이미 지나갔지만, 나는 운 없게도 그 그림자에 붙잡혀버렸다. 나는 엄마에게 과거를 환불받고 싶은 마음과 엄마를 어떻게든 이해하고 싶은 마음 사이에서 우왕좌왕했다.

"네가 나처럼 살지 않길 바랐는데, 정신 차려보니 꼭 부모랑 형제들처럼 너만 찾고 있었어. 나도 알아, 이제는 부모가 자식한테 해줘야 하는 시대라는 걸. 하지만 나는 너한테 뭘 주긴커녕 도움받기만 하는 못난 부모밖에 안 돼. 그래서 네 결혼이 무서워. 내가 해줄 수 있는 게 없잖니. 능력 없는 부모인 거 확인 사살 받는 것 같아. 사형수가 된 기분이 딱 이럴까 싶어. 그러니까 나 좀 기다려주면 안 될까? 결혼도 너무 빠르다고 느껴지는데, 당장 1월에 상견례를 한다고 하니까 너무 힘들어. 꼭 옛날에 은행 독촉 전화 받았을 때 같아. 당장 큰삼촌한테 전화해서 뭐라고 설명해야 하는지도 머리가 복잡해죽겠어."

"알겠어. 그러면 상견례를 좀 뒤로 미루자. 2월 둘째 주 정도면 좀 여유가 있지?"

엄마의 안쓰러운 얼굴과 엉망인 집 때문에 마음이 약해진 걸지도 몰랐다. 내가 이 불쌍한 여자를 궁지에 몰려고 했던 것 같아 옅은 죄책감까지 느꼈다.

“그렇게 세세하게 정해놓지 마. 그냥 봄 전에 한다고 던져만 놔. 그러면 설 연휴까지 큰삼촌 스케줄 알아봐서 말해줄게. 결혼 날짜는 상견례에서 양가 입장 다 들어보고 정하는 거로 해. 원래 그런 건 너희끼리 결정할 문제가 아니야. 그리고 결혼 이야기 자체가 압박이니까 내가 말하기 전까지 너는 말도 꺼내지 마.”

설 연휴는 1월 마지막 주였다. 큰삼촌에게 전화하기 위한 마음의 준비가 한 달이나 걸린다니. 그렇게 시골 사람의 정을 믿는 엄마였지만, 오랜만에 큰삼촌에게 연락하는 것이 껄끄러울 거라는 걸 이해할 수 있었다. 그 심정을 충분히 아는데도, 나의 결혼이 수치스러운 흉처럼 과민하게 다뤄지는 것 같아 섭섭한 건 어쩔 수 없었다. 게다가 상견례에서 결혼 날짜를 정한다니. 해인의 부모님은 이미 결혼 날짜에 대해 “너희가 고른 날이 곧 좋은 날”이라고 당연하다는 듯 말했다. 그러나 내가 할 수 있는 대답은 기다려주겠다는 말뿐이었다. 엄마가 그렇게 힘들게 살아왔다는 걸 몰랐더라면 차라리 매몰차게 굴 수 있었을 텐데.

“딸기 먹어, 딸기.”

“얘가 무슨 종이라고?”

“만년설.”

안녕, 이탈리아. 사이프러스 나무와 신선한 올리브오일, 아페롤 스프리츠 칵테일 그리고 에트나 화산도 안녕. 항공권 환불 수수료는 삼십이만 원이었던가. 엄마와의 불화에 대한 대가처럼 느껴졌다. 그것과 함께 더한 벌이 내려졌다. 이제 예비 신부는 가족 앞에서 결혼 이야기를 먼저 꺼내면 안 된다는 불문율이 생겼

다. 결혼 이야기를 꺼낼 때마다 하루씩 결혼이 밀리는 게임이 시
작된 것만 같았다.

*

기다림. 나에게 결혼 준비는 그것이 전부였다. 시간을 이겨내
는 방법은 하나뿐이었다. 지금 할 수 있는 일에 집중하기. 드레스
와 예복을 채비하고 예약해둔 사진을 찍기. 엄마를 만난 다음 날,
해인과 나는 다시 넥타이 쇼핑에 나섰다. 결혼 준비를 하며 단연
코 많이 가는 곳은 백화점과 아울렛이었다. 드디어 해인은 크림
색에 하얀 줄무늬가 들어간 넥타로 결정했다.
막상 쇼핑을 마치니 엄마를 기다리며 할 수 있는 일이 하나 줄
었다는 사실에 낙담했다. "우리가 준비해야 할 게 또 뭐가 있지?"
나는 해인에게 이 질문을 수도 없이 했다. 이제 나는 상견례와 함
께 미뤄진 결혼과 불투명해진 신혼여행을 걱정하며 매일 날짜를
셀지도 몰랐다.
"어제는 괜찮았던 거야?"
해인이 이 말을 꺼낸 건 집에 돌아와 함께 결혼사진 레퍼런스
를 찾아보던 때였다.
"장모님께 다녀오고 어땠다는 말이 없잖아."
어제 나는 귀가하자마자 잠자리에 들었다. 오늘은 아침을 먹
는 내내 부러 활기찬 척을 했고 쇼핑에 우유부단한 해인을 답지
않게 참아주었다.

"미안해, 해인아."

나는 엄마와의 대화에서 그 어떤 확답도 얻어내지 못했다고 고백했다. 엄마에게 져버리고 말았고 그래서 기다림이란 벌을 받았다고.

"엄마는 내가 칼을 들이대며 말하는 것처럼 느끼나 봐."

"왜?"

"무슨 말을 해도 다 독촉이고 압박이라잖아."

"너한테 미안하니까 눈치를 많이 보시는 거야."

"눈치를 보는 사람치고는 결국 자기가 원하는 대로 상황을 끌어나가는걸."

내가 잠시 숨을 고르고 말을 이었다.

"그런데 엄마가 그 말을 하더라."

신정에 본가에 온 오빠는 엄마에게 이렇게 말했다. "만약 윤아개가 우리가 아니라 해인이네한테 먼저 결혼을 알렸으면 너무 화가 날 것 같아. 그건 우리 집안을 부시는 거잖아." 엄마는 이 말을 나에게 전하며 오빠가 아빠의 몫까지 얹어 장남 역할을 해내야 한다는 부담을 느끼고 있다고 했다. 그러니 오빠를 너무 미워하지는 말아달라고도 했다. 동생 결혼에 나서서 상황을 중재하려고 했던 오빠의 행동이 어느 정도 이해 가면서도 결혼을 여자 쪽 집안에 먼저 알려야 한다는 주장에도 놀랐다. 어쩌다 그렇게 고루한 사고를 갖게 되었을까? 나는 오빠의 화를 피하고자, 엄마에게는 우리 집이 먼저였다고 거짓말을 했다.

"오빠랑 전화했을 때 장남 역할은 내가 다 한 거 아니냐고 따

146

졌는데, 발작하듯 화를 냈었어. 그런 콤플렉스가 있는 줄은 전혀
몰랐어."

해인은 탐탁지 않은 눈치였다.

"정말 장남의 역할을 하고 싶었던 거라면 네가 전세금을 대줬
다는 걸 알았을 때 말로만 고맙다고 하면 안 됐지. 만약 해진이가
엄마에게 큰 액수를 빌려줬고, 그걸 내가 나중에 알게 되었다면,
나는 그 액수의 절반을 해진이한테 보내줬을 거야. 갑자기 통장
에서 큰돈이 빠져나가면 누구든 무섭고 놀라니까. 동생 혼자 짊
어지기에는 너무 큰 가족의 일이잖아."

나는 해인의 말에 깨달음을 얻곤 잠시 멍해졌다. 정말 가족을
생각하는 사람이라면, 가장의 역할을 하고 싶은 사람이라면 그
렇게 모든 일을 동생에게 떠넘기면 안 되었다. 그건 기만이었다.
그런데 나는 또 오빠를 이해할 수 있다고 멍청하게 생각하고 말
았다. 돌이켜보면 엄마도 과거를 전하며 자신을 좀 이해해달라
고 외치고만 있었다. 어떠한 깨달음도, 사과도 없었다. 그런데 또
어쩌자고 마음이 약해지고 말았던 걸까.

"오빠도 박봉에 여유가 없으니까 그저 할 수 있는 일이 없었을
거라고 단정 지었어. 오빠는 자기 속 편해지자고 나한테 모든 걸
떠넘긴 거였는데. 또 얼마나 괴로운 삶을 살았든 엄마가 나에게
했던 실수들이 전부 없었던 일이 될 순 없는 거잖아. 나는 왜 그
런 생각을 하지 못했을까."

"착해서 그래."

"아니, 멍청해서 그래."

나는 누군가의 흑백 결혼사진이 빛나고 있는 휴대폰을 꼭 움켜 잡았다. 어딘가로 추락할 것만 같은 기분이었다. 해인을 통해 가족의 비상식적인 면모를 하나씩 알아갔다. 가족의 진실을 알아가는 건 중요한 만큼 괴로운 일이기에 많은 용기가 필요했다.

항공권을 취소하고 나니 현관문 앞에 수선을 마친 드레스가 배송되어 있었다. 드레스를 보자 마음 밑바닥에서 찰랑거리듯 설렘이 일어나는 것을 막을 수 없었다. 이런저런 일이 있었음에도 결혼 준비에 여전히 설렘이 존재한다는 게 신기했다. 결혼이 부리는 가장 고마운 마법이었다.

드레스로 갈아입고 해인을 불렀다. 피팅 도우미가 했던 것처럼 그가 뒤에서 코르셋을 매주었다. 해인의 서투른 손길에 매듭이 지저분했다. 해인이 코르셋 매는 방법을 유튜브에 검색해 꼼꼼하게 영상을 본 다음 다시 매주었다. 한 달 전 숍에서 입었을 때와 달리 드레스가 예뻐 보이지 않았고 나에게 어울리지도 않는 것 같아 당황스러웠다. 화장을 안 해서인지도 모른다고 생각해 급히 옅은 선홍빛 립스틱을 발랐다. 그러나 어딘가 어긋나 보이는 건 마찬가지였다. 수선이 잘못되어 사이즈가 이상하다느니, 조명 탓이라느니 핑계를 대보다가 결국 순백의 드레스를 샀어야 했다고 후회했다. 용기를 주리라 기대했던 살구색 드레스가 이제는 오히려 불길한 징크스가 되어버린 것 같았다. 반면에 분위기를 맞춰보겠다며 예복을 입고 내 옆에 선 해인은 자신의 선택에 그 어떤 후회도 하지 않았다.

구십 분짜리 웨딩 촬영

웨딩 촬영 날, 최저 기온은 영하 12도였다. 야외 촬영에 욕심 부리지 않길 다행이었다. 해인과 나는 아침 일곱시부터 방배동으로 향했다. 아침 일찍 서울에 온 것만으로도 이미 반나절이 지난 기분이었다. 그는 늘어지게 하품하며 운전석 창문을 내렸다.

어젯밤 우리는 예복과 드레스를 입고 노트북 카메라 앞에서 포즈와 표정 연습을 했다. 자정이 넘도록 영상을 돌려보며 한참을 웃었고 우스꽝스러운 표정이 나올 때마다 스크린 캡처를 했다. 마치 놀이 같았던 연습을 마치고, 그가 드레스의 코르셋을 풀어주며 우리는 자연스럽게 침대로 향했고 몸을 포갰다.

모든 것이 끝나 지쳤는데도 우리는 긴장 때문에 쉽게 잠에 들 수 없었다. 또 나는 스튜디오가 걱정되었다. 일주일 전 업체에 레퍼런스 이미지를 정리해 보내며 스튜디오 내부 사진을 문의했다. 업체 홈페이지는 재단장 중이었고 임시로 열린 블로그에는

촬영 상품 안내와 예약 및 입금 방법에 관한 불친절한 공지 하나
만 올라와 있을 뿐이었다.

　—깔끔한 화이트 톤 스튜디오예요.

　—저희 계정 보시면 아실 수 있을 거예요.

　—해외 출장 중이라 빠른 답변은 어려워요.

　사진사에게서 만족스럽지 못한 답이 왔다. 다시 업체의 피드
를 살폈지만, 실내 사진들은 배경이 비슷비슷해서 고객이 따로
대관한 장소인지 자체 스튜디오인지 구분되지 않았다. 큰 창과
호두나무 난간의 나선형 계단이 있는 유럽풍 스튜디오가 피드에
서 가장 많이 보였다. 레퍼런스 이미지들과 비슷한 분위기에 혹
한 건지, 층고가 높아 시원스러운 그 공간이 내가 촬영할 스튜디
오라는 것을 의심하지 않았고, 사진사에게 다시 한번 확인해 보
지도 않았다. 어떻게 그렇게까지 확신할 수 있었던 걸까. 나는 훗
날 스튜디오를 제대로 알아보지 않은 걸 두고두고 후회했다.

　제휴 메이크업 숍으로 갔다. 해인이 먼저 화장을 받았다. 머리
손질까지 거의 이십 분 만에 끝났다. 대충한 게 아닐까 싶을 정도
로 너무 빨리 끝나 조금 놀랐다. (메이크업과 헤어 비용은 제휴
할인을 받아 둘이 합쳐 삼십팔만 원이었다.) 화장한 그의 얼굴을
처음 보는 터라 어색했다. 원체 하얀 편이라 파운데이션을 올린
피부는 가래떡 같았고, 입술에만 옅게 색조를 올렸을 뿐인데도
확 도드라져 보였다. 잔뜩 볼륨을 준 머리는 왁스를 발라 반짝반
짝 빛났다. 앞머리에 가르마를 주어 시원하게 양 눈썹을 드러낸

것만큼은 마음에 들었다. 나는 그의 선명하고 잘생긴 눈썹을 좋아했으니.

내 화장은 한 시간이 넘게 걸렸다. 화장이 한겹 한겹 올라갈 때마다 얼굴이 조금씩 화사해졌지만, 원장은 나의 진한 다크서클을 가리느라 애를 먹었다. 파운데이션 색을 이리저리 조합해가며 눈 밑에만 덧칠을 수십 번 넘게 했다. 거울 속 얼굴은 화장 때문에 무거워 보일 정도였다.

숍에서 나오니 아홉시 사십오분이었다. 늦지 않게 스튜디오로 넘어가야 했다. 다시 차에 탄 후 선바이저를 내려 한참 동안 거울을 바라봤다.

"나 화장이 너무 진하지 않아? 속눈썹만 뗄까? 너무 부담스러워."

"실제로 봤을 때 약간 부담스러워야 사진 찍을 때 이목구비가 그나마 선명하게 나온다잖아. 믿어보자."

내가 목을 거북이처럼 내밀며 거울에 더 바짝 다가가 검지로 속눈썹을 펄럭댔다. 평소에 아침을 챙겨 먹다 보니 벌써 배가 고파왔지만, 메이크업 숍 원장이 음식을 먹으면 화장이 무너질 수 있다고 주의를 줬다. 그래, 조금만 참자. 촬영이 다 끝나면 밥을 먹자. 허기를 달래기 위해 계속 침을 삼켰다. 그래도 결혼 준비를 하며 색다른 옷을 입고 어울리지 않는 화장을 한 서로의 낯선 모습을 보는 일은 꽤 재미있었다.

*

　스튜디오 건물 앞에 주차한 후 건너편에 있는 꽃집에 갔다. 제휴 부케는 이십육만 원부터 시작했고, 꽃 종류마다 가격이 추가되었다. 본식 부케도 아니니 합리적으로 꽃집에서 오만 원짜리 작은 꽃다발을 예약했다. 내가 원하던 색은 아니었지만, 그래도 오늘만을 위한 자잘한 들꽃 다발은 아름다웠다.

　해인이 정장 커버와 구두를 챙겼다. 나는 드레스와 면사포를 담은 쇼핑백과 꽃다발을 양손에 들고 건물로 들어갔다. 전부 비싸고 가벼우면서 부피가 큰 것들이었다. 사진사가 보내준 주소에는 층수가 적혀 있지 않았다. 엘리베이터 앞에 도착해 사진사에게 전화하자 지하 일층으로 내려오라고 안내했다. 손가락이 엘리베이터의 상승과 하강 버튼 사이에서 길을 잃었다.

　"지하요?"

　내가 놀라 되물었다.

　"네, 지하요!"

　사진사는 무엇이 문제냐는 듯한 투로 아까보다 더 명랑하게 답했다.

　어젯밤 우리는 계단에 앉는 배치와 각도부터 창문을 어떻게 활용할지까지, 머리를 맞대고 포즈 하나하나를 고민했다. 하지만 지하에는 햇빛이 들이치는 큰 창과 나선형 계단이 있을 수가 없는데?

　스튜디오의 유리문을 열자 서늘한 한기가 먼저 우리를 반겼다. 스튜디오는 하얀 천으로 배경을 만든 것이 전부였다. 문자 그대로 '화이트 톤 스튜디오'였다. 작업물 중에서 이 배경으로 찍은 사진은 보지 못했다. 자체 스튜디오가 볼품없어 다들 선택하지 않았던 걸까. 그런데 무책임하게도 피드를 보면 스튜디오 내부를 알 수 있을 거라고 안내했다니.

"아무것도 없네."

해인도 당황했는지 나에게 귓속말했다.

"여기선 할 수 있는 게 팔짱 포즈밖에 없어."

"기사님이 알아서 잘 코치해주실 거야. 지금까지 얼마나 많은 커플의 사진을 찍어왔겠어. 그래도 여기 층고는 높아."

"지금 그게 다 무슨 소용이야. 없잖아, 아무것도!"

"배경이 뭐가 중요해, 피사체가 중요하지."

이것을 알았더라면 따로 스튜디오를 대관했을 텐데. 돌이킬 수 없는 상황에 눈앞이 캄캄했다. 창과 계단이 없으니 어제 연습한 포즈들 중 절반은 쓸 수 없게 되었다. 아무것도 없는 이곳에서 우리는 어떤 동작을 취해야 하는 거지? 알림장에 넣을 용도밖에 되지 않는 밋밋한 결혼사진이 될 것이다. 나는 암담함에 힘이 쭉 빠졌다.

소파에 앉아 휴대폰을 만지던 사진사가 우리를 발견하곤 벌떡 일어나 다가왔다.

"오늘 열시 타임 예약한 커플 맞으시죠?"

방금 도착한 듯 그녀는 그란데 사이즈 아이스커피를 들고 있었다. 얼음이 가득 든 커피를 마시면서도 후리스 위에 두꺼운 패

덩까지 입고 있었다. 천장에 달린 난방기가 요란한 소리를 내며 돌아가고 있었지만, 그 역시 방금 켠 듯 실내 온도는 13도였다.

사진사가 탈의실을 안내했다. 텅 빈 화장대에 군데군데 분이 묻은 거울이 놓여 있는 검은 방이었다.

"같이 들어가서 옷 갈아입으시고, 신부님은 코르셋 맬 때 불러주세요."

"어제 열심히 연습해 왔는데, 제가 할까요?"

해인이 기세등등한 목소리로 말했다.

"보통 신랑님들이 하시면 서툴러서 결국 촬영 중간에 드레스가 내려가더라고요. 그냥 저한테 맡기세요."

"그래야겠네요. 드레스가 내려가 사진을 망치면 혼날 테니까요."

해인은 천연덕스럽게 웃었지만, 나는 도저히 웃음이 나오지 않았다. 할 말이 있는 사람처럼 입꼬리만 실룩거렸다.

"먼저 갈아입고 나갈래?"

같이 살며 서로의 못나거나 부끄러운 모습을 많이 봤음에도, 그 앞에서 완벽한 맨몸을 보이는 일만큼은 허용할 수 없었다. 관계를 할 때야 늘 어둡고 그런 걸 신경 쓸 겨를이 없지만, 일이 끝나고 씻으러 가기 전 꼭 이불로 해인의 눈을 가렸다. 이제 그도 내가 무엇을 싫어하는지 정확히 알아서 내 몸을 보지 않도록 조심했다. 콤플렉스가 있는 건 아니었지만, 맨살을 전부 드러내는 것의 민망함을 이겨내지 못했다. 사소한 불편함을 느끼는 순간 혼자 사는 삶을 동경하게 된다. 한 번도 혼자 살아본 적이 없었기

154

에 더욱 꿈꾸게 되었다. 함께하는 기쁨이 훨씬 더 큼에도 그 작은 불편 때문에 마음이 확 기울고 만다. 반면에 해인은 내 앞에서 나체가 되는 걸 전혀 두려워하지 않았는데, 머지않아 나도 그 앞에서 옷을 훌훌 벗을 수 있게 되길 바랐다. 나이가 들어감에 따라 오히려 더 몸을 보여주지 않으려고 애를 쓰게 될지도 모를 일이지만.

해인이 내 뜻을 이해하고는 빠르게 예복으로 갈아입은 후 먼저 탈의실에서 나갔다. 혼자가 되어 드레스를 걸치고 사진사를 불렀다. 그녀와 둘이 있자 탈의실이 약간 비좁게 느껴졌다. 그 정도로 사진사는 키가 크고 어깨가 딱 벌어졌다. 내가 양손으로 드레스와 가슴을 받치자, 그녀가 두툼한 손으로 힘껏 코르셋을 조였다. 해인이 할 때와는 차원이 다른 강한 압박이 허리와 배에 가해졌다. 이러다 질식할 수도 있겠다는 생각이 들었고 나는 본능적으로 숨을 참았다.

"남자분들은 하나같이 느슨하게 매시더라고요. 신부님들이 아플까 봐 걱정돼서 그러나 봐요. 숨 쉬어지죠?"

내가 겨우 고개를 끄덕였다. 화장대 거울을 보는데 목이 허전했다. 아침 일찍 나서느라 정신이 없었던 탓에 프러포즈로 받은 목걸이를 두고 와버렸다. 촬영하는 동안 해인이 부디 눈치채지 못하길 바랐다.

탈의실에서 나가자 해인은 이미 커다란 흰 상자 같은 스튜디오 한가운데에 뒷짐을 지고 서 있었다. 그는 긴장한 기색이 전혀 없었고 오히려 들떠 보였다. 이럴 땐 그의 단순함이 그저 부럽기만 했다.

"진짜 내 신부 맞아?"

내가 긴장한 것을 눈치채고 호들갑을 떠는 해인의 노력이 가상하게 느껴졌다. 다행히도 목걸이가 없다는 사실은 꿈에도 모르는 듯했다.

나는 꽃다발을 들고 그의 옆에 섰다. 먼저 테스트 사진을 찍고 모니터링을 했다. 위치가 흐트러지지 않도록 해인이 서 있었고, 내가 화면을 보기 위해 드레스 밑단을 붙잡고 스튜디오 안과 밖을 몇 번이나 오갔다. 테스트 컷 내내 해인은 활짝 잘도 웃었지만, 나는 긴장 탓에 무표정에 가까웠다.

"표정은 보정이 안 되죠?"

나의 이상한 질문에 사진사가 실소를 터뜨렸다.

"테스트 컷이니까 위치랑 느낌만 보는 거예요. 표정이랑 자세는 제가 디렉션 줄 거니까 너무 걱정하지 말아요."

모니터를 뚫어지게 바라보다가 불현듯 이상한 점을 발견했다. 사진사가 피드에 올려둔 작업물과 달리 사진의 화질이 깔끔했고 밝았다. 필름 카메라의 결과물이 아니었다.

"빈티지 효과는 나중에 편집으로 입히는 건가요?"

내가 침착하게 물었다. 사진에 대해 잘 알지 못해 내가 오해한 걸 수도 있었다.

"스튜디오 베이식 상품에서는 필름 카메라를 쓰지 않아요. 그 카메라는 야외랑 실내 패키지 상품에만 사용해요."

"네? 저는 빈티지 스냅인 줄 알았는데요."

힘이 탁 풀려 멀리 해인을 바라봤다. 그는 여전히 아무것도 모른 채 스튜디오 가운데에 꼿꼿이 서 있었다. 이제 해인에게 미안할 지경이었다. 원하는 사진의 콘셉트가 확실했기에 촬영 업체 선정은 나에게 믿고 맡겨달라고 큰소리쳤지만, 아무래도 실수를 한 것 같았다. 조금 더 신중했어야 했다. 그렇다고 하더라도, 이건 사진사가 사전에 안내해줬어야 하는 내용 아닌가? 나는 계정에 있는 모든 사진과 적혀 있는 글을 '더보기'까지 눌러가며 일일이 확인했고, 사진사의 기술과 감각을 칭찬하는 댓글들도 꼼꼼하게 읽었다. 블로그 공지 글은 예약 전에 한 번, 예약 확정 후에 한 번, 어제 포즈 연습을 하며 한 번, 총 세 번을 정독했다. 하지만 카메라에 대한 설명을 본 기억은 없었다.

심상한 나의 표정을 본 사진사가 급히 포토샵을 열었다.

"빈티지를 원하신다면……."

그녀가 필터를 넣자, 테스트 사진 위에 오래되고 거친 갱지 질감이 덧씌워졌다. 그러나 그럴싸할 뿐 내가 원하는 사진은 아니었다. 혹시 우리가 오늘 사진사를 위한 간식을 준비하지 않아서 이러는 게 아닐까, 의심이 들 정도였다.

"이렇게 후보정을 넣어드릴 수 있어요. 흑백으로 전환하면 더 빈티지스러워요. 포즈도 클래식하게 찍으면 분명 원하시는 느낌이 날 거예요."

마음대로 되는 게 정말 하나도 없구나. 무력감과 동시에 신기하게도 욕심을 내려놓게 되었다. 결혼은 원래 바람 부는 대로 휘청이는 돛단배와 같은 거니까, 나는 진정하려고 노력했다.

"그럼 잘 부탁해요."

드레스가 땅에 끌리지 않도록 꼭 잡고 해인 옆에 돌아갔다.

"우리 잘해보자."

내가 기운을 내려고 일부러 크게 말했다. 엎질러진 물이었고, 이제 내가 할 수 있는 일이라고는 촬영과 메이크업 그리고 꽃다발에 든 비용이 아깝지 않도록 최선을 다해 웃는 것밖에 없었다.

촬영 시간은 총 구십 분. 한 장소에서 의상 한 벌로만 찍는 가장 간단한 촬영 상품을 골랐기에 제한 시간이 짧았다. 이미 위치 조정과 테스트 컷 촬영에 이십 분을 써버렸으니, 서둘러야 했다.

본 촬영 시작 전, 사진사가 정수리에 면사포를 고정하고 등 뒤에 망토처럼 펼쳤다. 그리고 내 앞에 무릎 꿇고 앉아 드레스 밑단을 정리했다.

"드레스는 자연스럽게 펼칠게요. 움직임에 따라 부드럽게 실크가 일렁일 수 있게."

이어서 사진사는 해인의 예복 맵시를 고쳐주었다. 코르셋도 그렇고 그녀의 손길에서 경험치가 묻어났기에 처음 스튜디오에 들어왔을 때보다는 더 믿음직스럽게 느껴졌다. 배경과 카메라보다 중요한 건 실력이었다.

성심껏 고른 레퍼런스를 파일에 정리한 순서에 따라 나란히 붙어 서서 팔짱을 꼈다. 기본이 가장 어려운 법이었다. 남는 한 손으로 부케를 잡아 정확히 배꼽 위치에 고정해야 했는데, 사진을 찍을 때마다 자세가 자꾸 흐트러졌다. 허리와 어깨를 펴고 빳빳하게 고목처럼 서 있는 것부터가 쉽지 않았다.

면사포를 활용한 자세는 내가 야심 차게 준비한 비장의 카드였다. 머리에 고정해두었던 삼 미터짜리 면사포를 펼쳐 나와 해인이 그 안에 들어갔다. 서로의 얼굴을 보며 어린아이처럼 웃으며 장난스러운 분위기를 자아냈다. 아침에 스팀 다림질을 했는데도 가져오며 조금 구겨져 못내 아쉬웠다.

벌써 포즈가 바닥이 나자 나는 급하게 휴대폰을 켜 핀터레스트에 들어가 결혼사진을 검색했다. 원래라면 나선형 계단에 앉거나, 창문을 향해 걸어가는 뒷모습을 찍어야 했지만.

"다른 소품은 준비 안 해 오신 거죠?"

"네. 부케랑 면사포밖에……."

내가 심각해지는 사이 사진사가 탈의실로 들어가더니 화장대 앞에 있던 철제 의자를 가져왔다. 그녀는 신랑은 의자에 앉고 신부는 뒤에 서서 신랑의 어깨에 두 손을 올리라고 지시했다. 레퍼런스에는 없는 자세였는데, 사진사가 즉석에서 고안한 듯했다. 우리는 이를 드러내 활짝 웃으며 손가락 장난을 쳤고 해인은 볼에 바람을 넣기도 했다. 사진사가 좀처럼 허락해주지 않았던 표정이었다. 그렇게 웃으면 분위기야 산뜻하지만, 얼굴이 다 어그러져 보정이 어렵고 생각보다 결과물이 만족스럽지 못하다고 했다. 사진사는 줄곧 입꼬리만 살짝 말아 올려 웃는 걸 주문했었다. 하지만 이제 그녀도 이판사판인 듯 표정이라도 다양하게 지어보자고 했다. 어떻게 웃든 전부 거짓이었다. 웨딩 촬영 현장에서 내가 진심으로 웃을 수 있을 줄 알았다. 나는 허무함이 들 때마다 다른 사람들도 다 이 과정을 거쳐 결혼했다는 사실을 상기했다.

심지어 세 벌 이상의 드레스와 다양한 소품과 가지각색 콘셉트로 세 시간을 찍는 연인도 있는데, 이 정도로 힘들어하는 건 엄살이라고 스스로를 꾸짖었다.

위치를 바꿔 내가 의자에 앉아 다리를 꼬았고 해인이 부케를 들고 그 옆에 서서 경호원처럼 어깨를 판판하게 펴보기도 했다. 또 해인의 재킷을 내가 걸치기도 하며 다양한 변형을 시도했다. 정신없고 과장되고 꾸며낸 느낌이었지만 께름칙한 기분과 반대로 촬영은 물 흐르듯 진행되었다. 망상과도 같은 레퍼런스에 의지하지 않고 사진사에게 모든 지휘를 맡긴 덕분인지도 몰랐다.

각자 개인 컷 촬영까지 마치자, 스틸레토힐이 조여 발가락이 아팠고 추위 때문에 손끝 감각이 희미해졌다. 난방은 여전히 요란한 소음을 내며 돌아갔지만, 촬영 막바지에 이를 때까지 실내 온도는 고작 2도가 올랐을 뿐이었다. 콧물을 훔치느라 인중 화장이 지워져 중간중간 쿠션 팩트로 수정해야 했다. 그래도 추위가 가시지 않아 나는 손에 입김을 불어 얼굴을 헐겁게 감싸길 반복했다. 해인은 지금이라도 편의점에 가서 핫팩을 사 오겠다고 했지만, 이제 촬영 시간이 얼마 남지 않았다. 해인이 잠깐 자리를 비우는 그 시간도 아까웠다. 한 장이라도 더 건지기 위해서는, 한 장이라도 더 찍어야 했다.

"그래도 그건 찍어야 하지 않겠어요?"

사진사가 카메라를 테이블에 올려두고 양 주먹을 마주 보게 들더니 닿을 듯 말 듯 비틀었다. 촬영 종료 팔 분 전이었다.

"어떤 거요?"

모르는 척하면서도 해인의 한쪽 입꼬리는 이미 위를 향해 비스듬한 선을 그렸다.

"아, 뽀뽀요, 뽀뽀. 한 장이라도 남겨야 아쉽지 않을걸요?"

나는 망설였지만, 해인의 얼굴이 이미 가까이 와 있었다. 사진사가 다가와 세심하게 자세를 잡아줬다. 내가 해인에게 폭 안기고 고개를 들어 입을 맞춰야 했다. 해인의 키가 크지 않기에 내가 살짝 다리를 굽혀 투명 의자 자세를 해야 했다. 코르셋 때문에 배에 힘이 잘 들어가지 않아 불편했다. 하지만 사진사는 드디어 자신이 생각한 그림이 나왔는지 "좋아요! 그대로 가만히!"라고 신나게 외쳤다. 남 앞에서 입을 맞추는 건 처음이었다.

눈을 뜨고 싶은 걸 꾹 참으며 얼마나 버텼을까, 사진사가 나지막이 말했다.

"자, 마지막 컷."

내가 해인을 밀어내며 벌써 끝이냐고 물으려는데 그대로 셔터 소리가 났다. 사진사 옆에 있는 커다란 모니터를 보자, 마지막 사진에서 나는 눈을 반쯤 감고 있었고 입은 바보처럼 약간 벌리고 있었다.

"고생하셨어요."

어쨌거나, 촬영이 끝났다. 벽에 걸린 시계를 보았다. 열한시 삼십분. 사진사는 칼같이 시간을 지켰다.

촬영이 끝나고 해인과 탈의실에 들어갔다. 그가 환복하고 먼저 나가길 기다리며 거울을 보는데, 억지로 웃느라 입가와 눈가에 주름 결대로 파운데이션이 갈라져 있었다. 마치 튼살처럼 보기 흉했다. 손가락으로 볼 한가운데를 눌러 세로로 선을 짓자, 손톱에 파운데이션이 잔뜩 꼈다. 튜브톱은 흘러내려 가슴골이 드러나 있었다. 처음에 모니터링을 위해 드레스를 붙잡고 움직인 것이 화근인 것 같았다. 그렇다면 촬영 내내 드레스가 흘러내려 있었다는 건데, 사진사가 이런 것도 코치해주지 않았다니.

"드레스가 이 모양이었는데, 왜 말 안 해줬어?"

내가 셔츠 단추를 끄르는 해인에게 짜증스럽게 물었다.

"어? 몰랐네, 원래 이런 건 줄 알았어."

"가슴팍이 이렇게 허전한데 몰랐다고? 가슴이 너무 밑에 있는 거 같아서 이상해. 이게 뭐야."

"난 진짜 잘 모르겠어."

"주혜한테 도우미를 부탁했어야 했나?"

내가 바로 말을 바꿔 속삭였다.

"아니야, 이리 짧게 촬영하는데 무슨 도우미까지 대동해……."

무엇보다 결혼 날짜도 상견례도 흐지부지되었기에 아직 친구에게 결혼 소식을 전할 때가 아닌 것 같았다. 자꾸 만약을 가정하며 결혼에 한겹 한겹 천을 덧씌워 깊은 곳에 숨기게 되었다. 하지만 나도 모르는 사이에 결혼 소식이 퍼지고 있었다. 재우를 통해서였다.

며칠 전 그에게서 먼저 연락이 와 결혼 날짜를 물었다. 결혼식 날 재우에게 대략적인 결혼 시점을 말해줬기에 지금쯤이면 날짜가 확정되었으리라고 예상한 것 같았다. 내가 뜸을 들이는 사이 빠르게 메시지 하나가 날아왔다.

─하루 동안 해인이 좀 빌려도 돼요?

그는 해인을 위한 총각 파티를 열고 싶어 나에게 연락한 거였다. 재우는 이미 자신이 중심이 되어 해인의 중고등학교 시절 친구들 모임을 만들었다고 했다. 식을 올리지 않지만, 결혼은 축하해주고 싶어서 친구들끼리 머리를 맞대고 고민한 끝에 1박 2일의 총각 파티를 고안했다. 해인에게 비밀로 하고 그를 납치할 계획이니 나에게 협조해달라고 했다.

재미있는 일을 벌이는 사람 특유의 들뜸이 묻어나는 그의 메시지에 나는 아직 결혼 날짜가 정해지지 않았다는, 김새는 답을 줄 수밖에 없었다. 재우는 나의 답에서 어떤 그늘을 발견한 것인지, 메시지를 작성 중임을 알리는 말줄임표 표시가 오래 떠 있었다. 아마도 문장을 여러 번 지우고 다시 쓰고 있으리라.

─결혼 날짜 정해지면 말해줄게요. 납치 작전에 제가 조력자가 되어줄게요.

고심하고 있을 그를 대신해 내가 먼저 답을 보냈다. 나는 해인의 친구들 대부분이 이 결혼에 대해 알고 있다는 사실에 당혹스러웠다. 해인도 재우가 그런 일을 벌였으리라고는 꿈에도 모르고 있을 터였다.

양복과 드레스를 정리하고 있는데 사진사가 다가와 넌지시 물었다.

"식은 언제 올리세요?"

해인이 슬쩍 나의 눈치를 봤다. 나는 추위에 벌써 생기를 잃은 들꽃을 쇼핑백에 욱여넣고 있었다.

"이번 봄에 결혼하는데, 저희는 식은 안 해요. 간단하게 가족끼리 식사하고 마무리하려고요."

봄에 결혼이라니, 정말 꿈같은 일이 되어버렸다. 그는 나를 의식해 일부러 고무적으로 말한 것 같았다.

"와, 간편하고 좋은데요? 저도 과거로 돌아갈 수만 있다면 그렇게 하고 싶네요."

내가 대화에 끼어들었다.

"여쭤보고 싶은 게 있는데요. 블로그 안내대로 원본은 당일에 전부 받고, 그중 열 장 고르면 한 달 뒤에 보정본이 나오는 걸까요?"

"아, 블로그를 보셨구나. 그건 옛날 시스템이에요. 올해부터 개편돼서 원본은 한 달 뒤에 드리고요, 보정본은 그로부터 두 달 더 기다리셔야 해요. 홈페이지에 새로 공지한 내용인데 확인 못 하셨나 봐요."

새로운 정보가 자꾸만 튀어나왔다. 결혼이라는 일에는 정해진 날이 있기에, 기한에 맞춰 모든 준비를 신속하고 정확하게 해내야 한다는 사실을 그녀도 모르지 않으리라. 나의 경우에는 아직 결혼 날짜가 정해지지 않았지만, 이렇게 말을 바꾸면 당황스럽긴 마찬가지였다. 아무래도 이 사람에게는 두 사람의 소중한 결혼사진을 남긴다는 책임감 같은 건 없는 것 같았다. 이래서야 공장처럼 결혼사진을 찍어내는 대형 업체와 별반 다르지 않았다.

"홈페이지 링크가 닫혀 있던데요?"

"이번 주부터 다시 열렸어요. 정확하게는 목요일부터요."

"그러니까 지금 말씀으론, 넉넉잡아 석 달을 기다려야 한다는 건가요?"

"네, 한 사월 중순쯤 보정본이 나오는 거죠."

휴대폰을 꺼내 확인해보니, 언제 바뀐 것인지 홈페이지 링크가 열려 있었다. 해인도 적잖이 당황했는지, 얼굴을 들이밀고 홈페이지 안내 사항을 읽었다.

"그러면 미리 안내를 해주셨어야죠."

말을 잃은 나 대신 해인이 어이없는 표정으로 사진사에게 따져 물었다.

"예약과 안내는 남편이 담당해서 저도 몰랐네요. 죄송해요. 차질 없게 최대한 빨리 진행해볼게요. 두 사람이 모든 일을 하다 보니 날짜를 당기는 건 어려울 것 같지만……."

싸우기라도 할 듯이 해인이 사진사의 잘못을 조목조목 따졌다. 나는 해인의 편이면서도, 겉으로는 그를 말렸다. 사진사의 기분을 상하게 하면 앙갚음으로 보정을 대충 할지도 모른다는 생각이 들어서였다. 이미 나는 그녀를 프로라고 생각하지 않았다. 결혼 날짜를 정하는 것부터 상견례, 신혼여행 그리고 결혼사진까지 지연되자, 엄마의 말대로 뒤로 미뤄야만 하는 결혼처럼 느껴지기까지 했다.

유일한 희망이었던 웨딩 촬영이 어그러지자, 나는 결혼 준비가 정말 하나도 즐겁지 않다는 걸 인정해야만 했다. 프러포즈 날 해인에게 결혼 준비를 즐겁게 하자고 주문을 걸듯 말한 나였지만, 이제는 결혼 준비가 산뜻한 일이 아니라는 것을 안다. 달콤한 케이크를 만드는 일 같을 줄 알았지만, 막상 해보니 밀가루 반죽을 쏟고 치우길 반복하는 의미를 알 수 없는 노동에 가까웠다. 큰 기대는 결말에 가면 결국 실망을 동반할 수밖에 없다는 사실을 지금까지 몸으로 익혀왔으면서. 그것을 체화하느라 고생한 시간을 스스로 배반하며 실망을 반복하고 말았다.

아직 결혼을 희망과 환희의 거울로 보고 있을 해인 앞에서 이런 진심을 내비칠 수는 없었다. 그가 무척 속상해할 테니까.

돌아가는 길 정오의 한강은 시리도록 파랬다. 처음 스튜디오에 들어왔을 때와 달리 그 역시 무척 피곤해 보였다. 여전히 그는 내가 목걸이를 하지 않았다는 사실을 알아차리지 못했다.

해인이 잔뜩 시무룩해진 나에게 말했다.

"우리는 젊은 게 무기라서 서툴러도 다 싱그럽고 예뻐. 사진은 잘 나왔을 거야."

"일찍 결혼하니까 그건 좋네."

"그럼, 좋고말고."

어제까지만 해도 우리는 촬영 날을 상상하면서 부끄러운 줄도 모르고 소리를 지르고 서툴게 춤을 췄다. 해인은 눈부신 햇빛이 들이치는 커다란 창 앞에서 왈츠 동작을 꼭 찍고 싶다고 했었다. 결국 모든 게 없던 일이 되었지만, 그 밤만큼은 결혼의 주인공들이 되어 설렘과 달콤함을 맛보았다. 훗날 부부가 된 우리는 결혼 준비 중 가장 좋았던 순간으로 낡은 아파트에서 드레스와 예복을 입고 단둘이 포즈를 연습하던 때를 떠올렸다. 그 시간은 정말 소중했고 찬란했다. 그러나 찬찬히 다시 생각해보면 그건 달콤했다기보단 애처로웠고 위험이 도사리는 스산한 숲에서 체온을 잃지 않기 위한 생존의 몸부림에 가까웠다.

친정명절증후군

설 연휴를 앞두고 오로지 일에만 몰두했다. 결혼에 집중된 신경을 분산시킬 대상이 필요하기도 했고, 마감이 무섭게 다가오고 있는 탓이었다. 여름에 작업이 중단되었던 장편을 마무리 지어야 했다. 새로 담당 편집자가 배정되어 늦봄에 출간 일정이 다시 잡혔다. 과연 세상에 나올 수 있을지 반신반의했던 글이 새로운 편집자와 함께 다시 출발선 앞에 섰다. 멈춰 있지 않고, 움직인다. 지금의 나에게 가장 필요한 감각이었다.

우민건 씨는 사 년 차 편집자로 이번에 한국문학 팀에 경력직으로 입사했다. 얼마 전 미팅 때 처음 만난 그는 무척 유능해 보였다. 작가에게 '저 사람이라면 내 글을 잘 보듬고 다듬어줄 수 있겠다'라는 확신을 주는 인상이었다. 또 권태를 잘 느끼지 않을 것 같은 타입이었다. 이전에 나와 호흡을 맞춰온 편집자가 돌연 '권태'를 이유로 퇴사한 탓에 나도 모르게 그런 기색을 유심히 관찰하게 되었다.

우 편집자는 더 지체할 필요 없이 5월 출간을 목표로 잡자고 열성을 보였다. 업무에 있어 거침없고 자신감 넘치는 그가 마음에 들었다. 3월 중순에는 원고를 완성하기로 그와 약속했다. 이미 반년 동안 글을 묵혀둔 탓에 나에게도 숙변처럼 느껴지던 참이었다.

단편에 난항을 겪으며 한 달 정도 장편을 다시 읽어볼 여유가 없었기에 내용이 머릿속에서 약간 흐려졌다. 그래도 장편의 초고를 쓸 때까지만 해도 나는 꽤 자신만만했으므로 퇴고에 그리 오랜 시간이 걸리지 않을 거라고 예상했다. 그러나 오랜만에 장편 파일을 열어 A4용지 162장 분량의 글을 다시 읽었을 때 나는 자신감을 모조리 잃고 말았다.

엄마는 딸에게서 벗어나고 싶었다.

소설의 첫 문장이었다. 언뜻 보면 소설은 상반되는 성격을 가진 모녀의 일상을 담은 동거 일지처럼 가볍게 읽힌다. 하지만 날을 거듭할수록 모녀는 함께 살 수 없다는 걸 깨닫는다. 놀랍게도 엄마가 먼저 딸에게서 독립해 집을 나간다. 한동안 엄마의 빈자리를 어떻게 받아들여야 할지 몰라 슬픔에 빠졌던 딸도 자극을 받아 홀로서기를 시작한다. 마지막 장면에서 딸은 용기 내 문을 열고 집을 나간다.

내가 엄마와 딸을 이렇게 꽁꽁 엮어 각별한 사이로 그려냈다는 사실에 놀라웠고, 소설을 전부 지우고 싶다는 충동이 일었다. 나의 문장 하나하나를 벽돌처럼 쌓아 만든 집이자 세상을 무너뜨리고 싶었다. 불과 반년도 안 되는 시간 만에 나는 완전히 다른 사람이 되어 있었다. 하긴, 이 소설의 초고를 쓸 때까지만 해도 나는 엄마와 싸우지 않았고 진심을 내보이지도 않았으며, 엄마에 대해 잘 알지도 못했으니까.

초고에서는 이름을 정해두지 않고 주인공의 엄마를 '엄마'라고만 칭했다. 컨트롤 키와 에이치를 눌러 '엄마'를 '희진'으로 찾아 바꾸기를 했다. 엄마가 아닌 희진. 그러자 한결 편하게 글을 읽을 수 있었다. 아무리 괴로워도 이 이야기를 마주해야만 했다. 나에게는 지켜야만 하는 마감날이 있었으니.

*

파주에 다녀온 뒤로 나는 매일 밤 엄마의 전화를 기다리게 되었다. 큰삼촌에게 연락했다든가, 상견례 날짜는 언제가 좋겠다든가. 내가 바라는 소식을 엄마가 조금 이르게 전해줄 수도 있다는 순진한 기대감 때문이었다. 그러나 엄마가 먼저 전화하는 일은 없었고, 애타는 쪽인 내가 먼저 움직여야 했다.

평소 사근사근한 딸은 아니었기에, 먼저 연락하자니 쑥스러웠다. 갑자기 엄마에게 매일 전화를 걸면 독촉처럼 느껴질까 봐 일부러 사흘에 한 번씩 전화를 걸었다. 계산적으로 엄마에게 전화하는 날을 정해두고, 그날 밤이 되면 어김없이 긴장하는 나를 보

170

고 해인은 내 가족의 소통 방식에 문제가 있는 것 같다고 조심스
럽게 지적했다. 나의 설움도, 엄마의 부채도, 오빠의 개인주의도
결국 충분한 대화가 부족해서였던 것 같다고. 수긍할 수밖에 없
었다. 우리의 골이 깊어진 건 서로의 사정을 공유하지 않았기 때
문이었다.

나는 일하다가 문득 휴대폰을 봤을 때 엄마나 오빠의 이름이
부재중으로 떠 있으면 안심되었다. 통화를 하는 대신 나중에 문
자로 전화한 이유를 물으면 되었으니. 가족에게 전화가 와 휴대
폰이 진동하면 그걸 받아야 할지 고민하는 시간이 괴로웠다. 물
론 그들에게 부재중이 찍히는 일도 무척 드물었지만. 그래서 나
의 결혼을 계기로 가족과 연락하는 일이 부쩍 늘어난 이 상황이
낯설었다.

엄마와 통화할 수 있는 시간은 한정적이었다. 엄마는 놀라울
정도로 규칙적인 생활을 유지했다. 아홉시 오십분에 퇴근한 후
열시 삼십분에 귀가한다. 몸과 머리카락에 밴 음식 냄새를 제거
하기 위해 즉시 샤워를 한다. 그 후 젓갈이나 멸치볶음 같은 간단
한 반찬을 안주 삼아 소주를 마시며 티브이(엄마는 연예인의 엄
마가 나와 혼자 사는 미혼 아들의 하루를 관찰하는 예능을 가장
좋아했다) 보는 짧은 여유를 누리다 잠든다. 그러니 샤워를 마치
고 잠들기 전, 열한시부터 열두시 사이에 전화해야 높은 확률로
받았다.

가끔 나 대신 해인이 엄마에게 연락하기도 했다. 그는 원래도
엄마에게 종종 전화를 했는데, "이제 장모님도 가족이니까요"하

고 넉살을 부리며 엄마의 부드럽게 마음을 풀어주려 더 노력했다. 나에게도 장모님한테 연락 좀 하라고 잔소리했다면서, 앞으로 내가 전화를 자주 걸 수 있으니 알아두라는 뉘앙스를 비추었다. 그 덕에 나는 엄마에게 독촉한다는 찝찝한 기분을 조금이라도 덜어낼 수 있었다.

해인과 엄마는 오 분 정도 대화를 나눴지만 나와 엄마의 경우에는 그 반 토막이었고 때로 삼십 초 만에 통화가 끝나기도 했다. 엄마에게 하는 말이라고는 일기를 쓰듯 일과를 나열하는 것뿐이었다. 엄마 역시 직장에서의 일만 간단히 말했다. 마치 엄마의 하루는 식당이 전부라는 듯이. "오늘은 카페에서 일했어. 왜, 그 장편 있잖아, 출간 미뤄졌다는. 엄마는?" "나야 허구한 날 음식 냄새만 맡지." 때로는 잠자리 인사만 주고받고 통화가 종료되기도 했다. "피곤해?" "응." "그만 자." "그래, 너도." 물론 엄마에게 결혼이나 상견례에 관해서는 일절 언급하지 않았다. 예능에 나오는 '세시어를 말하면 탈락하는 게임'과 비슷했다. 어쩌면 엄마는 갑자기 달라진 딸의 태도에 숨겨진 뜻을 이미 읽었을지도 모르지만.

그렇게 짧은 통화와 숨 막히는 게임 속에서 한 달을 보냈다. 매번 아무 수확 없이 전화를 끊을 때면 수학 선생님이 오는 저녁 시간을 기다리던 순종적인 딸에서 조금도 자라지 못한 것 같아 허탈했다.

*

설 연휴를 하루 앞둔 1월 마지막 주 금요일, 어머님에게서 전화가 왔다. 작년에 함께 여름휴가를 갔을 때 서로의 전화번호를 저장해두었지만, 따로 연락을 주고받은 적은 없었다. 아직 결혼 전이기에 벌써 예비 시어머니와 연락을 주고받는 것을 원하지 않았다. 그래서 발신자로 '어머님'이라는 단어가 떴을 때 나는 적잖이 당황했다. 몇 개월 먼저 며느리가 되는 것 같아 손해 보는 기분이었다. 언젠가 해인에게 한 말이 떠오른다. "며느리라는 단어 자체의 어감부터 달갑지 않은데, 어떻게 된 게 영어로는 더 끔찍해. 테일러 스위프트 노래 가사를 보고 안 건데 daughter-in-law래. 감히 딸이라는 단어를 갖다 붙이다니!" 훨씬 전부터 해인이 자의로 엄마에게 연락하는 걸 생각하면 내가 이기적인 것 같지만, 나에게 시어머니라는 존재는 너무 어려웠다. 엄마와 전혀 다른 다정한 화법과 성격에 도무지 적응되지 않았다.

어머님은 엄마와 달리 해가 밝은 점심에 연락해 왔다. 매일같이 새벽 여섯시에 일어나 낮을 길게 보내는 나에게는 그 시간이 더 편했다. 엄마에게 전화하는 날이면 퇴근 시간을 초조하게 기다리며 졸음을 쫓아야만 했다.

간단한 안부 인사가 이어졌다. 어머님은 해인을 통해 말을 전하는 게 옳지만, 묻고 싶은 것이 있어 참지 못하고 나에게 전화했다며 변명하듯 말했다.

"혹시 어머님이 상견례 얘기는 안 하셔? 해인이가 요즘 결혼 얘기를 통 안 해서 걱정이 돼서 말이지."

결혼 준비를 시작한 게 12월이었는데, 2월이 다 되어갈 때까지 상견례 날짜도 잡지 않는 건 해인의 부모님에게도 큰 스트레스일 것이다.

"그게 말이죠……. 조금 미뤄서 2월로 계획하고 있어요."

어쩌자고 그런 거짓말을 했을까. 나는 단지 어머님을 안심시키고 그 순간을 모면하고 싶었다.

"2월이면 지금은 날짜를 확실히 정해놔야 우리도 미리 시간을 빼둘 수 있을 거 같은데. 어차피 어머님이 일요일에만 시간이 되시니까, 몇 번째 주에 할 건지만 정해주시면 되잖아. 그렇지?"

어머님은 깨지기 쉬운 유리구슬을 쓰다듬듯 나긋나긋 물었다. 하지만 나에게는 '상견례 날짜 정하는 게 뭐가 그리 어렵냐'는 듯한 질책으로 들렸다.

"아직 정확한 날짜는 말씀이 없으셔요. 죄송해요."

"아니, 윤아가 죄송할 건 없지. 어머님이 윤아 보내는 게 싫으신가 보다. 딸을 애지중지 키우셨겠지. 설마 결혼을 반대하시는 건 아니시겠지? 내 딴에는 해인이가 부족한 사윗감일까 봐 걱정되는 거 있지? 윤아가 워낙 잘나가잖아."

어머님은 일부러 말에 리듬을 넣어 장난스럽게 말했다.

"그런 건 절대 아니세요. 엄마가 해인이를 얼마나 좋아하시는데요. 정말 아끼세요."

내가 화들짝 놀라 과장을 더해 답했다. 상견례 날짜를 미루는 것이 상대 부모님에게는 결혼에 소극적이라는 뜻으로 비칠 뿐만 아니라 아들에 대한 거부감으로 해석될 수도 있구나. 그런 오해를 불러일으켰구나.

"그렇지?"

어머님의 목소리에서 긴장이 풀리는 것이 느껴졌다.

"내가 딸 가진 엄마 마음을 몰라서 그래. 나는 아들들 얼른 장가보내고만 싶거든. 그러니 우리는 정말 기다릴 수 있어. 결혼이 쉬운 결정은 아니잖니. 너희에게도, 부모에게도."

"이해해주셔서 감사해요."

"그리고 혹시 상견례가 부담스러우면 어머님, 윤아, 해인이, 나 이렇게 넷이서만 만나서 간단하게 차나 마시는 것도 괜찮을 것 같은데. 아빠랑 윤아네 큰삼촌은 빼고 말이야. 어머, 그렇게 하면 그이가 서운해하려나?"

어머님은 말끝에 호쾌하게 웃었다. 아버님에게는 이미 말해뒀으니 편히 고민해보라고 했다. 어머님은 차라리 아버님을 자리에서 제외해, 큰삼촌에게 출석을 부탁해야 하는 엄마의 부담을 덜어주고 싶어 하는 것 같았다. 그런 간소한 상견례라면 엄마의 이혼 콤플렉스를 은폐해줄 수 있을 것이다.

상견례는 부모님뿐만 아니라 예비부부에게도 부담되는 결혼 절차였다. 티타임으로 규모를 축소한다면, 일인당 칠만 원 안팎의 코스 요릿집을 알아보고 상견례 답례품을 준비하는 수고도 줄일 수 있다. 하지만 해인의 부모님이 나와 엄마를 배려하고 있다는 사실에 은은한 부채감을 느꼈다.

어머님은 엄마에게 꼭 의견을 물어봐달라고 했다. 우리는 근황을 나누고 점심 메뉴를 함께 고민하며 좀 더 대화를 이어나갔다. 통화 시간은 칠 분 이십팔 초였다.

티타임 상견례에 대해서는 해인 역시 좋은 의견이라며 힘을 보탰다. 상견례가 무서워 언제까지고 미루는 것보다는 나을 거라면서. 우리는 함께 저녁 열한시가 되기를 기다렸다.

"어우, 머리통 깨질 것 같아. 소리가 울린다, 울려."

전화를 받자마자 짜증이 날아들었다. 엄마의 목소리는 심하게 갈라져 마치 다른 사람 같았다. 유행하는 독감에 걸렸다고 했다.

"요즘 독감 독하다던데, 어쩌다가 걸렸어."

"모르겠어. 다 귀찮아, 숨 쉬는 것도."

"약 잘 먹고 있지?"

"한의원 가서 침도 맞고 있어."

잔병치레가 있긴 했지만, 엄마가 혼자 살기 시작한 이후 이렇게까지 아파하는 건 처음이었다. 하지만 해인의 어머니에게 부탁받았으니 물러설 수도 없었다. 용기를 내 티타임 상견례를 설명했다. 삼 주 전 파주에서 본 뒤로 엄마에게 결혼 이야기를 처음 꺼냈다. 웨딩 촬영을 끝냈다는 것도 아직 말하지 못했으니.

내가 말을 마치자마자 엄마가 한숨을 쉬듯 말했다.

"그것도…… 일이야."

엄마가 몸을 일으키고 있는 건지 이불이 부스럭거리는 소리 때문에 잘 들리지 않았다.

"뭐라고?"

"웃기는 일이라고! 그렇게 상견례를 하는 건!"

엄마는 사돈의 배려를 무시로 받아들인 듯했다. 갑작스러운 엄마의 노기에 나는 충돌을 피해 또다시 뒤로 물러나야 했다.

"내 말은 그냥 그런 방법도 있으니 편하게 생각하라는 거지."

"알겠어. 약 먹어야 해, 끊어."

내가 무어라 답하기도 전에 전화가 뚝 끊겼다. 상견례에서 결혼 시기를 정하기로 해놓고, 상견례 날짜는 차일피일 미룬다. 상견례가 부담스럽지만, 간소하게 하는 건 싫다. 사위도 마음에 들고 결혼에 반대하는 건 아니지만, 자신이 원하는 나이에 딸이 결혼했으면 좋겠다. 딸을 가진 엄마는 심술을 부려도 된다는 것처럼 굴고 있었다. 엄마 마음의 갈피를 도저히 잡을 수 없었다. 오고 가는 말들로 어지러웠던 그해 겨울을 돌아보면, 엄마도 자신의 마음을 몰라서 그랬을 것이다. 당시에 엄마는 자신이 무슨 말을 하고 있고 무엇을 원하는지, 또 남에게 어떻게 보일지 생각해볼 여유도 용기도 없었을 것이다. 초경을 시작한 여자아이처럼 감정이 널뛰고 세상의 모서리가 자꾸 접혀 어딘가로 도망가야 할 것만 같았으리라.

*

설 연휴가 시작되었다. 주말부터 시작해 목요일까지 이어지는 이번 연휴는 샌드위치로 금요일도 권장 휴무일로 정해져 최대 구 일까지 쉴 수 있었다. 우리는 내리 나흘 동안 휴일을 즐겼다. 가보고 싶던 브런치 카페에 오픈런을 했고, 예술의전당에서 〈셰

익스피어 인 러브〉 연극을 봤으며 꼬박꼬박 낮잠을 잤다.

함께 보내는 연휴가 끝나고, 해인은 설 전날에 인제에서 하룻밤 자고 와야 했다. 시조부모 댁에서 제사를 지내야 했기 때문이다. 결혼 전 마지막 명절인 만큼 우리는 각자 집안의 문화를 존중하며 보내기로 했다.

"일 년 먼저 얽매일 필요 없잖아."

나는 일부러 냉소적으로 말했다. 앞으로 내가 얽매이게 될 그의 집안 문화에 대해 해인이 일찍이 미안해했으면 했다.

해인은 설 때마다 시조부모 댁에서 제사를 지냈고 추석에도 얼굴을 비춰야만 했다. 반면 우리 집안은 제사가 사라진 지 오래였고 명절에 가족이 모이는 문화도 없었다. 지켜야 할 규칙도 없는 집이었다.

내년이면 결혼 후 첫 명절이라는 이유로 나는 제사를 지내러 그의 시조부모 댁에 가야 할 것이다. 관습에 따라야 한다는 이유만으로 매년 가야 할지도 몰랐다. 앞으로 명절마다 서로 다른 가족 문화를 조율하며 겪을 진통을 생각하면 눈앞이 캄캄했다. 게다가 나는 결혼 후에도 출산 대신 출간만 하겠다고 결정했기에, 손주며느리가 생긴다는 소식에 일찌감치 아이를 기대하고 있는 그의 시조부모를 뵙는 게 부담되었다. 하지만 으레 예비부부들이 그러하듯 나는 우리가 충돌하는 가족 문화를 현명하게 조율해나갈 수 있을 거라고 희망적으로 바라봤다. 내가 태어나 제사를 한 번도 지내본 적이 없고 친인척과 친밀하게 지낸다는 것의 의미를 잘 알지 못했기에 가능한 착각이었는지도 몰랐다.

화요일 아침, 시외버스터미널에 그를 내려줬다.

"다녀와."

"내일 장모님 댁 갈 때 운전 조심히 하고."

"가기 싫어. 나, 아무래도 명절증후군인 것 같아."

내가 어리광을 피우듯 말했다.

"시댁이 아니라 친정에서?"

"응. 앞으로 명절이 캄캄하다."

다음 날 나는 엄마를 평택 집으로 데려올 예정이었다. 지금껏 엄마는 딸이 남자친구와 동거하는, 곧 신혼집이 될 아파트에 와 본 적이 없었다. 그 사실이 늘 마음이 걸렸다. 하루에 두 번 평택 과 파주를 왕복해야 하는 부담스러운 일정이었지만, 엄마에게 해인과 잘 사는 모습을 보여주고 싶었다. 엄마가 딸의 결혼에 조 금이라도 열린 마음을 가질 수 있도록.

더구나 엄마는 연휴 안에 상견례 날짜를 정해서 말해주기로 나와 약속했다. 티타임 상견례에 대한 거절 의사는 나를 대신해 해인이 어머님에게 전달했지만, 2월에 상견례를 하겠다는 말도 얼른 수습해야만 했다. 거짓말을 진실로 만들거나, 그것에 실패 하면 어머님에게 사과해야 했다.

만약 연휴가 끝날 때까지 엄마가 약속을 지키지 않는다면 이 번에야말로 강경하게 나갈 작정이었다. 엄마는 상견례 할 의사 가 없어 보이니, 상견례 생략하고 결혼할게. 엄마 없는 딸로 만들 고 싶으면 결혼에도 참석할 필요 없어. 충격 요법이었다. 이렇게 모질게 말하면 엄마도 나에게 한 번쯤은 져주지 않을까. 이런 말을 할 필요 없이 엄마가 약속을 지켜주길 바랐다. 하지만 최악을 미리 상상해두어야 마음이 편했다. 그래야 흥분하거나 우는 대신 하고 싶은 말을 똑 부러지게 할 수 있으니까.

엄마는 안색이 안 좋아 보였다. 면역력과 기력이 많이 떨어진 게 한눈에 느껴졌다. 그래도 오래 앓던 독감이 떨어져 나가 다행이었다. 우리는 함께 떡국으로 점심을 먹었다. 엘에이갈비와 나물들, 각종 전이 상 가득 차려졌지만, 손이 가지 않았다. 설 당일에 움직이는 사람이 많아 교통체증으로 도로 위에서 긴 시간을 보냈고, 빈속에 커피를 내리 마신 탓인지 속이 울렁거렸다. 엄마역시 먹는 것이 시원찮았다. 서로 진짜 하고 싶은 말은 뒤로 숨겨둔 채, 뜨문뜨문 대화가 오갔다. 점심을 먹고 엄마는 남은 명절반찬을 챙겼다. 전은 가져가도 먹지 않으니 챙기지 말라는 나의 말에도 엄마는 꿋꿋이 락앤락 통에 전을 차곡차곡 쌓아 넣었다.

차에 올라 다시 한 시간 반을 달렸다. 다행히 정체가 풀려 차는 막힘없이 달렸지만, 겨울 햇빛도 오래 맞으니 뜨거웠다. 엄마를 태우고 이렇게 멀리 가는 건 처음이었다. 이대로 멈추지 않고 목적지 없이 달린다면 어떻게 될까. 엄마와 나는 같은 풍경을 보며 어떤 대화를 나눌지 궁금했다. 하지만 우리가 그런 기행을 떠나는 일은 없을 거였다.

시외버스터미널에 들러 해인과 만났다. 주차장 멀리서 걸어오는 그를 보자 숨이 트이는 것 같았다. 해인이 차에 타자마자 우리 셋은 안정적인 삼각형을 이루며 어색함이 풀렸다. 동시에 엄마와 일대일로 대면하는 시간이 힘에 겨웠다는 것을 깨달았다.

평범한 스물두 평의 방 세 개짜리 아파트였다. 자세히 설명해주고 싶었지만, 엄마는 쫓기듯 집을 둘러봤다. 딸과 그 남자 친구가 사는 집에 들어와 있는 게 불편해 보였다. 특히 침실은 보이지 않는 선이라도 있는 것처럼 문지방 뒤에 서서 훑어보기만 했다. 내가 침대에서 프러포즈를 받았다고 하자, 엄마는 아예 고개를 돌려버렸다.

엄마는 바로 맞은편에 있는 옷방으로 가더니 가지런히 정돈된 옷을 보고 칭찬했다. 2단 행거와 수납장 하나에 두 사람분의 사계절 옷이 모두 정리되어 있었다. 그와 나는 옷에 욕심이 없었다. 반면 엄마의 장롱은 옷으로 가득 차 있었다. 엄마는 일주일에 여섯 번이나 출근했고, 매번 음식 냄새가 옷에 배어 세탁도 번거로웠다. 그렇게 한 철 입고 버릴 요량으로 저렴한 만 원짜리 옷을 길거리에서 습관처럼 사다 보니 옷이 점점 늘어나 필요 이상으로 많아졌다. 엄마의 옷장 상태에 대해 잔소리하고 싶은 마음을 꾹 참고, 대신 입지 않는 스트라이프 니트를 줬다. 엄마와 나는 체구가 비슷해서 서로의 옷이 무리 없이 잘 맞았다.

갑자기 엄마는 부엌에 가서 시키지도 않은 물때 청소를 시작했다.

"뭔 청소야, 나중에 내가 할게."

"물때 있으면 사람 사는 집처럼 안 보여. 너 이사 오고 여기 한 번도 안 닦았지? 딱 보인다, 보여."

"우리가 다 청소한 거야."

“이게 청소한 거라고? 그러면 더 큰일이다, 애. 네가 살림에 야무지지 않은 건 알았지만 이게 뭐니.”

엄마의 청소를 멈추게 할 방법이 없었다. 어느새 고무장갑까지 끼고 찬장 안을 행주로 닦기 시작했다. 그러는 사이 벌써 저녁 시간이 가까워지고 있었다. 엄마가 집에서 충분히 시간을 보내길 바랐기에 전날 미리 저녁으로 먹을 닭볶음탕과 미역국 식재료를 사두었다.

“밥 먹기 전에 차 먼저 마실래?”

해인이 회사 동료에게 결혼 답례품으로 받은 홍차를 내어주려고 주전자에 물을 올렸다. 이 가구들을 다 어떻게 구했는지, 내가 얼마나 공을 들여 집을 꾸렸는지 엄마에게 말해주고 싶었다. 집을 마련하고 보수하고 꾸미고 유지할 수 있을 정도로 나는 컸고 그만큼 독립적이라는 걸 보여주고 싶었다.

“밥? 저녁 여기서 먹게?”

손질된 닭을 사 왔다는 해인의 말이 다 끝나기도 전에 엄마는 외식을 하자고 했다. 해인과 내가 파주에 갈 때마다 집에서 차려 먹자고 우기던 엄마였는데, 오늘은 치우는 것도 일이라면서 식당에 가자고 했다. 엄마는 얼른 이 집에서 나가고 싶어 하는 눈치였다. 그래도 일 년 만에 오게 된 딸의 집인데 조금 더 쉬었다 가지 않겠냐고 재차 물었지만, 엄마는 고집스럽게 고개를 저을 뿐이었다.

홍차를 우릴 필요도 없이 다시 패딩을 입어야 했다. 파주에 올라가 돼지갈비를 먹기로 했다. 불경기 때문인지 설 당일인데도 문을 연 식당이 많았다. 고깃집은 토요일 저녁처럼 사람들로 들끓었다. 엄마는 기분이 꽤 들뜬 듯 아까 점심을 먹을 때와 달리 술술 밥을 떴다.

"입맛이 돌아온 것 같아 다행이에요."

해인이 흐뭇한 미소를 지었다. 엄마는 아프다고 집에만 있었더니 오히려 몸이 더 처졌던 것 같다며 콧바람을 쐬니 기운이 좀 생겼다고 했다.

"며칠 전부터 돼지갈비가 그렇게 먹고 싶더라. 갈빗집에서 일한 후로 냄새에 질려서 한 번도 입맛이 당긴 적이 없는데, 희한한 일이지. 시끌시끌한 식당에서 옷에 고기 냄새 묻혀가면서 먹고 싶은 거야. 그런데 혼자 가서 먹을 순 없잖아."

아가씨 때 자주 갔던 고깃집 일화를 시작으로 엄마는 싱글 시절의 추억담을 줄줄이 꺼내놨다. 이미 몇 번이고 들은 이야기였다. 젊은 딸과 그 남자 친구가 함께 있는 모습을 보고 있으면, 엄마는 어김없이 자신의 새파란 청춘을 떠올리는 듯했다. 스키장에서 남자 친구를 사귄 일, 여섯시에 칼같이 퇴근하고 매일같이 갔던 볼링장, 높은 점수와 돈을 들여 갖췄던 장비들, 그곳에서 즉흥으로 만난 사람들과 맥주를 마시며 자정까지 밤거리를 배회했던 추억. 찬란한 청춘의 호황기는 결혼 이후 삶의 처절함을 더 돋보이게 한다는 걸 엄마는 알까. 엄마는 이야기 내내 결혼한 뒤부터 지금까지, 마치 그 시간을 오려내 찾을 수 없는 곳에 버린 것처럼 굴었다. 그런 세월이 존재하지 않는 것처럼.

나는 엄마가 택하지 않은 삶을 사는 여자를 상상하곤 했다. 그러니까 내가 아빠의 불륜을 말하지 않았더라면, 엄마의 인생이 지금과는 전혀 다른 모습일지 궁금했다. 엄마는 그 모진 주폭도 다 견뎠지만, 여자 문제에 대해서만큼은 엄격했다. 싱그러운 여름 잎사귀 색의 원피스를 입은 여자와 아빠를 봤다는 걸, 그들이 팔짱을 끼고 입을 맞췄다는 걸 비밀로 했다면 아마 엄마는 갈라서지 않았을 것이다. 본 것을 숨기지 못하는 버릇은 잘 고쳐지지 않았고 그 뒤로 나는 또 한 번 말실수를 저지르고 말았다.

엄마가 갈빗집에서 일하게 된 첫해였다. 나는 고등학생이었고 열람실로 가는 마을버스 안에서 엄마와 한 남자가 보폭을 맞춰 느리게 걷는 장면을 보았다. 어느 날부터 엄마는 토요일이면 세 시간 일찍 출근하곤 했는데 저 사람을 만나기 위해서였을까. 식당 단골로 오가며 만난 사이인 걸까. 나는 둘의 관계를 여러 방향으로 예측했다.

버스가 계속 신호에 걸려 있길 바라며 그들을 주시했다. 남자는 조심스럽게 엄마의 어깨를 감쌌고, 아주 작은 기쁨이 엄마의 얼굴을 스쳤다. 남자가 다소 나이가 들어 보이긴 했지만, 둘은 애틋해 보였고 잘 어울리는 연인이었다. 당시에 나는 키스해본 적도 없으면서 두 사람이 그 행위를 하는 걸 상상했다. 어금니에 침이 고였고 골반 위에 개미들이 기어가는 것처럼 간지러워 다리를 꼬아야 했다. 나는 두 사람이 서로에게 어떤 기쁨을 줄 수 있는 관계라는 걸 이해했다. 그냥 이해할 수 있었다. 그 정도로 나는 엄마의 연애에 개방적이었다. "엄마, 요즘 연애해?" 내가 그렇게 알은척하지 않았더라면 엄마가 그 사람과의 관계를 그렇게 칼로 무 자르듯 정리하지도 않았을 것이다. 이번에는 엄마의 형제들을 대신해 내가 엄마에게 수치를 주고 말았다. 나는 그저 엄마의 연애가 반가웠을 뿐이었는데.

엄마는 내가 항상 무지의 어린아이로 남아 있길 바랐지만, 나는 이상하게도 남이 보지 못하는 것을 유난히 잘 보았다. 나보다 세 살이 많은 오빠도 몰랐던 일을 나는 전부 알았으니. 어쩌면 훗날 소설을 쓰는 데 큰 도움이 되었던, 주변을 세밀하게 관찰하는 습관 때문인지도 몰랐다.

그 후로 엄마는 다시는 연애를 하지 않았다. 내가 알은척하지 않았으면 엄마는 그 남자와 재혼했을까. 단 한마디로 엄마의 기회를 빼앗아버리고는 나는 가정을 이뤄 행복해지려고 한다. 엄마는 제쳐두고 오직 나만. 엄마가 이혼하고 연애를 포기한 게 오롯이 내 탓만은 아니라는 걸 알면서도 좀처럼 죄책감을 내려놓지 못했다. 그래서였을까, 엄마가 나에게 도움을 청할 때마다 괴로우면서도 송금하는 걸 멈출 수 없었다. 지금도 모든 결정을 미루는 엄마를 미워하면서도 자꾸만 봐주고 기다려주게 된다.

"엄마, 나 곧 폴란드에 가."

이 말을 한 건 엄마의 추억팔이를 그만 듣고 싶기도 했고, 분위기를 띄우고 싶어서였다. 해인이 추가로 주문한 갈비 일인분을 불판에 막 올리고 있었다.

"폴란드가 북유럽이었나?"

"거긴 핀란드고, 폴란드는 동유럽이야. 독일하고 체코랑 붙어 있어.”

“갑자기 거긴 무슨 일로? 여행이라도 가?”

“폴란드에서 북토크가 열리거든요. 유럽 쪽에서 윤아 소설이 인기가 좋은가 봐요.”

해인이 어깨를 으쓱하며 거들었다.

“잘되었네.”

엄마가 눈을 동그랗게 뜨고 반짝였다.

“혹시 나도 따라가도 돼? 국위선양 하는 일인데 동행 한 명 정돈 지원해주지 않나?”

예상치 못한 엄마의 전개에 당황했다.

“살면서 폴란드라는 나라를 언제 가보겠니. 거기는 패키지로도 잘 안 가는 나라잖아. 이럴 때 가보는 거지.”

작가의 해외 일정에 부모님이 동행하는 경우는 흔했지만, 경비를 지원해주지는 않는다. 즉, 내가 사비를 들여 엄마를 비행기에 태워야 했다. 딸의 출장에 동행해 효도 관광을 기대하는 엄마를 실망시키는 게 망설여졌다. 혹시라도 며칠 먼저 상견례 날짜를 정해줄지도 모른다는 생각에 엄마의 기분을 망치고 싶지 않았다.

에이전시에 물어보겠다고 둘러대고 도망치듯 화장실에 가버렸다. 엄마는 딸의 마음을 전혀 모르는 것 같았다. 엄마와 먼 출장길을 함께할 자신이 있을 리 없었다. 엄마는 우리가 이런 일을 겪고도 평범한 모녀처럼 지낼 수 있다고 믿는 걸까? 날카로운 바늘에 쇄골 부근을 관통당한 것 같은 고통이 몸을 타고 흘렀다. 나는 그 감정을 어떻게 설명해야 할지 알 수 없었다. 어떤 단어의 그릇에 담아도 넘쳐버렸다. 식사를 마치고 엄마를 집 앞에 데려다줄 때까지 우리는 겉도는 대화만 했다.

*

결국 연휴 마지막 날까지 와버리고 말았다. 일요일 오후 느지막이 엄마에게 전화를 걸었다. 챙겨준 명절 반찬을 잘 먹고 있다는 말로 시작한 대화는 얼마 안 가 멈췄다. 나는 작은 주머니에 갇힌 채 아주 희미한 틈새를 벌리는 간절한 심정으로 엄마에게 물었다.

"엄마, 혹시 상견례 날짜는 언제가 좋을지 생각해봤어? 큰삼촌한테 연락은 해봤고?"

"내일, 내일 할게. 큰삼촌한테는 연휴 끝나고 연락해야지. 쉬고 있을 텐데."

"내일? 이번 연휴까지 말해준다며."

"오늘은 쉬는 날이잖아. 내일 점심에 말할 거야."

"쉬는 날이니까 오늘 편하게 큰삼촌한테 전화할 수 있는 거 아니야? 내일은 엄마도 출근하잖아. 큰삼촌도 출근할 텐데."

엄마가 결전의 날을 고작 하루 미뤘을 뿐인데 마치 한 달이 밀린 것처럼 아득해졌다.

"오늘까지는 내가 쉬고 싶다고, 내가."

"그렇게 힘들면 큰삼촌한테 내가 연락할게."

"얘, 이건 어른들 문제야. 네가 전화하는 것도 우습잖……. 그런데 너 큰삼촌 번호가 있었니?"

"옛날에 외할아버지 부고 문자 받고 저장했지."

거짓말이었다. 이제는 나도 적당히 거짓말을 해서 진실을 감추는 법을 익혔다.

"좀만 기다려. 안 한다는 거 아니잖아. 나도 이제 준비됐어, 못 믿겠어?"

엄마 없는 딸 만들고 싶냐고, 악독하게 말하는 시나리오까지 짜놨는데, 이렇게 나오면 기다리는 수밖에 없었다. 딱 하루만 기다려보자, 이런 기대를 남기니까. 나에게 언제나 불쌍한 사람인 엄마를 기다려주고 싶어지니까.

"그럼 내일까지는 꼭 부탁할게, 엄마."

엄마의 전화를 기다리며 나는 소설의 많은 부분을 들어내기 시작했다. 편집자에게는 시간을 조금 더 달라고 양해를 구했다. 그는 흔쾌히 나를 기다려주겠다고 했다. 모녀의 독립 서사는 그대로 끌고 오되 딸의 결혼이라는 사건을 새로 넣고 오토픽션으로 고치기로 했다. 대공사를 시작하기 전, 마지막 페이지에 짧은 대화를 먼저 적었다. 주인공 모녀가 마지막으로 이런 대화를 나누지 않길 바라며.

너도 딸을 낳아보면 알 거다.

나중에 딸을 낳는다면 엄마가 정말 잘못됐다는 걸 알게 되겠지.

다음 날 저녁이 되도록 엄마에게서는 연락이 없었다. 내가 먼저 전화를 걸었지만, 무응답이었다. 그로부터 한 시간 후 엄마는 아무런 메시지도 없이 나에게 이십만 원을 입금했다. 어느새 월말이었다. 이름 석 자와 금액만 적힌 입금 알람이 떠 있는 휴대폰 화면을 멍하니 바라보며 나는 한없이 서글퍼졌다. 가족에게 축하받지 않아도 앞으로의 결혼 생활에 아무런 지장이 없을 거라고 믿고 싶어졌다. 가족에게 존중받는 결혼이라는 허상에 기대는 건 이제 그만할 때가 되지 않았느냐고 스스로 타일렀다.

상견례 없이 결혼하겠다고 선언하면 해인은 그 결정을 따라줄 것이다. 그렇게 결혼 날에도 엄마가 오지 않는다면, 나는 해인의 가족에게만 둘러싸여 부부의 서약을 맺게 되는 걸까. 그걸 결혼이라고 할 수 있을까. 그건 서로의 가족이 되는 게 아니라 내가 해인의 가족에 편입되는 것으로밖에 보이지 않겠지. 가족과 의절하는 건 새로운 가족을 만드는 결혼보다 훨씬 어려운 일이었다. 그걸 동시에 해내는 건 더더욱 힘든 일이었다.

—동행인은 지원 안 해준대. 폴란드.

엄마에게 입금에 대한 답을 보냈다. 해인이 사비로 비행기표를 끊었고, 출장 동안 그가 나를 챙겨주기로 했다. 나는 어머님에게 전화해 사과와 함께 조금 더 기다려달라고 부탁했다. 상견례를 아주 뒤로 미룰 가능성에 대해서도 미리 양해를 구했다. 어머님은 부러 명랑하게 괜찮다고 하면서도 "그날 입으려고 미리 겨울 코트 사놨는데, 그건 좀 아쉽네" 하고 덧붙였다.

또다시, 동파

스키장은 처음이었다. 눈이 뭉치지 않는다는 것도, 보드복이 이렇게나 불편하고 신발이 꽉 조인다는 것도 전부 처음 알았다. 몸을 통제할 수 없는 답답함에 불평하면서도 낯선 경험에 흥분했다. 우리는 내가 크리스마스에 선물했던 비니를 썼다.

엄마는 평일 내내 연락이 없었다. 나는 이제 엄마뿐만 아니라 해인 앞에서도 결혼에 관해 말하지 않게 되었다. '결혼 준비가 즐겁지 않다'라는 깨달음 이후에 '우리가 정말 결혼할 수 있을까'라는 의문이 찾아왔다. 이렇게까지 상황이 꼬인 게 전부 내 탓 같아서 결혼의 또 다른 주인공인 해인에게 아무 말도 할 수 없었다. 그도 내 눈치를 보며 그 단어를 언급하지 않았다. 딱 한 번 자기는 장모님을 언제까지고 기다릴 수 있다고 말했을 뿐이었다.

겨울마다 친구들과 보드를 타왔던 해인이 일일 강사가 되어 나를 가르쳐줬다. 삼십 분 동안 연습한 끝에 나는 겨우 제자리에

설 수 있게 되었다. 그러나 채 일 미터도 가지 못하고 엉덩방아를 찧길 반복했다. 엉덩이 보호대를 한 덕에 아프지 않았기에 나는 실컷 넘어졌다. 오기가 생겨 어떻게든 초급 코스를 넘어지지 않고 한 번에 시원스레 내려오고 싶었다.

겨우 다시 일어나서 아직 출발선에서 머뭇거리고 있는데, 해인이 먼저 슬로프를 내려갔다. 그는 나를 가르치느라 제대로 보드를 타지도 못하고 있었다. 삼십 초도 안 되어 끝까지 도착했다. 그에게는 그 직선의 코스가 너무 짧고 쉬워 보였다.

어서 내려와보라고 재촉하듯 그가 두 손을 휘저었다. 그때 보드복 주머니 깊숙이 넣어두었던 휴대폰이 연속으로 진동했다. 알람의 출처는 두 달 전 대화가 멈춘 가족 대화방이었다. 서늘함을 느끼며 서둘러 대화방에 들어갔다. 엄마가 사진 한 장을 보냈다. 엄마의 눈과 그 주변이 시퍼렇게 멍 들어 있었다. 몽고주름 아래에는 새카맣게 피가 고여 있었다. 마치 어린 시절 엄마가 아빠에게 맞았을 때처럼. 연락을 나누지 않은 고작 오 일 사이에 무슨 일이 벌어진 걸까. 이렇게까지…… 모든 상황이 최악일 필요는 없지 않나.

—큰삼촌하고 통화는 했는데…… 상견례는 3월 2일이나 16일이 좋다고 하네.

—그런데 내가 월요일에 눈을 다쳐서…… 멍이랑 부기 빠지고 16일이 좋을 것 같아…….

평소 연락을 늦게 확인하는 오빠도 무슨 일이냐며 곧바로 답장을 보냈다. 곧이어 그에게서 '엄마 눈 어떡하냐'라고 개인 메시지가 왔다. 나는 그것에 답장할 겨를도 없이 엄마에게 전화를 걸었다.

"엄마, 이게 무슨 일이야?"

"나도 방금 병원에서 나오는 길이야."

연휴가 끝나고 오랜만에 출근한 엄마는 옷을 갈아입기 위해 철제 사물함을 열다가 문 모서리에 오른쪽 눈을 찍혔다. 며칠 동안 머리가 울리고 눈 뼈가 아파 큰삼촌에게 전화할 정신이 없었다. 자신에게 큰일이 생긴 걸까 봐 덜컥 겁을 먹었고, 병원에 가는 것조차 두려웠다. 그렇게 며칠 동안 통증과 상처의 변화를 관찰하며 숨죽여 보냈다. 그 와중에도 상환 의무만큼은 성실히 다했다. 엄마가 그렇게 생각하고 있는 줄은 전혀 몰랐지만, 매달 이십만 원을 나에게 송금하는 건 엄마에게 있어 가장 중요한 약속이라고 했다. 하지만 멍은 날이 갈수록 점점 심해졌고, 통증도 예사롭지 않았다. 오늘에서야 병원에 가서 검사를 받아보니 안구 내부 혈관이 터져 피가 고인 걸 발견했다. 그로 인해 안압이 높아졌지만, 다행스럽게도 고인 피는 시간이 지나면 자연적으로 흡수된다고 했다. 걱정이 무색하게 단순 타박상으로 진단이 내려졌고 진통제와 멍 크림을 처방받았다.

엄마가 예견치 못한 사고를 당했다는 걸 전혀 몰랐다. 연휴 이후 엄마와 나는 다시 연락을 주고받지 않는 사이로 돌아갔기 때문이다.

"시력은? 시력 검사는 해봤어?"

"응, 아무 문제 없대. 그래도 상견례는 멍 좀 없어지고 하자. 멍이 한 달 넘게 갈 거라네. 큰삼촌이 2월 주말에는 이미 약속이 다 차서 3월이 좋다고도 하고.”

“진짜 괜찮은 거 맞아?”

해인이 무빙워크를 타고 올라오고 있었다. 그는 입 모양으로 ‘못 내려오겠어? 같이 가자’라고 말했다. 그의 입술을 읽으며 나는 여전히 바람에 붉어진 뺨에 휴대폰을 댄 채 엄마의 음성에 귀 기울였다.

“아파 죽지, 죽어. 얘, 내가 네 결혼 액땜한 줄 알아.”

그러더니 엄마는 갑자기 곤란한 목소리로 병원비가 조금 나왔다고 속삭였다.

엄마는 내 결혼과 자신의 불운을 자연스럽게 연관 짓고 있었다. 나에게서 일부러 분노를 끄집어내고 싶어 하는 것처럼 보이기도 했다. 하지만 이미 얼었다. 엄마와 나 사이 온도가 빙점 아래로 내려앉았다. 더는 분노도 서릴 수도 없는 관계의 온도였다.

“무슨 일인데? 누구랑 통화해?”

어느새 내 앞에 선 해인이 비니를 벗고 머리카락을 털었다. 손질해야 할 때가 된 긴 앞머리가 실타래처럼 흩날렸다. 나는 다른 손으로 휴대폰 아래쪽을 감싸 내 목소리가 엄마에게 들리지 않도록 했다.

“엄마야. 이제 우리 상견례 할 수 있어.”

나는 맑게 웃었다. 왜 그때 해인에게 엄마가 다친 사실을 말하지 못했을까. “정말?” 하고 물으며 머리카락 아래에서 휘어지는 그의 눈을 보며 문득 그와 내가 지금껏 너무나 다른 풍경을 보고 살아왔음을 깨달았다. 우리는 서로 다른 세상에 속해 있고, 앞으로도 그래야 할 것만 같았다. 내가 속한 곳으로 그를 끌어내리고 싶지 않았다. 내 가족에게 자꾸만 벌어지는 불행에 대해 말하는 게 그에게 짐을 지우는 일처럼 느껴졌다.

*

우경 언니는 '한국 너무 춥다'라는 말로 귀국을 알렸다. 양달도 두꺼운 패딩과 내의도 도움이 되지 않는 뒤늦은 한파가 이어지던 날이었다. 언니의 말에 따르면 포르투는 평균 기온이 10도를 웃돌 정도로 겨울이 온화하다고 한다. 그래서 한국의 겨울이 더 지독하게 느껴진다고 벌써 여행지를 그리워했다. 정말 이번 겨울은 유독 길었다. 벌써 2월 중순인데도 봄을 기대하는 것이 성급하게만 느껴졌다.

언니와 약속을 잡을 때까지만 해도 나는 노 웨딩 정보에 목말라 있었다. 더 일찍 언니를 만나고 싶어서 안달이었는데, 교만한 고양이가 변덕을 부리듯이 한 달 만에 상황이 전복되었다. 이제는 결혼 정보를 수집하는 게 별로 도움이 되지 않는다는 걸 안다. 아무리 겉으로 비슷해 보여도 모든 결혼 준비는 고유한 서사를 갖는다. 각기 다른 삶을 살아온 두 사람이 만나 세상에 하나뿐인 가정을 만들어가는 과정이었다. 그러니 누군가의 결혼을 모방하는 건 불가능했다. 더욱이 집안 환경과 분위기 차이가 극명하게 나는 해인과 나의 결혼은 험난한 길이 될 수밖에 없었다.

그렇지만 결혼과 별개로 언니의 근황이 궁금했고 오랜만에 보고 싶은 마음도 있었다. 불성실한 대학 생활을 한 탓에 동기 중 연락이 닿는 사람이 언니뿐이었으므로. 또 예기치 않게 해인이 열흘 동안 울산으로 출장을 간 바람에 무료하기도 했다.

테라스가 있는 작은 레스토랑이었다. 약속 시각보다 삽십 분 일찍 도착해 드립커피를 한 잔 시키고 책을 읽으며 언니를 기다렸다. 제인 오스틴의『오만과 편견』을 재독 중이었다. 결혼에 관한 소설을 파고들다가 결국 교과서와 같은 이 책으로 돌아오고 말았다.

언니는 커피를 다 비웠을 때야 모습을 드러냈다. 책을 읽느라 시간을 잊고 있었는데, 약속 시각에서 꽤 지난 듯 언니는 인사보다 사과를 먼저 했다. 우경 언니는 몸매를 드러내는 검은색 니트 원피스 위에 회색 카디건을 걸치고 있었다. 차를 가지고 온 듯 외투는 걸치지 않은 가벼운 차림새였다. 진한 샴푸 향에서 방금 씻은 티가 났다. 언니는 여유를 획득한 사람이 그러하듯 옛날보다 몸이 두툼해졌고 그만큼 우아해졌다. 볼캡을 눌러쓰고 중앙 도서관 구석 자리에 나란히 앉아 공부하던 시절의 추억을 꺼내기가 망설여질 정도로 언니는 달라져 있었다.

"언니, 잘 지냈어요?"

"그럼, 이게 얼마 만이야. 그런데 갑자기 왜 존댓말이야?"

"네?"

"원래 반말하지 않았나?"

"아니에요. 언니, 저 사 년 동안 말 못 놨잖아요."

"그랬던 것도 같네. 먼저 주문하지 그랬어. 우선 음식 시킬까?"

언니는 어쩐지 오늘 만남에 별 관심이 없는 듯했다. 기대를 집에 두고 온 사람처럼 보였다. 대학 시절 인연들과 몇 번 다시 만날 기회가 있었지만, 매번 싱겁게 끝나 오늘 자리에도 큰 감흥 없이 걸음 한 걸지도 몰랐다. 나름 한 시절을 공유한 사이로 언니를 각별하게 여겨왔던 나는 조금 의기소침해졌다. 아니면 언니가 나를 다른 사람과 헷갈리고 있는 걸지도 몰랐다. 시간이 많이 지나면 머릿속에서 누군가의 얼굴이나 언행이 잘못된 이름과 짝 지어지기도 하니까. 우경 언니에게 친해지고 싶다는 말을 버릇처럼 하며 스스럼없이 팔짱을 끼면서도 막상 언니와 대화할 기회가 생기면 줄곧 본인의 연애 이야기에만 열을 올리던, 두 학번 아래 지현이 정도와 나를 혼동하고 있는 걸지도 몰랐다. 아니, 그렇게 믿고 싶었다.

우리는 샐러드와 감태파스타, 감자그라탱을 시켰다. 언니가 포르투에서 먹은 음식과 나의 소설에 대해 말하며 우리는 다소간 어색함을 털어낼 수 있었다. 가장 먼저 나온 버섯샐러드에서 까닭 모르게 흙냄새가 났다. 제대로 세척되지 않은 걸까. 내가 버섯을 가리키며 우경 언니에게 동의를 구하니, 언니는 샐러드를 한 입 먹곤 "글쎄, 맛과 향에 예민한 건 지금도 똑같구나" 하고 답했다.

이로써 두 가지 사실이 명백해졌다. 첫 번째로 언니는 오늘 나를 만나고 싶지 않았다는 것. 언니는 샐러드 위에 뿌려진 러스크를 먹는 시늉만 하고 내 말에 답했다. 두 번째로는 언니가 나를 지현이나 다른 동기들과 헛갈리지 않았다는 것. 언니는 벽을 친 것 같은 태도로 다른 누구도 아닌 '나'를 대하고 있었다. 언니에게 실수한 적이 있었는지 돌아봤지만, 뾰족하게 떠오르는 건 없었다.

메인 요리들이 나오기까지 시간이 걸려 나는 의자 아래 내려두었던 쇼핑백을 꺼냈다.

"언니, 이거 선물이에요. 결혼 축하해요."

"연락해준 것만으로도 충분한데 뭘 이런 걸 준비했어."

언니는 자리에서 바로 선물을 풀어 보았다. 아침 일찍 백화점에 들러 사 온 베르나르도 에퀴메의 접시 세트였다. 순백의 바탕에 밀려간 파도가 남긴 거품처럼 테두리를 따라 물방울무늬가 새겨져 있었다. 부엌살림이나 도자기 브랜드에 대해서 잘 몰랐지만, '센스 있는 결혼 선물'을 검색해 나름 고심해서 고른 것이었다.

"너무 좋은 선물을 받아버렸네."

"뭘요. 언니, 그거 알아요? 에퀴메는 프랑스어로 거품이라는 뜻이래요."

"거품……."

우경 언니는 그릇 가장자리를 검지로 매만졌다. 언니는 식기 선물을 많이 받았다며, 아직 완전히 정리되지 않은 신혼집 살림살이에 대한 고민을 털어놓았다. 대화 주제는 자연스럽게 결혼으로 흘러갔다. 언니는 남편을 어떻게 처음 만났는지 흥미진진하게 풀어놓았다. 거기에 보태듯 나도 결혼 소식을 고백했다.

“언니, 사실 저도 곧 결혼해요. 대학 때 만나던 그 친구랑. 신기한 게 저도 식을 안 올려요, 언니처럼.”

“아…….”

부자연스럽게 긴 언니의 탄식에서 지겨움이 읽혔다.

“그래서 연락했구나?”

“네?”

“요즘 너처럼 오랜만에 연락해서 만나자는 사람들이 많거든. 식을 올리지 않는 게 보통의 결혼은 아니니까 신기하기도 하고, 참고해보려는 건지 이것저것 정보를 묻는 거 있지?”

나는 부정도 긍정도 하지 못했다. 나 역시 언니에게 처음 연락했을 때까지만 해도 목적이 뚜렷했으니까. 결혼 준비 초반에는 수시로 밀려오는 두려움에 자꾸 기댈 곳을 찾았다. 우경 언니는 이미 나 같은 여자들을 많이 만나왔을 것이다. 하지만 지금은 이 결혼을 무사히 완주하는 것만이 나의 목표였고, 언니에게 ‘현명하고 로맨틱하게 노 웨딩 하는 방법’ 따위를 묻고 싶은 게 아니었다. 이미 다인을 통해 결혼 선배들의 조언이 나에게는 유효하지 않을 수 있다는 걸 알았다.

나머지 음식이 동시에 나와 테이블을 채웠다. 음식을 언니에게 먼저 권하며, 부끄러움과 무안함을 조금 덜어낼 수 있었다.

“그렇다고 입 딱 다물고 있지 않아도 돼. 궁금한 거 있으면 다 물어봐. 지금이 기회니까. 그런데 결혼은 언제니?”

언니가 빨대로 레몬에이드를 마시며 물었다. 옛날부터 언니의 센 입담에 가끔 상처받을 때도 있었지만, 그 뒤끝 없고 시원한 성격은 상대가 하고 싶은 말을 털어놓게 만들고 말았다.

"아직 날짜는 못 잡았어요. 우선 다음 달에 상견례 해요."

"그럼 아직 멀었구나."

나는 작게 고개를 끄덕였다. 상견례는 3월 16일로 확정되었고, 4월에 결혼할 가능성은 더욱 희박해졌다.

"그런데 언니는 왜 식을 안 올렸어요?"

나는 이런 질문을 해도 되는지 긴가민가하면서도, 순간 부드러워진 공기 탓인지 타인에 대해 알아가는 일에 겁이 없던 시절로 돌아간 것처럼 천진하게 묻고 말았다. 한편으로 해인과는 좀처럼 나누기 어려웠던 결혼 이야기가 오랜만에 만난 언니 앞에서는 거침없이 흘러나오는 것이 신기했다.

"나는 나이가 있잖아. 그리고 남편은 나보다 위로 아홉 살 많아, 마흔 중반. 남편도 그 나이에 결혼하면서 여기저기 말하고 다니는 게 좀 낯부끄럽다고 하고. 그리고 신혼여행에 투자하고 싶었어. 아끼고 아껴서 유럽에 한 달이나 다녀왔잖아."

언니가 턱을 괴고 몸을 내 앞으로 쏟았다. '결국 너도 다른 사람과 다를 게 없구나'라는 실망은 이미 잊은 듯했다.

"너는?"

"저야 뭐. 알다시피 주목 공포증도 있고, 저도 엄마도 초대할 사람이 많지 않아서 일 크게 벌이고 싶지 않아서 그렇죠."

"어머니는 건강하셔?"

"네. 그래도 아직 젊으시니."

순간 멍든 눈의 이미지가 떠올랐지만, 애써 외면한 채 답했다.

"어머님 외골수인 건 내가 잘 알지. 잘했어. 너희 어머니 생각해서라도 노 웨딩이 맞는 선택인 거 같다."

술을 좋아하는 우경 언니는 나에게 곧잘 한잔하러 가자고 조르곤 했다. 해인과 만나기 전까지 술을 마시지 않았던 나는 맨정신으로 가족에 대해 말하곤 했다. 만취한 언니가 기억하지 못할 거라는 믿음으로 허심탄회하게. 하지만 술이 깬 다음 날이면 언니는 내 이야기에 뒤늦은 대답을 하곤 했다. "다들 가족 미워하면서 살더라. 너만 특별한 건 아니야. 그리고 그런 이야기, 웬만하면 나 말고 다른 애들한테는 하지 마." 굳이 위로하려고 애쓰지 않는 언니의 투박한 말과 미온적인 태도는 이상하게 내 마음을 달래주곤 했다. 그래서 언니가 아무리 거나하게 취해도 필름만은 온전하다는 걸 안 후에도, 나는 종종 내면의 외로운 얼굴을 꺼내 보이곤 했다.

언니는 그 시절 내가 툭툭 내던졌던 말을 기억하고 있었다. 이번에는 둘 다 맨정신이었지만, 나는 지난 삼 개월간의 결혼 준비기를 언니에게 토로했다. 불편하고 속을 모르겠는 시댁보다 더한 친정, 노 웨딩 설득보다 어려운 결혼 설득, 하기 싫은 일에 억지로 임하는 태도로 하는 결혼 준비의 허무함에 대해.

"윤아야, 그래도 회피성 결혼은 안 되는 거 알지?"

음식만 먹으며 잠자코 듣던 언니가 던진 말은 너무나 언니다웠다. '회피성 결혼'이라는 말에 순간 감정이 상했지만, 언니는 언제나 위로보단 실질적인 조언을 하려는 사람이라는 걸 상기했다. 언니는 뭣 모르고 결혼에 뛰어들어 길을 잃은 듯 보이는 동생을 걱정하고 있었다. 하지만 내 선택이 과연 회피성인가에 대한 묵직한 의문에 나름의 답을 내린 지 오래였다.

"아니에요, 언니. 걱정이 과해요. 나 도망치고 싶어서 결혼하는 거 아니에요. 도망으로 해결되는 문제도 아니잖아요. 내가 떼어내고 하고 싶어 하는 건 사실 바깥이 아니라 내 안에 있으니까. 그리고 그건 다른 사람이 절대 손댈 수도 없고, 내가 평생 구슬리면서 함께 살아야 할 반려 같은 거니까요."

면피용이 아닌, 진심이 담긴 말이었다. 해인과의 연애를 통해 깨달은 중요한 사실이 하나 있다면, 타인을 통해 나의 유년을 보상받으려고 하면 안 된다는 것. 나는 온전히 내 몸을 맡길 수 있을 정도로 그를 믿고 사랑한다. 한때는 그런 사람이 곁에 있어준다면, 유년의 공백이 채워지리라고 믿었다. 하지만 이제는 그것이 불가능한 일이라는 걸 이해했다. 이미 지나간 시간에 박제된 구멍은 누구도 채워줄 수 없다는 걸 안다. 앞으로도 나는 결핍이 결핍을 부르는 방식으로 살아내야만 한다. 정말 사랑하는 사람을 만나고서야 나의 상처가 극복이 아닌 적응의 문제라는 걸 깨달았다.

문득 지난 크리스마스 낮에 해인과 함께 봤던 영화 〈우리도 사랑일까〉의 한 대사가 떠올랐다. "Life has a gap in it, it just does. You don't go crazy trying to fill it(인생에는 빈틈이 있기 마련이야. 그걸 미친놈처럼 일일이 다 메꿔가면서 살순 없어)." 루와의 권태와 외로움을 이겨내지 못하고 이혼을 택한 마고를 비난하며 시누이가 하는 말이었다. 나는 마고처럼 내 안의 빈틈을 누군가가 채워주길 바라지도 않고, 심지어 나 자신에게조차 기대하지 않는다. 빈틈을 빈틈으로 두는 것은 포기나 방치가 아니라, 그 틈의 존재 자체를 이해하려는 내 나름의 방식이다. 대신 가족에 의해 삶이 흔들렸던 유년을 반복하고 싶지 않기에 또 똑같은 틈이 생기지 않도록 고군분투할 뿐이었다.

"그런데 나는 네 남편이 걱정이다."

"해인이요? 왜요?"

"걔도 스트레스일 거 아니야."

"언니도 옛날에 몇 번 만나봐서 알겠지만, 걔는 태생이 낙천적이에요. 결혼 준비하면서 아직 지친 적은 없어 보여요."

"와이프랑 자기 어머니 사이에 끼는 것도 지옥이지만, 와이프랑 장모 사이에 끼는 것도 만만찮을 거야. 더할 수도 있어. 결혼도 전에 이미 중재자 역할을 하고 있으니 그 사람, 지금 분명 힘들 거야."

"저도 요즘은 해인이한테 가족 이야기 잘 안 해요. 신경 쓰이게 하고 싶지 않아서."

"그거 알아? 너 지금 엄청 지쳐 보여. 해인이도 딱 너만큼 지쳐 있을 거야."

"걔는 괜찮을 거래도……."

말은 그렇게 했지만, 내 심란한 마음에만 매달려 해인의 마음은 전혀 살피지 못했다는 것을 깨달았다. 엄마와의 문제에만 정신이 팔려 해인과 대화가 줄었고 오히려 연애 때보다도 비밀이 늘었다. 아직도 엄마가 다친 사실을 해인에게 말하지 못했을 정도로. 어쩌면 가까워질수록 서로의 전체를 보지 못하는 게 당연한 걸지도 몰랐다.

그는 이 지난한 과정을 어떻게 버티고 있는 건지 알 수 없었다. 시어머니에게서 처음 전화가 왔던 날 불편한 기색을 내비치던 내가 어떻게 보였을까. ("엄밀히 하면 결혼 전이잖아, 난 아직 며느리가 아니고 너희 어머니도 시어머니가 아니야. 이런 거 불편해.") 반면에 그는 엄마에게 전화하는 일을 게을리하거나 귀찮아하는 기색을 내 앞에서 보이지 않았다. 자기 부모와 달리 운전을 못하는 장모를 매번 모시는 번거로움도 나는 당연하다고 생각해 왔던 걸지도 몰랐다. 내가 시댁을 불편해하듯 해인도 처가댁이 불편할 텐데 책 배달을 명목으로 그를 혼자 엄마에게 보낸 적도 있었다.

왜 관용과 인내는 늘 해인의 몫이라고 여겨왔을까. 그동안 그에게 큰 걸 바란 적이 없다고 생각했다. 그럴 자격이 없다고 생각했다. 나조차 과거의 내가 요구한 걸 하나도 이뤄내지 못했기 때문이었다. 지금의 나는 어렸을 때 바라왔던 모습과는 조금도 닮아 있지 않은데, 그런 내가 타인에게 무엇을 바랄 수 있겠냐고 자조했다. 그런데 내가 그에게 너무 많은 것을 바랐던 걸지도 모른다는 생각이 들자 괴로웠다.

헤어지며 우경 언니는 결혼 날짜가 정해지면 알려달라고 했다. 식을 생략한다고 해서 주변 사람들의 축하도 생략하진 말라면서. 초대장도 없이 결혼 소식을 알리는 게 나에게도 부담스럽고 민망한 일이겠지만, 경사는 소문내야 하는 법이라고 타이르듯 말했다.

*

집에 돌아와 샤워하며 노래를 크게 불렀다. 원래 나는 음악을 듣는 건 좋아해도 부르는 건 싫어해 코인 노래방도 가지 않았다. 그런 줄 알았다. 혼자 지낸 일주일 동안 노래가 회복에 도움이 된다는 것을 알게 되었다. 해인이 출장 간 첫날 밤, 뜨거운 물이 몸을 어느 정도 달궜을 때 뱃속에서부터 저절로 노래가 나왔다. 팝송의 가사를 들리는 대로 개조해 엉망으로 따라 불렀다. 훌렁훌렁 옷을 벗었고 샤워를 마치고 실오라기 하나 걸치지 않은 맨몸으로 집 안을 돌아다녔다. 독립과 동시에 동거를 시작했으므로 나는 이런 종류의 자유를 경험해보지 못했다. 해인이 다시 집에 돌아오면 끝날 자유라고 생각하니 아쉽기만 했다. 혹시 지금까지 그와 사는 게 불편했었던 걸까. 사실 나는 결혼과 성성이 맞지 않는 사람일지도 몰라. 이런 내가 결혼하는 게 맞을까. 자유에 흠뻑 젖어 스스로를 낯설게 느끼며 생각했다. 우리가 함께 먹은 끼니와 밤의 수만큼 쌓아온 생활이 이렇게 허술하고 취약한 것이었다니. 그렇다 하더라도 자유는 드물게 찾아오기에 단 걸지도 몰랐다.

일찍 하루를 마무리했다. 어스레한 간접조명만 켜두고 해인에게 전화를 걸었다. 그는 호텔 헬스장에서 막 운동을 마치고 나온 참이라고 했다. 개운한 목소리였다. 벌써 이틀 뒤면 해인이 돌아온다. 사실 결혼에 지칠 만큼 지친 상황에서 해인의 출장은 유독 반가웠다. 우리에게는 잠시 격리하는 기간이 필요했다. 요즘 따라 꼬챙이처럼 나를 꿰뚫는 듯한 그의 눈을 보지 않아도 되었고, 통화로는 결혼에 대한 나의 권태를 숨길 수 있었다.

"목표한 분량만큼 글도 쓰고 저녁에는 짧게 산책 다녀왔어."

칭찬받길 바라는 아이처럼 별것 아닌 일을 대단하다는 듯이 말했다.

"오랜만에 걸었구나, 잘했네. 우리 겨울 동안 운동도 안 하고 집에만 틀어박혀 있긴 했지."

"그렇지만 올겨울은 정말 너무 추운걸. 이번 주 내내 한파잖아."

말하면서도 해인의 눈치를 보고 있었다. 대화 주제가 혹시라도 결혼으로 튈까 봐 걱정되었다. 우경 언니가 나에게 심어준 의식 때문에 그 주제가 나온다면 나는 그에게 질문할 수밖에 없었다. 결혼에 대한 그만의 통증과 불편함에 대해.

"수돗물 틀어놓는 거 잊지 않았지?"

"또 까먹었다. 말 나온 김에 해야지."

또다시 동파 방지 안내문이 아파트 게시판에 붙여졌다. 낡은 아파트답게 한파 대비를 단단히 해야 했다. 그래도 이번 겨울 마지막 안내문일 거란 기대가 있었다. 곧 있으면 3월이고 머지않아 벚꽃 개화 시기가 예보될 테니. 몸을 일으켜 발을 끌며 부엌으로 걸어갔다. 싱크대의 수돗물을 조금씩 흐르게 했다. 다시 침대에 누워 몸에 이불을 감았다.

"요즘 소설은 어때?"

"나쁘지 않아."

그날 아침에 한 차례 퇴고를 마친 소설의 절반을 우 편집자에게 메일로 보냈는데, 두 시간 뒤에 바로 전화가 왔다. 그는 허겁지겁 원고를 읽어치웠으리라. "작가님, 제가 새로운 소설을 받은 건가요?" 그는 의아해하면서도 흥미로움을 숨기지 않았다. 편집자와 소설 이야기를 실컷 한 탓인지, 해인에게 똑같은 말을 반복하고 싶지 않았다. 이번 소설은 그와 일절 상의하지 않았다. 오토픽션을 쓰고 있다고 하면 해인은 반가워하지 않을 게 분명했기 때문이었다. 자신감을 심어주는 편집자와 달리 해인은 걱정부터 늘어놓을 테니까. 실제 가족 이야기를 소설에 담는 것 자체보다, 곤혹스러운 과거의 일부를 세상에 내놓으며 내가 받을 수 있는 혹시 모를 상처에 대해 마음 쓸 게 분명했다. 하지만 나는 그의 생각만큼 무르지 않았다. 소설이라는 허구의 껍데기를 잘 이용하면 되는 문제였다. 해인의 순수한 눈이 필요하다고 할 땐 언제고, '네가 내 일에 대해 잘 몰라서 그래'라고 실언을 할지도 몰랐다.

"어떤 내용이라고 했지?"

"조금 더 쓰고 알려줄게. 아니, 완성하고."

"진짜지?"

"응. 약속할게."

"그런데 오늘 점심에 우경 누나 만난다고 하지 않았어?"

"아, 응. 결혼하고 얼굴 좋아 보이더라. 식당도 맛있었어, 감태

파스타는 또 처음 먹어봤잖아."

"결혼은 어땠대?"

"글쎄, 자세히는 못 물어봤는데 우리보단 상황이 좋았겠지."

거짓말, 언니에게 노 웨딩 과정을 구체적으로 들었고 내 사정
도 자세히 말했다. 하지만 이 주제로 더 대화하고 싶지 않아 둘러
댔다.

"윤아야."

"그 빵집은 가봤어? 내가 울산에서 꼭 가보라 한 집 있잖아. 올
때 꼭 사 와야 해, 알겠지?"

"……윤아야."

해인의 목소리는 진지했고 나는 왠지 모르게 위축되었다.

"응."

"너 하고 싶은 말 있잖아. 아니, 나한테 해야 하는 말."

"뭐가? 지금 하고 있잖아."

"거짓말. 속으로 말을 삼키고 있는 거 다 보여."

"무슨 말이야."

"요즘 왜 결혼 얘기를 안 해?"

지금 내 상태를 설명해야만 한다는 걸 알았지만, 말이 목구멍
끝에서 맴돌다 스러졌다. 나는 입술만 씹으며 침묵을 고수했다.

"어머님하고 형님한테 결혼 이야기를 하는 게 두렵다고 해서,
나한테까지 못 할 이유는 없잖아. 나는 너랑 결혼 이야기하고 싶
어, 이건 우리 결혼이잖아."

"……"

"이제 상견례도 해결됐으니까 그다음 단계를 미리 생각해야 하지 않을까? 결혼 장소가 될 식당이나 신혼여행 같은 거. 아니면 상견례 걱정되는 거 없어? 오늘 대리님이 말해줬는데 상견례 예절이 있대. 나도 부모님께 숙지하라고 신신당부……."

"알아서 잘하시겠지. 그리고 아직 결혼 날짜도 안 정해졌는데 우리가 어떻게 다음 단계를 생각하겠어."

차가운 목소리가 나가고 말았다.

"나랑 이런 이야기 하기 싫어? 그러면 난 누구랑 해? 그래도 큰 고비는 넘겼으니, 이제 미래를 생각하면 설레지 않아?"

나는 앞으로 남은 결혼 준비를 생각하는 것만으로도 지겨움을 느꼈다. 아등바등 나아간 곳에서 마주하는 게 미래가 아니라 고작 과거일 것만 같아 매일 두려움에 시달렸다. 그러나 나는 그 '고작 과거'를 피하는 확률에 의지한 채 꿋꿋하게 매일 아침 눈을 뜨고 있었다. 언제나 나보다 늦게 일어나는 해인은 모를 일이었다. 결혼 준비를 시작한 후 내가 매일 어떤 얼굴로 새벽빛을 맞이하는지.

"나는 결혼이 너무 힘들어, 해인아. 그냥 이 시간이 빨리 끝났으면 좋겠어."

고백해버리고 말았다. 나는 축제를 기다리는 마음으로 결혼 준비를 할 수 없다는 것을. 끝없이 눈이 내리던 프러포즈 날 우리가 한 약속이 무용지물이 됐다는 것을.

"결혼을 마치 해치워야 할 일처럼 여기는 거, 우리 그걸 제일 경계했잖아. 그런데 어쩌다 이렇게 된 걸까? 나중에 돌아봤을 때 결혼을 준비한 시간이 방학처럼 느껴졌으면 좋겠다고 했잖아.”

“왜겠어, 다 내 탓이지. 지금껏 결혼 날짜도 못 정하고, 신혼여행도 취소하고, 상견례 잡는 걸로 시간 허비하고. 엄마가 눈을 다친 것도 내 탓이야. 내 결혼 생각하느라 정신이 딴 데 가 있었던 건지 사물함에 눈을 찍혔대. 전부 내 탓, 내 탓, 내 탓이라고!”

“잠깐만, 장모님 눈 다치셨다고?”

“웃긴 게 뭔 줄 알아? 자기가 다친 게, 우리 결혼 액땜한 거래. 그래서 이제 괜찮겠다 싶어서 상견례 날짜도 정해준 걸 거야. 자기가 온몸으로 악재를 막았으니까. 나 또 너한테 엄마 욕이나 하고 있네. 너도 힘들지? 언제까지 엄마랑 나 사이에 끼어야 하는지 벌써 지겹고 짜증 나지 않아?”

“그렇게 말하지 마.”

눈에서 조용히 눈물이 흘렀다. 우는 것을 숨기지 않고 코를 훌쩍였다. 해인은 내가 진정되기까지 말없이 기다렸다.

“오늘은 이만 자자. 이 이야기는 나중에 하자.”

평소라면 나를 어르고 달랬을 해인인데, 내 말을 듣고 그도 무언가를 깨달은 걸까. 마음 한구석에 처박아두었던 나와 내 집안에 대한 불만 같은 것을. 나는 전화를 끊고 싶지 않았다. 이대로 전화를 끊으면 그의 일부를 잃을 것만 같았다. 나는 마치 언젠가 그를 완전히 잃어본 적 있는 사람처럼 불안을 느꼈다.

하지만 알량한 자존심 때문에 마음과 달리 꼿꼿한 목소리가 나왔다.

“그래, 그만 자고 싶어.”

전화를 끊자 수돗물 떨어지는 소리가 들리기 시작했다. 한번 의식하고 나니, 곧 집 안 가득 그 소리가 울려 퍼졌다. 물방울이 싱크대에 닿을 때마다 집이 조금씩 흔들리는 듯했다. 밤에 수돗물을 조금씩 틀어놓을 땐 아래에 수세미나 행주를 깔아야 소리가 안 들린다고 해인이 알려줬다. 고작 한 방울 떨어지는 것뿐인데 그 소음이 생각보다 크고 끈질겨서 자칫하면 밤잠을 설칠 수도 있다고. 하지만 일어날 기운이 없어 대신 그 소음에 적응하길 택했다. 똑똑 물방울이 정수리에 떨어지는 것 같은 두통이 일었다. 한 방울씩 나오는 물도 밤새 맞으면 결국 젖고 만다.

*

지금껏 평택과 파주를 몇 번 오갔을까. 그 거리를 가늠했다. 결혼 준비를 하며 엄마를 보는 일이 잦아졌다. 지금까지 엄마와 이렇게까지 시간을 보낸 적이 있었나. 이렇게까지 연락을 주고받은 적이 있었나. 매번 전학생 같던 엄마의 얼굴에 이제야 적응이 되는 것 같았다. 한 지붕 아래에서 산 이십오 년보다 떨어져 산 일 년 사이에 엄마라는 사람을 더 잘 알게 되었다.

상견례 날 엄마가 입을 옷을 사기 위해 파주에 왔다. 혼자 이곳에 오게 된 건 솔직한 해인의 마음을 알았기 때문이었다.

해인은 출장에서 돌아오며 내가 말한 울산의 빵집에서 한 봉지 가득 빵과 케이크를 사 왔다. 케이크 상자에 기본 초가 동봉되어 있었다. 무엇도 축하할 게 없었지만, 케이크에 초를 꽂았고 불

210

을 붙였다. 함께 입으로 바람을 불어 초를 끄고 묻어두었던 그날의 일을 꺼냈다. 우리는 아름답고 고상한 결혼의 환상을 깨부수고 고통을 나눴다. "내 말이 맞지? 너도 힘들고 지쳤지?" 그러자 그는 이렇게 말했다. "지금껏 외면하려고 애썼던 것 같아. 장모님이 왜 그렇게까지 하시는지 도저히 이해가 안 돼. 그런데 내가 할 수 있는 게 아무것도 없어." 또 그는 모녀라는 관계가, 너무 어렵다고도 했다. 복잡한 사정을 들어주고 위로하기만 해도 충분했던 연애 시절과 달리 지금은 자신의 문제가 되니 어떻게 해야 할지 감도 안 잡힌다고. 솔직하게 속에 있는 말을 털어내니 홀가분했다. 나만 힘든 게 아니라 안심되기도 했다.

당분간은 그가 엄마를 신경 쓰는 일이 없었으면 했기에 혼자 파주에 가기로 했다. 원래라면 같이 가겠다고 나섰을 해인이지만, 그날은 나를 쉽게 보내주었다. 그에게는 충전의 시간이 필요해 보였다.

엄마가 눈을 다친 후로 처음 만났다. 실제로 보니 엄마의 눈가 피부는 더 거무튀튀했다. 아직도 부기가 가라앉지 않아 오른쪽 눈두덩이가 두툼했다. 부딪힌 자리라 예상되는 곳에는 피가 고여 생긴 검은 반점이 선명하게 남아 있었다. 엄마의 눈 안에도 저렇게 피가 고여 있는 걸까. 겉으로 보기에 새카만 눈동자는 전과 다를 바 없었다. 나는 일부러 눈에 대해 언급하지 않았다.

"해인이는?"

엄마가 조수석에 타며 물었다.

"걔도 바빠."

"주말이잖아."

"쉬어야지, 얼마 전에 출장도 다녀왔잖아. 왜? 해인이 보고 싶어?"

"아니, 눈이 이 모양이니까. 해인이 왔으면 안대라도 해야 할 거 아니야. 이렇게 흉해서야."

"멍 좀 든 거 가지고."

나는 일부러 너무 유난을 떤다고 핀잔을 줬다. 엄마가 내 결혼을 보잘것없는 일로 축소했듯이, 나도 엄마의 사고를 꾹꾹 눌러 햇빛에 금세 녹아버릴 눈 뭉치 정도로 만들었다.

차를 출발시키자마자 엄마가 이야기를 시작했다.

"있잖아, 내가 네 결혼 액땜한 게 맞는 거 같아. 단골이 나한테 왜 눈탱이 밤탱이가 됐냐고 묻길래, 일하다가 이 지경 됐다고 했거든. 그러더니 일도 그렇게 열심히 하는데 얻어터지기까지 했냐면서 택시비 하라고 만 원을 준 거 있지? 이상하게 그 손님이 팁을 주면 뭔진 몰라도 일이 잘 풀리곤 했거든."

"그래서 그날 택시 타고 집 갔어?"

"아니, 버스 타고 갔지."

긴 한숨을 쉬었다. 자신에게 벌어진 사고를 우스꽝스럽게 묘사하는 것도, 자꾸 액땜 운운하는 것도 마뜩잖았다. 나는 엄마에게 어떤 일이든 미신적으로 해석하지도, 몇 년 전 점집에서 들은 말을 진실로 믿지 말라고 했다. 일복과 결혼에 대해 엄마가 해인에게 했던 말도 끄집어내 불평했다. 그러자 엄마는 이미 해인에게 한 소리를 들었다며 지겨운 표정을 지었다.

"해인이가 무른 줄만 알았는데, 성격이 아예 없진 않더라고. 넌 위해주는 남자도 있고, 좋겠네."

그런 말씀 마세요, 장모님. 해인의 한마디에 엄마는 등줄기가 빳빳해졌다고 했다. 그는 무슨 일이 있어도 나의 일복이 막히는 일은 없을 거라고 단언했다. 무당 말을 믿으면, 여태껏 쉬지 않고 일해온 딸의 노력을 가볍게 만들어버리는 거라고 일침을 놨다. 한결같이 엄마에게 사근사근했던 해인이었기에 나로서는 상상할 수도 없는 모습이었다. 십대 시절 오빠와 해인이 운동장에서 만났을 때, 어쩌면 오빠의 말대로 그는 진심을 다해 싸웠을지도 몰랐다. 해인은 옳지 않다고 생각되는 일에서 절대 참지 않으니까. 그는 언제나 보이지 않는 곳에서 나를 위해주고 있었다. 다만 내가 그의 작은 투쟁을 매번 알아채주지 못했을 뿐.

아울렛으로 가는 자유로에 진입했을 때, 거치대에 꽂혀 있던 휴대폰을 엄마에게 건넸다. 앞으로 10킬로미터는 쭉 직진만 해야 했기에 내비게이션을 볼 필요가 없었다. 갤러리를 열어보라고 했지만, 엄마는 화면을 보면 멀미가 난다며 손을 내저었다. 내가 손수 갤러리를 열고 휴대폰을 내밀었다. 첫 사진으로 드레스를 입은 내 사진이 나왔다.

어제 웨딩 스냅사진사에게서 메일이 왔다. 원본 사진 전부를 클라우드에 올려두었으니 보정받을 열 장을 선택해 삼 일 안에 알려달라는 내용과 함께 링크가 첨부되어 있었다. 클라우드에 접속해 보니 213장의 사진이 있었다. 구십 분 동안 이렇게 많은 사진을 찍었다는 사실이 믿기지 않았다. 게다가 결과물이 예상보다 마음에 들었다. 서비스는 좋지 않아도 실력만큼은 인정할 수밖에 없었다. 원본은 모두 소장할 수 있지만, 이 중에서 보정받을 열 장을 선택하는 건 쉽지 않았다. 함께 사진을 한장 한장 넘겨보는데 해인이 내가 목걸이를 하지 않았다는 사실을 발견했다. "목걸이가 마음에 들지 않았던 거야?" 그가 물었을 때 나는 목걸이가 얼마나 소중하고 아름다운지 설명하느라 진땀을 빼야 했다. 결혼 과정에서 느낀 부정적인 감정은 다 털어놓을 수 있었지만, 목걸이에 대해선 솔직해질 수 없었다. 이상하게도 그건 스스로 허용할 수 없었다.

"우리 사진 찍었어. 결혼사진."

"언제?"

"한 달 전에. 엄마 한창 예민할 때라 말도 못 했어."

"일찍도 찍었네. 그거 찍어봤자 다시 보지도 않아. 나도 어디 처박아뒀을걸."

나는 눈을 흘겼다. 지금껏 월세와 전세를 전전하며 아직도 결혼사진을 버리지 않았다는 사실에 놀랐다. 망가진 옷과 유통기한 지난 화장품을 버리지 못하는 엄마는 낡은 추억마저도 집에 켜켜이 쌓아두고 살고 있었다. 그래서 집이 더 비좁게 느껴지는 걸지도 몰랐다.

엄마가 첫 장만 보고 휴대폰을 도로 돌려놨다. 딸의 결혼사진을 보는 게 싫다는 듯이.

"다른 사진도 궁금하지 않아? 옆으로 넘겨서 봐봐."

"알아서 잘 찍었겠지. 운전에 집중이나 해. 여기서 빠져야 하지 않니?"

"한참 더 가야 해. 아, 좀 봐보라니까."

나의 성질에 엄마가 어쩔 수 없다는 듯이 사진을 넘겨보기 시작했다.

"드레스가 너한테 좀 안 어울리지 싶다. 왜 그걸 골랐니?"

"예쁘지 않아?"

"드레스가 좀 어려운 디자인이네. 키가 큰 사람이 입어야 하는 스타일이야."

"엄마도 참…… 일관되구나."

만약 내가 결혼식을 한다면, 엄마는 결혼식에 온 친구들이 딸의 머리부터 발끝까지 평가하고, 홀에는 얼굴도 비추지 않고 바로 식당으로 가 밥을 먹고 이어질 술자리에만 관심이 있어도 크게 개의치 않을 것 같았다. 그게 엄마가 생각하는 결혼식 자체였고, 그런 수모를 이겨내는 것도 결혼의 관문을 통과하기 위한 일종의 테스트라고 생각할 거였다.

엄마에게 일자로 깔끔하게 떨어지는 정장 바지를 골라주었다. 엄마는 검은색과 짙은 호두색 사이에서 고민하다가 후자를 골랐다. 할인율이 더 높은 색상이었다. 봄 셔츠와 트위드재킷 그리고 상아색 구두까지 샀다. 주차장으로 내려가기 전 엄마가 화장실에 갔다. 엄마는 요실금 때문에 화장실을 자주 갔고 주머니에 늘 마이비데와 아무렇게나 뽑은 휴지 더미를 넣고 다녔다. 엄마의 가방을 들고 기다리는데, 아직도 택이 달려 있었다. 그것을 떼려는데 가방 안에 하얀색 서류봉투와 영수증 더미가 보였다. 이게 다 뭐지? 그 흰 종이에 쓰인 어처구니없는 활자를 처음에는 이해하지 못했다. 그것들이 내가 엄마에게 사준 가방 안에 있는 이유를 전혀 짐작하지 못했다.

엄마가 나를 향해 걸어오며 옷들을 환불해야 할 것 같다고 말했다. 하루 입고 처박아둘 걸 사는 건 사치라고, 전에 가방을 사줬으니 됐다고, 기껏 지갑을 연 딸에게 면박을 줬다. 엄마가 내 앞에 다 와서는 갑자기 발을 헛디뎠다. 엄마는 본능적으로 왼손으로 나의 팔을 잡았다. 손에는 부자연스러울 정도로 힘이 많이 들어가 있었다. 아주 간절하게 느껴질 정도로. 그 순간, 방금 내가 읽은 엄마의 대책 없는 불운들이 정연하게 정리되며 하나의 완결된 문장이 되었다.

비밀스러운 쪽지가 담긴 유리병이 어디에선가 떠밀려와 발치에 걸린 기분이었다. 어째서 내 앞에 도착한 것일까. 그것의 목적지가 정말 내가 맞는지 확신할 수 없었다. 살피를 잡지 못한 채 이리저리 굴리기만 하며 모래만 잔뜩 묻히다가, 병을 열고 말았다. 내가 그것을 읽었다는 사실을 알면 엄마는 조금이라도 해방감을 느낄까. 아니면 지금껏 엄마의 비밀이 그래왔듯 누군가에게 들키면 비참함이 앞서서 다시 망망대해로 던져지길 바랄까.

그렇게 또 한 번 엄마의 비밀을 보고 말았다. 이번에는 입을 꾹 다물고 모르는 척할 수 있을까. 아니, 그래도 되는 것일까.

“좀 제대로 보고 걸어.”

나는 엄마의 손을 탁 소리 나게 뿌리치고 앞서 걸어갔다.

봄

초대받지 못한 상견례

　엄마가 얼굴을 거울에 바짝 들이댔다. 도망치고 싶어 하는 사람의 눈빛이었다. 상견례 한 시간 반 전. 곧 두 가족이 만난다. 화장대 앞에 서서 화려하게 치장하고 있지만, 엄마는 긴장으로 잔뜩 시들어 보였다. 사고 이후로 시간이 꽤 지났는데도 눈 둘레에는 거무죽죽한 테가 선명했다. 그것 때문에 눈이 움푹 들어간 것처럼 보여 원래 나이보다 다섯 살은 더 많아 보였다.

　엄마는 퍼프로 눈 주위를 계속 두들겼다. 내가 고등학생이었을 때부터 화장대에 방치되어 있던, 유통기한이 한참 지난 파운데이션이었다. 벽돌색 립스틱의 육각형 금색 케이스도 모서리가 전부 깨져 있어 세월의 흔적을 고스란히 보여주었다. 보다 못한 내가 가방에서 파우치를 꺼내 엄마 옆에 섰다.

　"엄마, 나 좀 봐."

　아무것도 만족스럽지 않다는 듯 엄마는 불퉁한 얼굴이었다.

"그렇게 오래된 파운데이션을 바르니까 기미랑 멍이 하나도 안 가려지고 들뜨기만 하지. 유통기한 좀 봐, 사 년이 지났어."

내가 엄마의 눈 밑에 컨실러를 올리고 퍼프로 통통 두들겼다.

"화장품이 문제가 아니라, 멍이 너무 진해서 그런 거야."

"자, 봐. 내 걸로 하니까 그래도 얼추 가려지지?"

내가 엄마의 얼굴을 잡고 옆으로 틀어 거울을 보게 했다. 엄마의 얇은 피부 위에 곰팡이처럼 퍼져 있는 멍과 흉이 그나마 희미해졌다. 이게 최선이었다.

"그리고 유통기한 지난 건 좀 버려."

"아깝게 왜 버려. 멀쩡하구먼. 유통기한 이거 다 의미 없는 숫자야."

사춘기 시절 엄마가 준 유통기한이 일 년 넘게 지난 기초 제품을 썼다가 피부가 뒤집힌 걸 기억했다. 제멋대로인 호르몬을 주체하지 못하고 내가 벌컥 화를 내자 엄마는 사춘기의 여리고 예민한 피부는 전혀 생각해주지 않고 "내 피부는 그런 거 발라도 뽀루지 하나 안 나는데, 넌 왜 그러니?"라고 맞받아쳤었다.

"입술도 다시 발라줄게. 색이 너무 칙칙하잖아."

물티슈로 엄마의 입술을 조심스럽게 닦은 뒤 맑은 분홍색 립글로스를 가볍게 올렸다.

"혈색도 살고 더 낫네."

"너무 밝지 않아? 과한 거 같은데."

"이 정도 갖고 뭘 그래. 과한 건 아까 게 더했지, 둘리에 나오는 마이콜 같았어."

엄마는 거울 속 자신이 어색한 듯 자꾸 입술을 매만졌다. 나는 엄마의 화장보다 옷이 더 신경 쓰였다. 엄마는 기어코 내가 사준 옷과 구두를 전부 환불했고 청바지를 입겠다고 고집을 부렸다. 엄마가 고른 건 내가 열일곱 살 때 보세 옷 가게에서 이만 원 주고 산 부츠컷 청바지였다. 성인이 되어 한창 옷 스타일을 바꾸던 시절, 내가 버리겠다는 것을 엄마가 자신이 입겠다며 뜯어말렸다. 그 뒤로 그 청바지의 존재를 까맣게 잊고 있었는데, 상견례 날 다시 만나게 될 줄이야. 엉덩이 주머니에는 촌스럽게도 하얀 실로 하트가 새겨져 있었는데, 다행히 위에 입은 니트 기장이 길어서 주머니가 가려졌다. 하지만 상의도 문제였다. 짜임이 큰 와플 패턴의 크림색 니트로, 그것 역시 내가 더 이상 입지 않아 독립하며 본가에 두고 온 옷이었다. 목 절개선은 거칠었고 쇄골이 훤히 드러나는 디자인이었다.

나는 엄마의 옷 때문에 어머님의 기분이 상할까 봐 마음이 편치 않았다. 일주일 전 어머님과 미리 드레스 코드를 공유하며 나눈 대화 때문이었다. (어느새 어머님은 해인을 통하지 않고 나에게 바로 연락하는 것에 익숙해졌다.) 주변에 상견례를 치러본 친구들 이야기를 들어보니, 서로 옷차림을 맞추지 않으면 알게 모르게 더 꾸미고 나온 쪽이 기분 상한다고 했다. 어머님의 친구분은 새로 산 정장 치마에 구두를 신고 갔는데, 상대방 어머니가 청바지를 입고 나왔다. 게스 청바지에 구김 없이 잘 다려진 하얀 빈폴 셔츠를 받쳐 입긴 했지만, 자신의 가족을 얕본다는 생각이 들어 기분이 상했다는 것이다. "윤아 어머님도 깔끔하게만 입으시면 되지 않을까?” 어머님은 전혀 어려운 일이 아니라는 듯 가볍게 말했다.

이런 상황을 대비해 가방에 미리 여분의 단정한 검정 셔츠를 가져왔지만, 엄마는 입지 않겠다고 고집이었다. 자신은 얼굴이 말라 검은색을 입으면 더 수척해 보인다며 내 노력을 헛수고로 만들었다. 이제는 부딪쳐보는 수밖에 없었다. 격식 없는 옷차림보다 상견례에 늦는 게 더 최악일 테니까.

*

형제들은 상견례에 참석하지 않기로 했다. 나는 한 달 전에 오빠에게 상견례 날짜와 시간을 전하고, 그날 일정을 미리 조정해 달라고 부탁했다. 오빠의 회사는 한 달 전 근무 일정이 나오기 때문에, 미리 사정을 말하면 조정이 가능했다. 나는 그것이 어렵다면 연차를 써달라고 단단히 일러두었다. 그런데 일주일 전 식당을 알려주기 위해 다시 연락했을 때, 그는 저녁 식사 아니었냐고 엉뚱한 소리를 했다. 오전 근무를 마친 후 반차를 내고 전주에서 파주로 올라올 계획이었으며 이제 와 연차를 신청하는 건 불가능하다고 했다. 내 말을 얼마나 흘려들었으면 이 중요한 약속을 착각할 수 있는 거지? 내가 화를 내야 하는 상황인데 도리어 오빠는 교통비와 시간을 운운하며 자신에게 파주가 얼마나 먼 도시인지 소리쳤다. 장남 행세를 하며 결혼과 상견례에 입김을 불 땐 언제고, 자신에게 귀찮은 일이 생기자 바로 투덜거리는 오빠 때문에 머리가 아팠다. 그래도 해인의 부모님은 형제들도 참석하길 바랐기에, 급히 저녁으로 예약을 바꾸려고 했지만 이미 모든 시간대가 마감되어 있었다. 다른 식당을 알아봤지만, 그러면 상견례를 또 일주일 연기해야 했다. 난감한 사정을 안 어머님은 그냥 단란하게 식사하자며 나의 부담을 덜어주었다. 해진도 개강하고 지방에서 자취를 시작해 올라오기 힘들다면서.

엄마를 차에 태우고 큰삼촌 댁으로 향했다. 차로 삼십 분도 안 되는 곳에 살고 있었다는 걸 그때 처음 알았다. 이리도 가까운데 이렇게나 멀 수도 있구나. 나는 엄마에게 상견례에서 부모님이 지켜야 할 예절과 주의 사항을 알려주는 유튜브 영상을 틀어주었다. 전에 미리 문자로 보내줬지만, 엄마가 봤을 리 만무했다.

"알겠지? 자기 자랑 절대 안 되고, 돈 이야기 하지 말고, 내 소설 자랑도 상대가 말 꺼내지 않는 이상 굳이 먼저 말할 필요도 없어. 그쪽에서 먼저 한다고 해도 겸손하게 감사하다고만 하고 자랑 없으면 안 돼. 명심해야 해."

"그러면 무슨 이야기를 하라는 거니? 입 다물고 밥만 먹으라는 거야? 안 그래도 어색해죽을 것 같은데."

"음식 이야기, 앞으로 나랑 해인이가 결혼해서 어떻게 살지 행복한 상상 나누기, 축복과 응원 정도. 원래 상견례는 할 말이 없어서 어려운 자리인 거야."

엄마는 탐탁지 못한 얼굴로 유튜브 영상을 2배속으로 넘겼다. 오 분도 보지 않고 멀미가 난다며 휴대폰 화면을 껐다. 아마도…… 다친 눈 때문일 것이다.

멀리 아파트 입구에서 큰삼촌이 뒷짐을 지고 서 있었다. 장신의 큰삼촌은 엄마와 전혀 닮지 않아 더욱 낯설게 느껴졌다. 식당에 가는 동안 엄마와 큰삼촌은 근황을 나눴다. 건장한 체격에 위풍당당한 분위기를 풍기는 큰삼촌과 함께 있자 엄마의 긴장이 다소 풀린 듯했다.

내가 노 웨딩을 설명하자, 큰삼촌은 "그것 참 용감하네" 하며 칭찬인지 비꼬는 건지 모를 말을 중얼거렸다.

"결혼은 언제 하는 거냐?"

큰삼촌이 나에게 물었다. 삼촌도 내가 불편했는지, 나에게 말을 걸 때마다 바람 빠진 것 같은 목소리가 나왔다.

"글쎄, 가을쯤 해야지. 아니면 내년에 할 생각인 거 같은데."

내가 답하기도 전에 엄마가 말을 가로챘다. 나와 나눈 적 없는 의견이었다.

"오늘 양가 입장 다 들어보고 정하기로 했어요."

내가 덧붙였다.

"그런 걸 왜 다 같이 둘러앉아 정하냐. 요즘 애들은 자기들이 알아서 다 정하고 통보한다던데. 이제는 결혼한다고 하나하나 부모랑 상의하고 그런 거 없어. 요즘 젊은 애들은 인터넷으로 뭐든 척척 정보를 찾잖아. 부모는 할 일이 없어. 그냥 애들 하자는 대로 따라가기만 하면 돼. 얼마나 편하냐? 그저 제 짝 만난 거에 감사해야 하는 거야."

엄마와 나 사이의 일을 알 리 없는 큰삼촌이 엄마를 꾸짖듯 말한 게 통쾌하면서도 엄마의 눈치가 보였다. 무엇보다 큰삼촌이 '통보'라는 단어를 써서 놀랐다. 자신들의 규칙에 벗어나는 닭들은 전부 목을 비틀어버리는 사람이라고 생각했는데. 서른 중반이 훌쩍 넘었지만, 아직 결혼을 안 한 삼 남매를 골칫덩어리로 여기기 때문일지도 몰랐다. 삼촌이 엄마에게 이제 개들도 그만 집에서 좀 나가 살았으면 좋겠다고 진절머리를 치며 말했으니까.

"오빠는 애들 시집 장가 다 보내본 사람처럼 말하네."

"그걸 보내봐야 아나. 요즘 세상이 그렇다, 세상이. 그리고 우리같이 애들한테 해줄 거 없는 부모들은 더 가만히 있어야 해. 정 참견하고 싶으면……."

큰삼촌이 엄지와 검지로 작은 원을 만들어 흔들었다.

"돈을 줘야지."

엄마는 의기소침해져 창밖만 바라봤다. 큰삼촌의 말이 엄마에게 어떠한 여파를 남겼을지 알 수 없었다.

오늘 상견례 자리에서 비로소 결혼 날짜가 정해진다. 양가 가족의 만남이라는 사건이 주는 거대한 압박감에 슬슬 짓눌리기 시작했다. 핸들을 잡은 손이 차가워지고 땀이 배어났다. 괜찮아, 이것도 글감이야. 요즘 나는 버거운 상황을 마주칠 때마다 소설의 한 문단에 들어갈 조각일 뿐이라고 생각을 바꾸려 노력했다. 우 편집자의 말로 시작된 마인드컨트롤 방법이었다.

큰 구조의 탈바꿈을 마치고 세부 교정만 남은 시점에서 이야기가 나에게서 비롯되었다는 것을 우 편집자에게 알렸다. "한 80퍼센트 정도는 실화 바탕이에요." 그는 결혼 소식에 놀라면서도 나의 소설을 응원했다. "오토픽션이면 작가님은 일상을 연기하듯 지낼 거 같아요. 아침을 먹는 것도 서사고, 호감이든 비호감이든 저 사람이 하는 말도 대사고. 힘든 일이 생겨도 주인공은 원래 시련을 겪으니까, 하고 이겨낼 수 있을 거 같아요." 또 그는 '자전적소설' 단어를 띠지나 홍보 문구에 사용해도 되는지 물었다. 거침없이 내 이야기를 소설로 쓸 땐 언제고 그의 마지막 물음에는 흔쾌히 고개를 끄덕이지 못했다.

*

상견례로 유명한 고급 일식당답게 건물 외관이 으리으리했고 발렛파킹을 해주었다. 불편해 보이는 유니폼을 입은 직원이 방으로 우리를 안내했다.

"여기 아오이 방이고요, 신발 벗고 들어가시면 되세요."

"예약이 잘못된 것 같은데요."

내가 직원에게 속삭였다. 분명 예약할 때 좌식이 아니라 입식으로 배정해달라고 확실히 일러두었다. 직원은 여전히 친절함을 잃지 않으며 신발을 벗는 입식이라고 설명했다. 큰삼촌은 이미 풀썩 주저앉아 구두를 벗고 있었지만, 엄마는 안절부절못하며 나의 어깨를 툭툭 쳤다. 얼굴을 가까이 가져다 대니 엄마가 구석에 몰린 듯한 조급한 어조로 말했다.

"어쩜 좋니, 여기 신발 벗는 줄 모르고 양말을 짝짝이로 신었어. 게다가 이 부츠, 아가씨 때 산 거라 신발 벗으면 가죽이 가루

226

처럼 떨어져 나가는데."

"신발이 어떻길래?"

엄마의 신발을 힐끗 봤다. 군데군데 가죽이 까진 회청색 앵클 부츠였다. 엄마의 화장을 고쳐주느라 늦어져서 정신없이 나오는 바람에 신발은 미처 확인하지 못했다. 우리의 대화를 들었는지, 직원이 "신발은 모두 신발장에 넣어드려요"라고 낮고 믿음직스러운 목소리로 말했다. 엄마가 균형을 잃지 않고 부츠를 벗을 수 있도록 팔을 내밀었다. 그날 이후 엄마에게 자꾸 팔을 내밀게 되었다. 나를 잡으라고.

낡아봤자일 거란 내 예상이 무색하게 엄마가 부츠를 벗은 자리에는 가죽 조각이 별사탕처럼 흩뿌려졌다. 직원은 내가 무어라 말하기도 전에 맨손으로 바닥을 쓸어 가죽 부스러기를 한 곳에 모았다. 맨손이라니, 직원도 이런 경우는 처음인지 적잖이 당황한 것이 분명했다. 왼발에는 도라에몽이 그려진 양말을, 오른발에는 회색 줄무늬 양말을 신고 있었다. 잠시 아찔해졌다. 엄마도 부끄러운지 양말을 벗어 가방에 깊숙이 넣었다.

"차라리 맨발이 낫지? 구두 신은 줄 알 거야."

"엄마 발까지 신경 안 쓸 거야. 그쪽도 긴장했을 테니까."

그러게 내가 사준 대로 입을 것이지 왜 고집을 부려 일을 어렵게 만드는 걸까. 예전이라면 분명 역정을 내며 엄마를 질책했을 테지만, 이젠 엄마의 억척스러움에도 내가 단련이 된 모양이었다. 비밀이 적힌 종이에 손을 댄 후로 엄마에게 맞서고 싶지 않아진 탓도 있었다.

짧은 복도를 지나 문을 열자 해인의 가족은 이미 일렬로 앉아 있었다. 셋 모두 잔뜩 긴장한 얼굴이었다. 그와 눈이 마주치자 우리는 같은 편끼리 사인을 주고받듯 눈웃음을 교환했다. 예약할 때 상견례라고 말해둔 덕분에 식당에서 특별히 신경을 써준 듯 테이블 끝에는 나무 원앙 한 쌍이 놓여 있었다.

어른들이 형식적인 통성명과 악수를 마치고 자리에 앉았다. 엄마 혼자 드레스 코드를 전달받지 못한 사람처럼 겉돌아 보였다. 남자들의 복장은 양복 재킷 안의 니트 색상이 검은색이냐, 회색이냐, 조금 더 진한 회색이냐 정도의 차이만 있을 뿐이었다. 나와 어머님은 꼭 맞춘 듯 세미 정장 차림에 위아래 모두 검은색으로 입었다. 엄마 혼자 청바지에 목이 늘어난 촌스러운 니트를 입었다. 내가 십대 때 입던 옷들이라 엄마는 꼭 그 시절의 나처럼 보이기도 했다. 어린 내가 어른이 된 자신의 상견례에 참석한 것 같았다. 나는 어머님의 시선이 엄마를 날카롭게 훑어 내리는 것을 보았다.

"윤아가 아버지 없이 자라 부족함이 많습니다."

식사 자리는 큰삼촌의 말로 시작되었다. 내 소개를 큰삼촌이 할 줄도 몰랐고, 그런 식으로 할 줄은 정말 예상도 못 했다. 당황스러웠고 해인의 가족 앞에서 벌거벗은 것처럼 부끄러웠지만, 티 내지 않으려 애썼다. 큰삼촌의 말에 동의하는 것처럼 (사실 전혀 동의하지 않았지만) 고개를 살짝 떨구고 테이블 가장자리만 응시했다. 시작이 잘못된 건지, 그 후로 초대받지 못한 사람처럼 눈치가 보였다. 입이 딱 붙은 것처럼 말이 나오지 않았다.

해인이 모두 애피타이저를 다 먹은 것을 확인하고 테이블 아래에서 답례품을 꺼냈다. 상견례 답례품으로는 주로 도라지정과, 한과, 약과, 곶감, 떡 같은 디저트를 준비한다. 분위기를 부드럽게 만들 요량으로 양가 어머니에게 풍성한 꽃다발을 선물하기도 한다. 또 커플 사진을 인화해 포토 카드로 만들어 선물에 동봉하는 소소한 이벤트를 하기도 한다. 우리는 고민 끝에 무난하게 떡케이크를 주문 제작했다. 원래 답례품은 생략하려고 했으나, 워낙 우여곡절 끝에 상견례까지 온 만큼 모두에게 수고했다는 의미로 소소하게 선물을 준비하고 싶었다.

케이크를 원앙 앞에 두자, 마치 오늘이 결혼 날 같기도 했다.

"어머, 예뻐라."

어머님이 소녀처럼 활짝 웃으며 케이크 사진을 여러 장 찍었다. (다음 날 어머님의 메신저 프로필이 케이크 사진으로 바뀌어 있었다.) 식사 후 다 같이 후식으로 먹으면 좋겠는데 직원에게 말해볼까, 하고 즐거워했다. 해인이 코스 요리에 후식도 포함되어 있으니, 케이크는 각자 집에 가져가서 먹자고 만류했다. 어머님의 귀여운 호들갑에 모두의 얼굴에 옅은 미소가 번졌지만 엄마만은 예외였다.

키워주셔서 감사합니다.

앞으로 잘 살겠습니다.

엄마는 앙금 꽃이 한가득 수놓인 케이크 위에 적힌 문구를 뚫어지게 바라보고만 있었다. 자기소개를 마친 후부터 지금까지 엄마는 입을 굳게 다물고 있었다. 엄마가 지나치게 긴장한 건지 화가 난 건지 속내가 읽히지 않았다.

미리 음식을 빠르게 내와달라고 부탁한 덕분에 중간에 식사 흐름이 끊기는 일은 없었다. 대홧거리가 떨어질 즈음 직원들이 문을 열어 다음 요리를 서빙했다. 각자 새로운 음식의 맛을 품평했고 재료에 대해 한마디씩 거들었다. 큰삼촌은 경악스러운 첫 마디 이후에 아버지 자리를 대신 채우는 역할에만 충실하며 조용히 식사를 이어갔다. 큰삼촌은 요리가 하나씩 나올 때마다 그 누구보다 먼저 접시를 비웠고, 다음 요리가 차려질 때까지 연신 물을 마셨다.

서서히 분위기가 활기를 띠기 시작한 순간 내내 조용했던 엄마가 입을 열었다. 엄마는 딸 자랑을 하고 말았다. 어렸을 때부터 영특해서 딱히 사교육을 받지도 않았는데 특목고에 진학했으며, 대학도 성적장학금을 받고 다녔다고 과장해서 말했다. 다른 아이들과 달리 방황 한번 하지 않고 하고 싶은 일을 찾아 일찍이 자리를 잡았다고 듣기 민망할 정도로 칭찬 일색이었다. (사실 엄마는 내가 소설을 쓰겠다고 하자 왜 사춘기 때도 안 한 방황을 하느냐고 화를 냈었다.) 해인의 부모님은 예비 며느리를 치켜세웠고, 엄마는 말끝에 "물론 해인이도 정말 번듯하죠" 하고 변명처럼 덧붙였다. 어른들의 대화에 끼어들어 엄마를 말릴 수는 없었다. 순전히 자랑하고 싶은 마음도 있겠지만, 엄마는 사돈에 비해 초라해 보이는 자신을 딸로 포장하며 동등해지고 싶어 하는 것 같았다. 그런 마음이 훤히 보이는데 내가 나설 수는 없었다.

누구도 먼저 결혼 시기를 거론하지 못하다가, 후식 직전 문어솥밥이 나왔을 때가 되어서야 해인이 조심스럽게 말을 꺼냈다.

"저희 결혼 시기 말인데요. 오늘 정하기로 했으니, 부모님들께서는 어떻게 생각하시는지 궁금합니다."

"해인아, 너희가 생각해둔 시기를 먼저 말해줘야 하지 않겠어?"

어머님이 밥을 덜다 말고 엄마를 바라봤다.

"저희는 아이들이 원하는 게 제일 중요하다고 봐요. 얘네가 주인공이니까요."

해인이 내 눈을 보며 천천히 입을 뗐다.

"봄에 하면 어떨까요?"

내가 동조의 의미로 조용히 고개만 끄덕였다.

"그래. 따뜻할 때 하는 게 좋지. 그렇지, 여보?"

"그렇고말고."

해인의 아버지가 온화하게 웃었다.

"사부인은 어떻게 생각하세요?"

"봄은 좀 이르지 않나 싶어요. 그래도 애들이 원한다니⋯⋯."

엄마는 결혼을 아예 미루자고 말하고 싶은 걸 참고 있었다. 해인의 부모님 앞이라 의견을 강하게 세우기 어려워 보였다. 식당에 들어오기 전부터 큰삼촌에게 한 소리를 들은 탓인지 이미 기가 한풀 꺾여 있었다. 혹은 자신의 옷차림이 부끄러워 자신감을 잃은 걸지도 몰랐다. 엄마는 애꿎은 솥밥을 뒤적였다. 숟가락을 잡은 엄마의 손에 힘이 들어가는 것이 보였다.

"조금 급하다고 느껴지실 수도 있지만, 처음 말씀드렸던 대로 4월 25일 어떠세요?"

흐름이 자기 쪽으로 기울자, 자신감이 생긴 해인이 말했다.

해인의 부모님과 큰삼촌은 그의 말에 동의하며 한마디씩 말을 보탰다. 이왕 하는 거 질질 끌 필요 없다면서.

"……아니요." 엄마가 목소리를 쥐어짜내며 겨우 말을 이었다. "그날은 좀 그렇네요."

"혹시 그날 무슨 일 있으세요?"

어머님이 상체를 살짝 앞으로 숙여 심상하게 물었다.

"그달에 제 생일이 있거든요. 부모 생일이랑 자식 결혼 달이 겹치면 안 좋다고들 해요. 날짜도 막 정하기보단 좋은 날로 신중하게 골라야 하지 않을까요."

잠시 분위기가 어수선해졌다. 나는 엄마가 말한 근거 없는 미신을 해인의 부모님에게 어떻게 해명해야 할지 아뜩했다. 엄마의 옆얼굴을 망연히 바라보는데, 몇 번이나 파운데이션을 덧바른 탓인지 화장이 벌써 들뜨기 시작했다. 눈 밑의 검은 멍이 옅게 드러나 있었다. 엄마의 가슴께에는 언제 튀었는지 모를 녹색 얼룩이 있었다. 애피타이저로 나온 전복내장죽인 듯했다. 하얀 옷이라 얼룩은 더욱 도드라져 보였고, 눈가의 색과 비슷했다.

"그러면 우선 달부터 정해봅시다. 제 생일은 9월이고 해인 엄마 생일은 5월이에요. 한여름은 너무 더우니, 6월 어떨까요?"

아버님은 엄마의 비위를 맞춰주려는 듯했다. 정말 그 미신에 따라서 결혼 날을 정하게 되는 걸까, 나는 암담했다. 누구라도 좋으니 엄마를 말려줬으면 했다.

"6월 한 달 동안 상하이로 출장을 가요."

해인이 난감하지만, 단호한 어투로 말했다. 일주일 전에 결정된 사안이었다. 해외 출장, 처음 들었을 땐 나도 말문이 막혔다. 기간은 한 달이지만, 해인이 담당자로 배정된 거라 프로젝트가 마무리된 후에도 얼마간은 계속 상하이를 오가야 할지도 몰랐다. 그와 떨어져야 한다는 것에 슬프다가도 긴 출장을 핑계 삼아 6월 전에 결혼을 마무리해야 한다는 명분이 생겨 기뻤다. 하지만 엄마의 말 때문에 상반기는 후보에서 전부 탈락했다. 이 상황에서 그의 출장은 오히려 독이었다.

"어머, 그러면 10월이 좋겠네."

어머님이 확신에 찬 어조로 말했다. 천 피스짜리 퍼즐의 마지막 조각을 끼워 맞췄다는 듯이.

"윤아 아빠 생일이 10월이에요."

그 사람이 이 자리에 소환되었고 분위기가 얼어붙었다. 아무도 쉽게 입을 열지 못했고 열 개의 눈은 엄마만 바라봤다. 지금까지 여러 대안이 음식 사이사이에 어지럽게 던져졌지만, 그중 엄마의 성에 차는 시기는 나오지 않았을 것이다. 처음부터 엄마에게는 생일 달과 겹치지 않는 달을 찾는 게 중요하지 않았으니까. 아무리 엄마가 몸을 불살라 내 결혼을 액땜했다고 하지만, 엄마는 여전히 내가 서른셋에 결혼하길 원하는 걸까. 지금으로부터 칠 년 후였다.

"……애들이 참 예쁘지 않아요? 어리지만 제 일 찾아서 하고, 결혼할 상대도 데려오고. 저는 이 애들을 믿어요."

차분함으로 무장되었지만, 그 속에 노련함이 깃든 목소리로 아버님이 뜬금없이 해인과 나를 칭찬했다.

"저도 믿고 있어요. 못 믿을 이유가 없죠. 사부인도 그렇죠?"

어머님이 따뜻한 눈빛을 보내면서도 차가운 목소리로 말했다. 엄마는 대답하지 못했다. 몹시 초조해 보였다. 잠시 침묵이 흘렀다.

"그냥, 합시다." 엄마가 나직하지만 긴박하게 말했다. "그날 결혼하자고요. 4월 25일에."

엄마가 냅킨으로 입가를 닦았다. 엄마는 포기를 선택함으로써 이 상황을 수습했다. 내가 그렇게 설득을 해도 엄마는 마음을 열지 않았는데, 상대 부모님의 지지 한 번으로 돌아설 줄이야. 어쩌면 엄마에게는 중대한 문제를 함께 결정해줄 또래의 어른이 필요했던 걸지도 몰랐다. 엄마는 지금껏 혼자서 많은 결정을 해왔으며, 대부분 실패했고 후회했다. 이제는 혼자 결정하는 것이 두려워질 정도로.

결정이 내려지자마자, 밖에서 듣고 있기라도 한 듯 직원들이 문을 열고 들어와 일사불란하게 식기를 치우고 디저트를 내왔다. 쌀로 만든 셔벗이 내 앞에 놓이기까지 나는 한 번도 의견을 내지 않았다는 걸 깨달았다. 한 시간 반짜리 식사를 위해 너무 먼 길을 달려온 것 같았다. 긴 사투 끝에 뜻대로 생일에 결혼하는 행운을 얻어냈다. 생일은 매년 오지만, 올해 생일은 정말 단 한 번뿐이었다.

*

큰삼촌을 댁까지 모셔드렸다. 감사의 표시로 약과 선물 세트를 손에 쥐여드렸다. 오늘 내 역할은 택시 기사밖에 되지 않았다.

"약과네? 내가 당뇨가 있어서 애들이나 줘야겠다."

"오빠, 당뇨약 먹어?"

"먹은 지 좀 됐어. 그래도 주변에서 내가 제일 늦게 먹기 시작했다."

큰삼촌이 몇 초간 물끄러미 나를 바라보더니 말했다.

"너 혼자만 행복하지 말고 네 엄마 챙기면서 살아라. 그렇게 살아야 한다."

나는 가까스로 웃으며 고개를 끄덕였다. 엄마를 챙기라는 말이, 가족들을 두루두루 챙기라는 말로 해석되었다. 큰삼촌이 상견례에 와준 일을 구실 삼아 훗날 나에게 다른 무언가를 요구할까 봐 두려웠다.

이제 엄마만 데려다주면 나의 역할은 끝난다. 하지만 나는 본가로 들어가는 아파트 입구를 지나쳐 어딘가로 차를 달렸다.

"어디 가?"

"드라이브 좀 하자."

탐탁지 않은 얼굴을 하던 엄마는 어느새 멀거니 창밖만 봤다. 초봄의 풍경이 덧없이 우리를 스쳐 지났다. 주말이면 나들이객들로 넘치는 숲길과 포르투갈 건축가가 설계했다는 미술관, 그리고 내가 아르바이트를 했던 활기 넘치는 카페 거리. 지금껏 매일 똑같은 버스를 타고 일터와 집만 오갔던 엄마는 모를 도시의 아름다운 장소들을 보여주고 싶었다. 긴장이 풀려 노곤해진 듯 어느새 엄마는 옆에서 낮게 코를 골았다. 그럼에도 나는 꿋꿋하게 차를 몰아 엄마가 삼십 년 가까이 살아온 도시를 빙빙 돌았다.

한 시간쯤 지났을까, 인적 드문 습지 공원 공터에 차를 세웠다.

"여기가 어디니?"

엄마가 놀라 눈을 뜨며 물었다.

"여기 앉아볼래? 운전석."

엄마의 물음에 답하지도 않고 내가 하고 싶은 말만 했다. 서슬 퍼렇게 살아 있는 엄마의 비밀을 알게 된 날부터 나는 줄곧 이러고 싶었다.

"갑자기 왜?"

"운전 알려줄게."

"……너 알고 있었어?"

"응."

엄마는 당장이라도 차 문을 박차고 나갈 것처럼 안절부절못했다. 내가 엄마의 비밀을 알고 있다는 걸 알아챌 때마다 그랬다. 남편의 배신, 갑자기 찾아온 사랑, 시야가 좁아지는 병이 전부 자기가 저지른 큰 죄라도 되는 것처럼 숨고 싶어 했다.

"언제부터? 어떻게 알았는데?"

"나는 다 알아. 다 보인다고."

"미안해. 자꾸 신경 쓸 일만 골라 만드네."

"사과하지 마."

"내가 잘못 살아서 그래. 그래서 이런 일이 생긴 거야."

"그런 말도 하지 말고."

"보험이 된대. 너한테는 손 안 벌려."

"아, 알았다고. 이런 말 들을 줄 알았으면 알은척을 말걸. 또 이 입이 문제지."

차가운 차창에 이마를 가져다 댔다. 엄마는 고개를 떨구고 있었다. 복잡하게 뒤섞이다 못해 딱딱하게 굳어진 감정들을 가슴 한편에서 조금씩 삭이는 것처럼 보였다.

"오빠한테는 또 비밀로 할 거야?"

"걔가 안다고 뭐 달라지니."

엄마의 가방에서 내가 본 건 학원 영수증과 진단서 더미였다. 얼마 전 엄마는 아무에게도 말하지 않고 운전학원을 등록했다. 하지만 사고 이후 오른눈에 빛이 번지면서 점점 시야가 흐려지기 시작했다. 엄마는 타박상이라고 거짓말을 했지만, 병원에서는 충격으로 단백질 구조가 변형되어 외상성 백내장이 생겼다고 진단했다. 엄마는 첫 수업도 듣지 못한 채 학원비를 환불받아야 했다. 엄마는 이 모든 것을 딸인 나에게 숨겼다. 정말로 엄마가 내 결혼에 드리워진 불길한 기운을 온몸으로 받아낸 것일까.

"그런데 운전학원은 갑자기 왜 등록했는데?"

"네가 결혼한다니까."

"내가 결혼한다니까 운전이 배우고 싶어졌다고? 그게 그거랑 무슨 연관이야?"

"원래 내 배에서 내 피 묻혀 나와도, 바깥 공기와 닿은 순간부터 자식은 타인이야. 그런데 딸이 결혼한다고 하니까, 새삼스레 네가 세상에서 가장 먼 타인으로 느껴지데. 타인 같은 딸이 아니라, 딸 같은 타인이 돼버렸어. 이상하게 그 먼 사람이 다치거나 서럽거나 외로우면 나도 아프고 여전히 배꼽이 종종 시린 기분이야. 엄마라는 존재가 이리도 미련해서, 너한테 일이 생기면 가장 먼저 달려가고 싶거든. 자식이 의지할 수 있는 든든한 엄마가 되고 싶었어. 조금 더 나은 엄마가 되고 싶어서 노력하려는데, 너는 나한테 그런 기회도 주지 않고 결혼을 서두르기만 했잖아. 나한테 조금만 더 시간이 있었다면, 눈도 낫고 면허도 따고 돈도 좀 모아서 너한테 금가락지 하나라도 해줄 수 있었을 텐데.”

“그래서 서른셋이었구나.”

“그때쯤이면 나도 여유가 생기지 않을까 기대했는데, 이제는 모르겠다. 여유라는 거, 나한테는 영영 허락되지 않을 거 같거든. 이번에 눈 다쳐보니까 알겠더라, 나이가 들면 들수록 지금보다 더 자주 아프고 병들 텐데 돈이 모일 리가 있나. 나도 참 무슨 기대를 한 건지 갈수록 못난 부모만 되네.”

“엄마, 엄마한테 못났다느니 그런 말 하지 말고 차라리 나한테 미안하다고 말해주면 안 돼? 그냥 그 한마디만 해줘.”

엄마는 오랫동안 말이 없었다. 흙이 잔뜩 껴 손톱이 벌어질 때까지 땅을 파 그 속에 숨겨둔 것을 꺼내듯이 오래도록.

“미안해.”

“한 번 더 해줘.”

이번에 엄마는 지체하지 않았고 조금 더 큰 목소리로 말했다.

"미안해. 너무 미안해서 오히려 이 말을 할 수 없었어. 너한테 절대 용서받지 못한다는 걸 알아서 그런가. 사람 마음이란 게 참 이상하다."

엄마의 뒷면을 본다. 용서 없는 이해, 엄마와 나 사이에서는 영영 불가능할 거라고 믿었는데. 한 사람의 양감을 느끼는 일은 경외와 함께 막막함을 준다. 놀라울 정도로 층층이 겹친 엄마 삶의 두께를 느꼈지만, 아직 층을 뚫고 들어갈 자신이 없었다.

무언가 결심이 섰다는 듯 번뜩 고개를 쳐든 엄마가 차 문을 열었다. 다리 하나를 빼곤 고개를 돌려 물었다.

"자리 안 바꿔?"

우리는 자리를 바꿔 앉았다. 내가 누군가에게 운전을 가르칠 날이 올 줄이야.

"학생, 수업 시작했으니까 안전벨트부터 매세요."

일부러 아무 대화도 나누지 않았던 것처럼 쾌활하게 굴었다. 엄마가 허둥지둥 벨트를 맸다.

"이렇게 핸들을 잡아봐"

내가 몸을 엄마에게 기울여 핸들 위에 손을 올리며 시범을 보였다.

"이렇게?"

"응, 그렇게."

"차가 멋대로 움직일까 봐 무서워."

"그럴 일 없어, 시동이 꺼졌으니까. 이건 P야, 파킹. 주차라는 뜻이야. 주차할 때 기어를 이렇게 움직여서 P에 두는 거야. 사이

드브레이크도 있어. 이걸 이렇게 걸면 경사에 주차해도 차가 굴러가지 않아. N은 중립. 엔진은 작동하지만, 바퀴에 동력은 전달되지 않는 상태야. 이렇게 말하면 어렵나? 그러니까 액셀을 밟아도 차가 앞으로 나가지 않지만, 힘을 주면 굴러갈 수 있는 상태를 말해. 지금은 그 정도로만 이해해도 충분해."

나는 엄마가 안심할 수 있도록 차의 안전장치도 하나하나 설명했다. 길어지는 수업이 지루하지도 않은지 엄마는 가만 고개를 끄덕이거나 내 설명에 따라 장치를 섬세하게 쓰다듬었다.

"만지작거리지만 말고 한번 작동해봐. 막 눌러보기도 하고."

"내가 고장 낼까 봐."

"그 정도로는 고장 안 나."

"이 차 중고……."

내가 엄마의 말을 잘랐다.

"이 차는 중고지만, 십 년은 더 탈 수 있어. 매년 검사도 받고 있고 무사고야. 그러니까 안전해. 무지하게 빨리 달릴 수도 있어. 그리고……."

나는 멀리뛰기를 위해 도움닫기를 하는 것처럼 말을 골랐다.

"그리고 나도 내가 운전을 할 수 있어서 좋아."

엄마가 나에게 올 수 없으면 내가 가면 된다는 말을 너무 길게 한 것 같았다.

꽃샘추위

목련이 반쯤 핀 채 움츠러들었다. 반소매 위에 바로 패딩을 입은, 계절 대중없는 옷차림으로 해인의 출근길을 따라나섰다. 역까지 걸어가는 십오 분의 짧은 동행 동안 우리는 마치 만난 지 한 달이 채 안 된 연인처럼 서로에게 달라붙었다.

그즈음 우리 애정의 크기는 결혼 준비의 수월함과 진척 정도로 결정되었다. 일희일비의 사랑이었다. 하지만 그런 와중에도 외부의 영향을 받지 않는 단단한 콘크리트 같은 애정의 기반이 생겼는데, 그건 바로 전우애였다. 지금껏 느낀 사랑과는 아주 다른 종류의 것이었다.

갈피를 못 잡는 날씨와 달리 우리의 결혼은 더없이 명확해 보였다. 날짜가 정해지니 더는 꾸물거릴 시간이 없었다. 가장 먼저 서약식이 이뤄질 레스토랑을 예약했다. 유명 셰프가 운영하는 작은 독채 레스토랑으로 분위기를 띄워줄 샴페인도 따로 주문을 넣었다. 스냅 업체에 연락해 보정본을 한 달 앞당겨 받을 수 있는지 간곡히 물었다. 업체는 기다렸다는 듯이 '얼리 익스프레스'라는 상품을 소개해줬다. 삼십만 원을 추가로 결제하면 보정본을 한 달 빠르게 받을 수 있는 옵션이었다. 예상하지 못한 지출이었지만, 제때 알림장을 만들기 위해서는 달리 도리가 없었다.

신혼여행 항공권도 다시 예매했고, 이번에는 호텔과 도시 간 이동 기차표도 빠짐없이 예약했다. 해인이 크리스마스카드에 그렸던 그림 그대로였다. 이번에는 절대 무르는 일 없어, 설사 예방할 수 없는 불가항력의 사건이 생겨 결혼 날짜가 밀려도 4월 25일 저녁에 우리는 이 비행 편을 타고 이탈리아에 가는 거야. 해인과 나는 약속했다. 모든 것이 수월해지자, 그와 나는 드디어 친구들에게 결혼을 알릴 준비를 했다. 이제는 정말 알려도 될 것 같았다.

역 앞에서 해인은 누가 볼세라 짧게 입 맞췄다. 그는 배웅하며 입 맞추는 걸 좋아했다. 물론 해인은 내가 먼저 해주길 바라지만, 절대 뜻대로 해주지 않기에 입술을 내미는 건 언제나 그쪽이었다. 내가 그것을 유독 좋아하지 않는 이유는 그 스킨십이 마치 외출 전 고양이에게 캔 습식을 잔뜩 주고 가는 행동으로 연상되기 때문이었다. 역사로 내려가는 그의 뒷모습을 보며 속에서 서운함이 무럭무럭 자라는 걸 느꼈다. 아침마다 해인이 회사에 가면 찾아오는 황망함에는 도저히 적응되지 않았다. 그가 나를 두고 간 듯한 기분이 들었다. 그런 서운함에 지배될 때면 역시 나는 혼자

보다 저 사람과 함께 사는 편이 더 좋구나, 하는 만족감도 들었다.

퀵을 기다리며 동네를 서성이다가, 기사에게 전화가 와 빠른 걸음으로 아파트 앞으로 향했다. 가슴에 꼭 안을 수 있는 크기의 상자 안에는 첫 번째 교정지가 들어 있었다. 소설을 쓰는 모든 과정 중 가장 좋아하는 단계였다. 편집자가 수정을 요청하고 의견을 주는 작업이었다. 혼자만의 글이 누군가와 함께 쓰는 글이 되는 순간, 프리랜서의 만성적인 고독에서 한 발짝 멀어질 수 있었다.

우 편집자가 내 원고에 많은 시간을 할애했다는 것을 알 수 있었다. 그는 엑셀로 사건을 시간 순서대로 정리해 표를 작성했다. 또 형광 민트색 메모지로 자신의 감상을 적어놨는데, 그와 교정지를 통해 필담을 주고받는 재미가 있었다. 그는 능력 있는 편집자인 동시에 능동적인 독자였다. 복잡다단한 서사 속에서 끝없이 변주하는 등장인물들의 심정을 꿰뚫듯 이해하고 있었다. 덕분에 독자들이 소설을 읽으며 어떤 감정 변화를 겪을지 예상할 수 있었고, 그것은 여러모로 큰 도움이 되었다. 거슬리던 몇 문장들도 그가 손을 대자 매끄럽고 효율적으로 바뀌었다. 그간 결혼 준비로 힘들었지만, 좋은 동료를 만나 소설은 많은 진전을 이룰 수 있었다. 일에서 오는 성취 덕분에 그나마 결혼 스트레스를 덜을 수 있었고 겨울을 무사히 날 수 있었다.

결혼 성수기인 5월 초에는 서점에 책을 배포 완료하겠다는 우 편집자의 각오에 나도 덩달아 의욕이 불타올랐다. 책의 실물을 받아볼 즈음에 나는 유부녀가 되어 있겠지.

마치 옷 입히기 놀이 같았다. 해인과 그의 부모님 앞에서 탈의실 커튼을 걷을 때마다 민망하고 쑥스러웠다. 해인만 있었다면 여러 포즈도 취해보고 천천히 고민할 수 있었겠지만. 내 의견은 숨긴 채 어머님이 골라준 옷만 묵묵히 입었다.

그의 여자 친구로 부모님을 보는 것과 며느리로서 보는 것은 어찌 이토록 다를 수 있을까. 여자 친구와 며느리, 단어 차이 하나가 이렇게 큰 벽을 만들어내다니. 예전엔 그저 좋은 분들이었는데, 이제는 옷 한 벌에도 그들에게 평가받는 기분이었다.

그러나 결혼 날 입을 옷을 시부모님과 함께 고르는 일의 불편함보다 시댁에 빚지는 기분이 더 달갑지 않았다. 지원을 받지 않겠다고 단호하게 말했음에도 상견례가 끝난 후 어머님은 기어코 결혼에 보태라며 해인에게 천만 원을 송금했다. 그는 그렇게까지 돈이 필요하지 않다고 했지만, 어머님은 "돈 남으면 결혼반지를 제대로 맞추든 지금 있는 가구 중 처분할 건 처분하고 오래 쓸 튼튼한 걸로 바꿔"라고 했다. 나는 현재 집의 가구와 살림에 만족스러웠지만, 어머님 눈에는 성에 차지 않는 듯했다. 신혼여행 비용은 할아버지가 보낼 테니 걱정하지 말고 좋은 호텔로 가라고 덧붙이기까지 했다. 엄마에게 가방을 선물했듯 해인이 이탈리아 현지나 공항 면세점에서 선물을 사 오겠다고 하자, 어머니는 진저리를 치며 그럴 생각은 하지도 말라고 했다. 오롯이 너희들 즐기고 경험하는 데 다 쓰고 오라고 했다. 반면에 엄마는 이 결혼에 아무런 지원도 해줄 수 없는 형편이라 그의 부모님에게 받는 게 늘어날수록 눈치가 보였다.

이럴 때면 재우와 다인의 결혼식 날 아침 해인과 나눈 대화가 자꾸만 떠올랐다.

"또 돈이 너를 힘들게 해?"

해인이 다독이듯 말했다. 돈이 마치 사람이라는 듯이, 그 돈이라는 작자를 잡아 혼내주겠다는 듯이.

"돈 문제가 아니야."

"그러면?"

"너랑 내가 다른 사람이야. 하나부터 열까지 모든 게 달라."

"……너는 돈이 문제가 아닌 게 아니라, 돈 문제뿐만이 아닌 거였구나."

족히 열두 벌의 원피스를 입어봤고, 매번 그들 앞에서 한 바퀴씩 돌았다. 항상 칭찬이 돌아왔지만, 어머님의 입에서 좀처럼 확신이 나오지 않았다. ("괜찮은데, 다른 매장도 가볼까?") 해인의 정장처럼 여성 정장 원피스도 매장마다 엇비슷한 색상과 디자인이 즐비했다. 아무 기대 없이 들어간, 내가 입기에는 연령대가 높아 보이는 브랜드에서 결정하게 된 건 의외였다. 풍성한 치마에 단정하고 각진 재킷의 투피스였다. 다른 경조사에서는 입지도 못할 만큼 부담스럽게 새하얬다. 오직 그날만을 위한 옷이었다. 직원은 그 원피스의 소재가 한복과 웨딩드레스에 많이 쓰이는 고급 실크라고 설명했다.

"이걸로 하자."

어머님이 내게 확정적인 어투로 말했다. 처음부터 큰 역할이 없었던 두 남자는 고개를 끄덕였다. 나는 이것이 최선인지 확신할 수 없었지만, 시어머니의 권위에 눌려 마음에 든 척했다. 앞으로 몇 벌을 더 입어본다고 해도 나에게 선택권이 없는 건 마찬가지였다.

가격은 백이십만 원으로 해인의 예복보다도 비쌌다. 가격을 확인한 후 나는 다른 매장에서 본 원피스가 눈에 밟힌다며 넌지시 말해보았지만, 어머님은 물러서지 않았다.

치마 둘레가 헐거워 수선을 맡기고 일주일 후 수령을 위해 해인과 어머님, 나 이렇게 셋이서 다시 백화점에 갔다. 결혼 준비를 위해 백화점에 가는 일은 이번이 마지막이길 간절히 바랐다. 아버님은 급히 상갓집에 가야 해서 오지 못했는데, 나에게는 차라리 그편이 나았다. 보이지 않는 선이 존재하는 것처럼 아버님과는 도통 가까워질 수 없었다. 아버님은 나를 존중해줬지만, 문제는 나였다. 아버지의 부재가 익숙한 나는 그 나이대의 중년 남성에게 유독 불편함을 느꼈다.

치마허리가 흘러내리지 않는지 꼼꼼하게 확인했다. 치마를 받고 그대로 백화점을 나가려 했으나, 어머님은 구두도 사주겠다며 나를 이끌었다. 구두의 굽과 본체를 맞춤 제작할 수 있는 브랜드로 옷보다 고가였다. 해인의 양복은 기성복 브랜드에서 골랐고 심지어 구두는 갖고 있던 걸 신기로 했는데, 그의 것보다 비싼 옷에 나만 구두를 산다는 것이 과분하게 느껴졌다.

주문을 넣으면 구두가 제작되는 시스템이라 일주일 후 다시 백화점에 와야 했지만, 그것만큼은 피하고 싶었기에 해인과 나는 택배 수령을 선택했다. 어머님은 자신도 구두의 실물을 봐야 한다며 고집을 부렸지만, 해인이 막아섰다. "주말마다 파주까지 오는 거 힘들어. 다음 주까지 오면 벌써 삼 주째야." 해인은 나를 배려하고 있었다. 그러나 그날따라 어머님은 끈질겼다. 집으로 돌아가려는 우리를 붙잡고 저녁까지 먹고 가라고 했다. 의견 차이로 어색해진 분위기를 가라앉히기 위해 나는 순순히 응했다.

고작 십 분 거리에 있었지만, 어머님의 집은 본가보다 열 평이 넓고 방이 두 개 많았으며 화장실이 하나 더 있는 신축 아파트였다. 무엇보다 살림에 질서가 있었고 깨끗했다. 어머님은 어제 점심에 동네 아줌마들과 맛있게 먹은 식당에서 포장해 왔다며 양념게장을 내주었다.

"오랜만에 남편 없는 주말이 적적해서 말이지."

혼자 보내는 주말에 익숙한 엄마가 공기처럼 느낄 외로움과 아주 오랜만에 혼자 주말 밤을 지내야 하는 시어머니의 당혹스러운 외로움. 그 둘을 저울질하다가 이내 그만두었다. 엄마와 어머님은 동갑이었다. 아주 다른 방향으로 살아온 두 여자를 나란히 두고 비교하며, 나는 삶의 불가해함 앞에서 막연한 두려움을 느꼈다. 내가 어느 방향을 향해 늙어갈지 전혀 알 수 없었기 때문이었다.

자꾸 해인과 나를 붙잡았던 다른 이유가 있는 듯했다. 어머님은 뭔가 숨기는 게 있는 눈치였다. 아니나 다를까, 입맛 없는 저녁을 억지로 넘기던 중 느닷없이 봄에 내리는 폭설 같은 말이 쏟아졌다.

"결혼 날을 뒤로 미루고 지금이라도 홀을 잡자. 요즘은 소규모 홀도 많더라. 돈은 우리가 지원해줄게."

해인과 나는 동시에 살을 빨아 먹고 있던 게를 내려놨다. 강렬한 짠맛 때문에 입가가 따끔했고 혀가 얼얼했다. 셋이 이루는 삼각형이 팽팽해졌다는 걸 알 수 있었다. 지금 위에 우뚝 선 꼭짓점은 어머님이었다.

그렇게 하자. 정장 원피스를 골랐을 때와 같이 확정적이고 강압적인 어투였다. 함께 쇼핑하며 예비 며느리가 자신에게 맞서는 성격이 못 된다는 걸 알아챈 걸까. 원래도 어머님은 종종 이견을 조율하는 단계를 건너뛰고 그런 식으로 말하곤 했다. 그럴 때마다 양보라는 걸 해본 적 없는 티가 났다. 어머님은 세 남자에게 보호받고 이해받으며 양지 속에서 자란 허브 같은 여자였다. 어머님의 고집은 엄마의 억척스러움과는 전혀 달랐다.

"홀을 잡자니 그게 무슨 말이야? 엄마, 우리 결혼 이제 한 달 남았어."

"어차피 아직 결혼 알리지도 않았잖아. 양쪽 친척이랑 주변 사람들 다 모르는 상황인데, 조금만 미루면 되지."

"그렇게 쉽게 말을 바꿀 수 있는 문제가 아니잖아. 갑자기 무슨 바람이 분 건데?"

"그 왜, 저번 주에 결혼사진 보여줬잖아. 세상에, 아빠가 그렇게 좋아하더라. 정장 입고 듬직하게 선 아들이랑 드레스 입고 나풀나풀 뛰어다니는 며느리가 그리도 예뻤단다. 아빠 지금 너희를 자랑하고 싶어서 안달이야. 윤아도 사람들 앞에서 웨딩드레스 한 번은 입어봐야지. 여자잖아.”

맞다, 어제까지만 해도 아군이었던 사람이 오늘의 적이 되는 게 인생이었지. 지난주 해인의 부모님에게 결혼사진을 보여준 건 나였다.

어머님은 특유의 활기차고 사랑스러운 말투로 해인과 내가 얼마나 예쁜지 찬탄을 이었다. 그 속에 요구하는 바가 뚜렷하게 있는 만큼 칭찬이라도 듣기가 거북했다. 어머님은 예비부부의 복잡한 심정은 전혀 모르시는 듯했다.

“그래도 이건 아니야. 우리 이미 식당도 여덟 명으로 예약했어. 예약금도 냈다고.”

“예약금 얼마나 한다고 그래. 그리고 그게 무슨 결혼이니? 그냥 상견례 한 번 더 하는 거지. 나도 계속 다시 생각해봤는데, 이건 너희 결혼이 아니라 우리의 결혼이기도 해. 오가며 해인이 네 얼굴 보고 용돈도 주고 마음 쓰신 친척들 초대하는 게 당연한 거야. 이런 기회에 부모님 친구들이랑 인사도 나누면서 부모의 삶도 이해해보는 거라고. 그렇게 데면데면하게 사는 거 아니다. 결혼이 소꿉놀이는 아니잖아.”

소꿉놀이. 시력을 잃어 청각이 예민해진 것처럼 귓가에서 그 단어가 벌의 날갯짓처럼 진동했다. 지금까지 시부모님에게 우리의 결혼이, 나의 진심 어린 사투가 고작 소꿉장난에 불과해 보였던 걸까. 나는 망연해졌고 산산이 무너졌다. 함부로 손댈 수도 없는 아주 잘고 날카로운 유리 부스러기가 되었다.

"윤아 옷은 수선을 한 바람에 환불이 안 되겠지만, 그 옷이랑 구두는 식당 돌 때 입으면 되잖아. 아니면 나중에 중요한 행사 갈 때라도 입으면 되고. 그러면 문제없잖아, 그렇지 윤아야?"

어머님이 나를 봤다. 해인처럼 눈동자가 연한 갈색이었다. 생각해보니 해인은 아버님보단 얼굴선이 부드럽고 오밀조밀한 어머님을 많이 닮았다.

"……네, 그렇게 할게요."

내가 어머님을 설득하려는 시도조차 하지 않고 쉽게 꺾여버리자, 해인이 테이블 아래에서 나의 손을 살그머니 잡았다. '그래도 괜찮겠어?' 하고 묻는 것만 같았다. 언제나 기운을 북돋아주던 그의 손과 악력이었는데 지금은 아무 소용 없었다. 앞으로도 그 손이 나를 위해 해줄 수 있는 게 없을까 봐 두려웠다.

사실 전혀 괜찮지 않았지만, 의견을 굽힐 수밖에 없었다. 나는 그의 부모님에게 옷과 구두 그리고 현금까지, 꽤 많은 빚을 졌다. 무엇보다 결혼의 주인공이 신랑과 신부라는 건 착각이었다. 그 사실을 너무 늦게 이해했다. 부부가 되는 의미를 깊게 새기며 서로에게 집중하고 싶어 노 웨딩을 선택했지만, 현실은 해인과 나 사이에 한 열 명이 껴 있는 것만 같았다.

나는 입꼬리를 살짝 말아 올리고 아무 문제 없다는 뜻으로 눈짓을 보냈다. 결혼 준비에 지치면서 노 웨딩을 향한 로망도 조금씩 색이 바랬다. 이 결혼을 우리의 방식대로 완성할 수 있으리란 기대에 바람이 빠진 지 한참이었다. 그러니 속상해할 필요도, 부모님과 맞서 싸워 원하는 걸 쟁취할 이유도 없었다.

내가 화장실에 간 사이, 해인과 어머님의 말소리가 희미하게 들렸다. 그는 여전히 어머님을 설득하는 걸 포기하지 않았다.

"윤아는 친가도 없고 장모님은 부를 사람도 없으셔. 얼마 전에 눈 다치신 것도 아직 완전히 나으시지 못했다고. 엄마도 상견례 때 봤잖아. 좀 헤아려줘."

"……어떻게 그쪽 마음만 헤아려?"

이어서 해인의 날 선 목소리가 들려왔지만, 그 이상 듣고 싶지 않아 나는 물을 세게 틀었다. 모멸감을 지워보고자 찬물로 세수했지만, 도움이 되지 않았다. 내가 화장실 문을 열고 나가자 해인이 지친 얼굴로 말했다.

"이제 그만 우리 집으로 가자."

전부 없었던 일로 하고 이대로 연애만 하고 싶어. 돌아가는 차 안에서 나는 간절하게 생각했다. 결혼이 이렇게 고단한 일인 줄 알았다면, 타임슬립으로 삼 개월 전으로 돌아갈 수만 있다면 우리는 같은 선택을 할까? 해인에게도 묻고 싶었지만, 그가 동의할까 봐 무서워서 용기가 나지 않았다. 연인으로 돌아간다면 예전처럼 사이좋게 지낼 수는 있겠지만, 그건 깨진 유리를 붙여놓은 것처럼 위태롭고 무의미할 것이다. 각자의 부모와 집안을 경멸하고 인내했던 시간, 파혼의 고통을 모른 척하며 한집에서 일상을 나누고 거리낌 없이 서로를 만질 수는 없었다.

결혼 준비를 하지 않았더라면 해인과 내가 누렸을 봄을 상상했다. 주말에는 백화점에 가는 대신 남쪽 도시로 드라이브를 갔

을 것이다. 흐드러지게 핀 벚꽃 혹은 내가 마감에 쫓겨 꽃구경에
거드름을 피웠다면 겹벚꽃을 보지 않았을까. 그건 나 같은 지각
생을 위해 벚꽃이 진 후 만개하는 봄꽃이었다. 전과 다르지 않은
주기로 관계를 하고 새로 콘돔을 주문했을 것이다. 결혼 준비를
시작하고 신경 쓸 게 많아진 탓인지 관계 횟수가 눈에 띄게 줄었
다. 오늘 이후 그를 보면 어머님의 하얗고 반질반질한 얼굴이 떠
오를 거였고, 관계는 더욱 어려워지리라.

해인은 어머님과 다툰 후 줄곧 자신만의 생각에 골몰해 있었
다. 그도 나와 똑같은 후회와 가정을 하고 있는지 궁금했다. 또
다른 자신이 누렸을 평온하고 산뜻한 봄을 조용히 질투하고 있
는지 말이다. 하지만 섣불리 말을 꺼내지 못했다.

"이해인, 너는 참 빚도 많다."

어색한 상황을 유쾌하게 바꾸는 재주는 없었지만, 시도해본다
고 꺼낸 말이 고작 이거였다.

"어렸을 땐 명절에 친척 집에 가서 사촌들과 놀고 용돈을 받아
오는 애들을 보면 부러웠어. 그 용돈으로 유행하는 것들을 사서
내 앞에서 알짱거리니까 속에서 열불이 났지. 그런데 지금 보니
까 아무것도 안 받고 큰 게 좋은 거 같아. 보답해야 할 마음이 없
으니까 가벼워."

"……"

"그런데 너는 갚아야지. 이제 우리는 한 팀이까 나도 같이 갚
을게."

그날 밤 엄마에게 전화를 걸었다. 어머님이 한 번도 입어볼 기회가 없었던 비싸고 고상한 정장 원피스 한 벌과 맞춤 구두를 장만해줬다는 걸 자랑하듯 떠벌렸다. 식을 올린다고 알리기가 두려워 시댁이 나에게 얼마나 잘해주는지 과장해서 말했다. 그런데 돌아온 말은 사과였다. 자기가 사줬어야 하는 옷인데, 시집가는 딸에게 옷 한 벌, 그릇 하나 제대로 해주지 못했다고. 아니라면 집안끼리 으레 주고받듯 해인의 양복이라도 맞춰줬어야 했는데 미안하다고.

후회와 비참함이 담긴 속죄의 말이 이어지자 나는 본론을 피해 더 가장자리로 도망쳤다. 홀을 잡으면 지금까지의 결혼 준비와는 아예 다른 시작이었다. 재우와 다인의 결혼식 규모까진 아니더라도 홀을 잡게 된 만큼 더 큰 비용이 필요할 것이고, 시부모님의 지원을 받아야만 했다. 꽃향기로 가득하고 아름다운 상들리에가 있는 홀에 엄마가 보탤 수 있는 건 죄책감뿐이었다.

"병원은 갔어?"

"응. 약 새로 처방받았어."

"별말은 없고?"

"똑같지, 뭐."

제때 치료를 시작한 덕에 시야가 더 좁아지지 않았고 수술 일정도 잡혔다. 호전은 아니어도 현상 유지였고 운전을 배울 수 없다는 사실은 여전했다.

"엄마 눈, 오빠한테는 내가 말했어."

언제까지 비밀로 할 생각이었는지 모르겠지만, 나는 엄마의 정확한 병명과 진행 과정을 오빠에게 낱낱이 공유했다. 그리고 병원비도 정확히 절반을 나눠 부담했다. 언제까지고 가족 일에 오빠만 빠질 수 없었다.

"왜 괜히 신경 쓰게 만들어."

"오빠도 신경 좀 쓰라 그래."

엄마는 허탈하게 웃더니 "그럼 그러라 할까" 하고 말았다.

준비했던 말은 접어둔 채, 눈앞에 있는 교정지만 만지작거렸다. 편집자는 내가 보낸 두 가지 결말 중 두 번째를 권했다. 그가 고른 건 해피 엔딩이었다. 우리는 처음으로 의견이 갈렸다.

"엄마."

"왜?"

"그게 있잖아."

"뭔데, 말을 제대로 좀 해봐. 결혼 때문에 그래?"

내가 침묵을 지키는 사이 엄마가 뜬금없는 소리를 했다.

"얘, 지금 뉴스 나오는데, 산 분장 합법화됐다네. 나 죽으면 외할머니 집 앞 바다에 뿌려줘. 응, 아무래도 난 그게 좋겠다."

결혼과 장례를 오가는 대화에 어지러웠다. 게다가 이런 쓸쓸한 말을 살아생전 해외여행 한번 가봤으면 좋겠다는 소망처럼 담담하게 할 수 있다니.

"아직 한참인데 왜 벌써부터 죽겠다는 소리를 해."

"난 혼자니까 미리 준비해놔야지. 나중에 나 때문에 너희 머리

아플 일 없도록 해야지."

"난 엄마 때문에 이미 머리가 아파."

"나 때문이 아니라 결혼 때문이겠지."

나도 모르게 낮은 웃음이 툭 튀어나왔다.

"엄마는 결혼 어떻게 했어? 이렇게 성가신 일을."

"나라고 별수 있나, 부모가 하라는 대로 한 거지. 그래서 한 번만 했잖아, 살면서 딱 한 번이면 족하더라."

"……요즘 봄인데 너무 춥지 않아? 결혼하기 좋은 날 같은 건 없는 것 같아."

"겨울도 참 시샘이 많아. 자기 것이 아닌 꽃을 샘내 오기를 부리면 뭣 하냐고. 그런다고 꽃이 안 피는 것도 아니고 봄이 안 오는 것도 아닌데."

"……."

"내일 반찬이나 가지러 와. 보랭 가방 큰 거 가져오고."

엄마는 마치 내 마음을 다 읽고 있는 듯했다. 자식의 불행을 가장 먼저 눈치채는 엄마만의 촉이었다. 내가 엄마의 비밀을 가장 먼저 알아차리는 딸만의 촉을 가진 것처럼.

고개 숙이기

치와와가 봄비에 젖어 차가워진 풀 냄새를 맡으며 뛰어다녔다. 차를 세워 그 작은 개와 늙은 견주가 지나가길 기다렸다가 아파트 단지로 들어섰다. 결혼 준비를 하면서 그동안 늘지 않던 운전 실력이 부쩍 향상되었다. 어제 시어머니를 뵈러 왔던 고향에 오늘은 친정 엄마를 보기 위해 다시 왔다. 시댁은 물론이고 나에게는 여전히 친정도 가벼운 소풍 가듯 갈 수 없는 곳이었다. 그래도 시댁에서 서러운 일이 생겼을 때, 사이가 아무리 살갑지 않은 친정 엄마라도 가장 먼저 찾게 된다는 게 신기했다.

철쭉이 만발한 기다란 화단에서 걸음을 멈췄다. 꽃향기가 밤바람을 따라 너울댔다. 엄마의 프로필 사진 출처가 이곳이라는 걸 알 수 있었다. (한편 어머님의 프로필 사진은 어느새 해인과 나의 결혼사진으로 바뀌어 있었다.) 시시때때로 서늘한 바람이 목덜미를 휘감아도 봄은 봄이었다. 강한 생명력을 내뿜는 진녹색 잎사귀들이 가지마다 돋아나는 사이에 나는 도대체 무엇을 하고 있었던 걸까.

돼지등뼈를 통째로 넣은 감자탕은 엄마가 쉬는 일요일에만 먹을 수 있었던 특식이었다. 함께 식탁에 오른 무말랭이와 계란말이는 식도부터 뱃속까지 미끄러져 내려가며 소염 작용을 하는 듯했다. 국물을 마시자 감기로 고생할 때 엉덩이에 항생제 주사라도 맞은 것처럼 단박에 눈이 떠지고 손끝에 노란빛 기운이 돌았다.

"요즘 집에 먹을 거 떨어진 건 어떻게 알았어?"

"네 냉장고 사정이야 뻔하지. 빈 지 꽤 됐을 텐데 연락하기가 망설여지더라. 준비할 게 없어도 결혼한다는 사실만으로도 마음이 분주하잖아. 이준이 개가 공부도 안 하면서 고3이라는 이유만으로 짜증 내고 부담 느꼈던 거처럼."

엄마 말대로 나는 분주했다. 결혼 알림장을 만들고, 결혼을 알리기 위해 친구와 약속을 잡고, 해인의 총각 파티 배낭을 꾸리고, 결혼을 마친 후 친척에게 인사 다닐 날짜를 조정했다. 그리고 하루아침에 이 모든 것을 어떻게 무로 돌려야 할지 고민했다. 봄은 다른 계절보다 짧게 여겨져 늘 그렇다 할 인상을 못 남기고 지나가곤 했는데, 올해만큼은 한 손에 다 잡히지 않을 정도로 두껍게 느껴졌다.

"만약에 내가 갑자기 홀 잡으면 어떡할 거야?"

"재앙이지."

"재앙까지야?"

"하객 알바를 구해야 할 거야. 그거 감당하느라 너 빚 생길 수도 있어."

"부를 사람이 그렇게 없어?"

"부를 사람이 없어서뿐이니. 식장 앞에 네 아빠 이름 적어야 하는지부터 고민이 많지."

"그 사람 이름을 왜 적어, 엄마 혼자 키웠는데."

내가 바락 소리를 질렀다.

발끈한 나에게 엄마는 동료 이모가 딸 결혼식을 준비하며 겪은 수모를 이야기해주었다. 이모는 이혼 후 식당 주방을 전전하며 혼자서 딸을 키웠다. 우리 집과 비슷하게 전 남편과 일절 교류하지 않았고 경제적으로 지원도 받지 못했다. 그 부부의 이혼 사유는 엄마도 정확히 몰랐고 남자가 질이 나빴다고 짐작할 뿐이었다.

딸이 사위 될 남자를 데려왔을 때까지만 해도 이모는 가보지 못한 대학을 졸업하는 기분이었다. 인생의 한 장을 마쳤다는 생각에 기쁘기만 했다. 그런데 딸이 식에서 무조건 아빠의 손을 잡고 입장하겠다고 고집을 피웠다. 아빠에게 연락해서 상견례부터 참석하게 하라고 요구했다. 이모가 그럴 수 없다고 하자 딸은 "내가 사생아야? 나도 아빠 있잖아. 내가 왜 아빠 손도 못 잡고 결혼해야 하는데? 내 결혼 망치지 마"라고 울부짖으며 가슴에 대못을 박았다.

이모는 딸과 전남편에 대한 증오를 공유한다고 믿어왔지만,

결혼을 준비하며 딸이 그동안 이혼을 선택한 자신을 원망해왔다는 사실을 알게 되었다. 그 모진 결혼 생활을 참고 견디며 살았어야 했다고, 이혼을 처음으로 후회했다.

딸의 성화에 못 이겨 이모는 십여 년 만에 전남편에게 연락해야 했다. 상견례에서 전남편은 사과의 의미인지 모를 비싼 술을 사 왔지만, 식사 내내 그 누구와도 제대로 눈을 마주치지 못했다. 식장에서는 딸의 입장만 빛내준 후 죄수처럼 앉아 있다가 식사도 하지 않고 사라졌다. 결혼을 준비하는 일 년 동안 이모의 얼굴은 그늘로 얼룩덜룩했다.

"요즘은 신랑 신부 다 혼자서 입장하거나 부부 둘이 입장해."

"부모 놔두고 왜 그렇게 입장하냐고 뒷말하는 어른들도 있을 수 있잖아, 딸은 그게 싫었던 거야."

"말 많은 결혼식이 싫은 그 마음은 이해가 가지만……."

엄마는 내가 식을 올린다면 그 딸처럼 아빠와 입장하길 원해도, 자존심이 허락하지 않아 그 사람에게 절대 연락할 수 없다고 했다.

"엄마는 나를 뭐로 보고. 난 안 그래. 그것 말고 결혼식이 하기 싫은 이유 또 있어?"

"나는 부끄럽게 살아서 식장에 들어갈 자격 없어."

"예쁘게 한복 차려입고 화촉 점화하면서 주목도 받아보고, 그렇게 좋아하는 딸 자랑도 실컷 할 수 있잖아."

"하여간 나는 못 하겠다니까. 그런데 갑자기 식은 왜? 나중에 후회할 것 같아서 미련 남아?"

“아니, 나 말고.”

“해인이가 그러든? 남자가 한 입으로 두말하는 거 아닌데.”

“아니, 해인이 말고. 시댁에서 점점 참견이 느는 것 같아.”

“거기서 서운한 말 하는구나?”

우물쭈물 자리에서 일어났다. 다 비운 밥그릇과 반찬 그릇을 싱크대에 차곡차곡 쌓고 애벌 설거지를 했다. 나한테 잔소리를 늘어놨으면서 그 못지않게 물때가 득실거렸다.

“사돈어른들이 서운한 말씀 하셔도 그냥 잘 들어드려. 식을 안 올리는 게 너희 세대에겐 별일 아닐지 몰라도 부모들에겐 낯선 일이야. 스몰 웨딩조차 한 번도 못 가본 경우가 대부분이거든. 집 안 어른들께 어떻게 알려야 할지, 당신들이 뭘 해야 할지, 너희 못지않게 고민될 거야. 그러니까 좀 이해해주고 숙이고 들어가.”

수도꼭지를 잠그고 돌아섰다. 엄마는 돼지등뼈 사이사이 붙은 살을 발라내느라 여념이 없었다.

“숙였어, 엄마. 이미 양보했어.”

“양보했다니, 뭘?”

“우리, 식 하기로 했다고. 그쪽에서 홀 잡으라고 난리인데 어쩔 수 없잖아. 우리만 이해받고 양보받을 순 없으니까.”

엄마는 감정을 억누르는 법을 배우지 못한 채 하루아침에 어른이 된 아이처럼 얼굴을 일그러뜨렸다. 그토록 순수한 굴욕으로 가득할 수 있다니. 그날 엄마의 표정이 가슴에 새겨져 영원히 지워지지 않을 거라는 걸 그때의 나는 알지 못했다.

4월에 들어서면서 수면 안정제와 유도제가 빠르게 바닥을 드러냈다. 그건 매일의 루틴과 마감을 지키기 위한 일종의 상비약이었다. 나는 수년째 강박적으로 기상과 취침 시간을 지키고 있었다. 그러나 간혹 특별한 행사를 앞두면 자정이 지나도 잠들지 못했고 새벽에도 눈이 번뜩 떠졌다. 그러면 떠밀리듯 책상 앞에 앉았다. 하지만 새벽에 쓴 글은 아침이 오면 모두 삭제될 운명이라는 것을 깨닫고 난 후부터 수면유도제를 처방받기 시작했다. 만성 불면이 아니므로 고용량까지는 필요하지 않았다. 업무 루틴이 틀어질 것 같은 날에만 반 알씩 복용했다.

결혼과 함께 책 출간이 다가오고 있었고, 폴란드에서 열릴 북토크의 질문지를 막 전달받아 할 일들이 쌓여 있었다. 더하여 어머님에게서 홀은 예약했냐는 등의 간섭 전화가 언제 올지 몰라 나는 매 순간 바늘 위에 서 있는 것처럼 과민한 상태였다.

해외 출장이 일주일 앞으로 다가왔다. 출장 일정을 감안해 미리 병원에서 수면유도제를 처방받아두었다. 그런데 약이 야금야금 반 알씩 사라지기 시작했다. 분명 마지막으로 복용할 때 알약을 반으로 갈랐으니 다음에 먹을 때 나머지 반쪽이 있어야 하는데 그것이 없는 날이 많았다. 같이 사는 사람의 짓이 분명했지만, 이 문제를 어떻게 꺼내야 할지 막막하기만 했다. 베개에 머리만 대면 곯아떨어지는 사람이었는데, 언제부터 약에 의존하게 된 걸까. 시부모님이 식을 강제한 뒤로 해인은 눈에 띄게 말수가 줄었다. 내가 본격적으로 어머님과 함께 홀을 알아보기 시작하자 그는 나에게 미안해하다 못해 죄를 저지른 사람처럼 굴었다.

"인생의 한 번뿐인 결혼인데, 나랑 결혼해서 로망을 못 이루네. 미안해."

자꾸만 우경 언니의 말이 떠올랐다. 고부갈등에 낀 남편은 지옥에 산다는 말이.

야근도 하지 않으면서 귀가가 한 시간씩 늦어지거나 일반 쓰레기봉투가 다 차지도 않았는데 그것을 버리러 밤마다 혼자 나가는 일이 늘었다. 부모님과 번갈아가며 긴긴 통화를 하는 게 분명했다. 왜 그는 이미 진 싸움을 놓지 못하는 걸까. 되려 이제 그만 노 웨딩을 포기하라고 내가 그를 설득하기에 이르렀다. 그건 환상에 불과했다면서 나의 오랜 꿈을 깎아내렸다.

그렇지만 나 역시 미련한 건 마찬가지였다. 나도 예약해둔 것들을 수습하려고 나서지 않았다. 식당 예약을 취소하지 못했고, 4월 25일 출발 예정인 이탈리아 여행을 가야 할지 결정하지 못했다. 그와 무슨 일이 있어도 그날 비행기를 타기로 약속했지만, 이제 우리는 홀 예약 사정에 맞춰 결혼 날짜를 새로 정해야만 했기에 그렇게 길게 여행을 가도 되는지 확신이 서지 않았다. 이렇게 하자고, 둘 중 누구도 먼저 입을 열지 않았다.

결혼 문제에 대해서는 더 이상 확신을 가지고 말할 수 없게 되었다. 그 시기의 우리는 농담과 투정을 잃었고, 서로의 앞에서 얼음처럼 얼어붙었다. 무슨 말을 해도 틀릴 것 같고, 어떤 표정을 지어도 오해받을 것 같았다. 모든 게 엉망진창이었다.

*

벚꽃 봉오리들이 하나둘 터지기 시작하고, 까맣게 잊고 있었던 구두가 배송되었다. 잠옷 차림 그대로 구두를 신어보았다. 치수는 딱 맞았다. 구두의 앞코는 다른 스틸레토힐보다 부드러운 곡선을 그렸으며, 사선으로 덧댄 가죽 장식이 우아함을 더했다. 하나뿐인 웨딩 구두에서 한순간에 2부용이 되어버린 비운의 구두였지만, 여전히 세련되고 아름다웠다. 갑자기 전화가 울렸고 나는 급히 신발을 벗어 던졌다. 문의를 넣어두었던 서울의 예식장에서 온 전화였다. 운 좋게도 6월 초에 최대 이백 명을 수용할 수 있는 작은 홀에서 취소 자리가 나왔다고 했다. 해인이 상하이 출장을 떠나기 전에 식을 올리려고 했기에(정말 어서 빨리 해치우고 싶었다) 우리에게 그보다 좋은 조건이 없는 듯했다. 가계약을 마치자, 이제 정말 노 웨딩에 실패했으며 웨딩로드에 오른다는 사실을 실감할 수 있었다. 하지만 두 달 만에 식 준비를 하는 건 시간이 촉박하다 못해 불가능한 일을 가능하게 만드는 것과 다름없었고, 할 일이 끝없이 밀려왔다.

무엇보다 청첩장이 시급했다. 촉박한 상황에서 업체에 맡기는 것은 현명하지 못했다. 청첩장을 직접 만들 수 있는 사이트를 찾아 제작에 들어갔다. 무료 디자인 템플릿을 골라 엽서 크기의 하얀 바탕 위에 결혼사진을 삽입하고, 신랑 신부의 이름을 적었다. 어떤 문구를 써야 할지 한참을 고민하다가 담백하게 결혼 소식을 알리는 문구만 적었다. 몇 년간의 연애 이야기나 서로가 서로에게 어떤 의미인지에 대한 긴 설명, 반짝이는 보석 같은 수식어들은 모두 덜어냈다. 어머님은 작가 며느리가 멋진 문장을 써줄 거라고 한껏 부담을 주었지만, 나에게 청첩장의 완성도는 중요하지 않았다.

코로 짧게 두 번 숨을 들이쉬고, 입으로 길게 한 번 숨을 내쉬었다. 긴장이 스멀스멀 올라오는 것을 억누르며 어머님에게 전화를 걸었다. 진행 상황을 보고하고 최종 승인을 받기 위해서였다. 해인은 내가 어머님과 직접 연락하는 걸 싫어했지만, 매번 그의 퇴근을 기다릴 수 있을 만큼 마음이 여유롭지 못했다.

어머님은 요즘 들어 더 빠르게 내 연락에 응답했다. 해인을 대신해 내가 비둘기처럼 결혼식 준비 소식을 꼬박꼬박 전하니, 퍽 반가워하는 게 느껴졌다. 이제 어머님이 무슨 말을 하든 휴대폰 너머로 칼을 들고 재촉하는 것처럼 느껴졌다. 엄마도 이런 기분이었을까. 하지만 그날은 유독 통화음이 길게 이어지다가 거의 끊어질 때쯤 어머님이 전화를 받았다. 나는 준비한 말을 신속하게 쏟아냈다.

"어머님, 가계약한 홀 주소 넣어서 청첩장 만들었어요. 이번 주말에 해인이랑 직접 홀 보고 최종 계약하기로 했고요. 인쇄 주문 넣기 전에 청첩장 한번 보여드릴게요. 매수는……."

"윤아야, 아직 어머님께 못 들었니?"

"네?"

"어서 홀부터 취소해라."

나는 어떤 놀라움의 표현도 하지 못하고 그대로 굳었다. 이 결혼은 도대체 어떻게 굴러가고 있는 걸까. 마치 롤러코스터에 몸을 맡긴 기분이었다.

"어머님께서 먼저 연락을 주셔서 뵙게 되었어. 어머님이 그리 난감하셨다니, 윤아 너도 나한테 말을 좀 해주지 그랬니."

엄마와 어머님은 서로의 전화번호를 어떻게 안 것이며, 엄마가 얼마나 난감한 상황에 놓였길래 나를 거치지도 않고 불편한 사돈에게 먼저 연락을 한 것일까. 오른쪽 눈. 설마 엄마의 눈에 이상이 생긴 걸지도 모른다는 생각이 들자 등줄기 한가운데로 소름이 스쳤다.

"저도 아직 어머니랑 연락을 못 해서요……."

"통화드려봐. 전부 다 취소하고."

어머님이 홀을 취소하라는 건지, 이 결혼을 취소하라는 건지 그 의중을 파악할 수 없었다. 다만 이 이상 통화하길 원치 않는다는 것만은 명백했다. 끝맺는 인사말도 제대로 하지 못하고 서둘러 통화를 종료하고, 한 번도 잊어본 적이 없는 숫자 열한 자리를 눌렀다. 점심시간이었고 식당이 바쁜 시간대였다. 엄마는 받지 않았지만, 나는 몇 번이고 다시 걸었다. 네 번째 시도에서 엄마가 짜증과 함께 전화를 받았다.

"엄마, 끊지 말아봐. 딱 오 분만."

"점심시간에 전화 안 하는 건 암묵적 룰 아니었니. 나 바빠, 빨리 말해."

"혹시 어머님하고 만났어?"

"아니?"

“거짓말.”

“안부 차 짧게 통화 좀 했는데, 왜?”

엄마는 시침을 뗐다.

“나 다 알고 연락한 거야. 둘이 언제 만난 거야?”

“아니, 집이 십 분 거리인데 통화로 하는 것도 좀 그렇잖아.”

엄마는 이내 차라리 당당해지기를 택했다.

“어머님 번호는 어떻게 알았는데?”

“너 아니면 해인이지, 누구겠니.”

“도대체 무슨 말을 한 거야? 식 올리지 말자고 엄마가 그랬어? 아니면 결혼을 없던 일로 하자고 했어?”

엄마가 동료들에게 급히 하던 일을 맡기고 자리를 뜨는 소리가 났다.

“내가 식 올리지 말자 그랬어. 인생 헛살아서 초대할 사람도 없어서 너무 부끄럽다고. 그러니까 나 좀 숨겨달라고 부탁 좀 했어. 나도 무작정 고집만 부린 건 아니야. 결혼 날 시간 되시는 부모님 형제분들 하고 너희 사촌들도 초대해서 같이 밥 먹자고 했어. 우리 쪽도 큰삼촌이랑 막내삼촌네는 올 수 있을 것 같고. 그렇게 타협을 본 거야.”

“왜…… 왜 엄마가 고개를 숙여?”

또 가장 쉬운 것을 택하고 말았다. 나에게 있어 엄마 앞에서 드러내기 가장 쉬운 감정은 분노였다.

“네가 먼저 고개 숙였으니까. 얘, 네가 시댁에 굽히면 나도 굽히는 거야. 그러니까 앞으로는 절대 굽히지 마. 해외에서도 유명

한 작가인데 네가 뭐가 아쉽다고 그 집안에 휘둘리고 있니, 답지 않게. 너 하고 싶은 대로 해야지.”

엄마는 강조하듯 ‘유명’을 아주 길게 발음했다.

“왜 나한테 말도 없이 그런 짓을 한 거야.”

홀 업체에서 전화가 오는 바람에 아무렇게나 벗어둔 하얀 구두를 바라봤다. 마치 결혼식장에서 도망친 신부가 남겨둔 흔적처럼 쓸쓸해 보였다.

“내가 결혼하는 딸한테 해줄 수 있는 유일한 일이었으니까 그냥 그러려니 해. 나 자리 더는 못 비워, 끊는다.”

그렇게 무책임하게 전화를 끊어버리면, 이토록 끝을 모르고 흐르는 눈물을 어떻게 수습하라는 걸까. 나는 그 상태로 오래도록 몸을 웅크리고 울었다. 할 수 있는 일이 그것뿐이었다.

*

상쾌한 저녁 공기에 이끌려 역 앞으로 해인을 마중 나갔다. 생각해보니, 퇴근 마중을 가는 건 처음이었다. 모든 게 제자리로 돌아오자 다시 할 일이 반으로 줄었다. 홀 예약을 취소하고 청첩장 디자인을 그대로 살려 내용만 알림장으로 바꾼 후 인쇄 발주를 넣었다. 우체국에 가서 교정지를 편집자에게 보냈다. 정상 궤도로 돌아온 느낌이었다.

역사에서 해인의 머리부터 보이기 시작했다. 퇴근한 직후의 얼굴은 저렇게 험악하구나. 여태껏 나는 알지 못했던 표정이었다. 역사 앞 분식 노점에서 튀김을 포장하며 사람들 사이에 숨었다. 의심 없이 나를 지나쳐 가는 해인의 뒤를 밟았다. 열 걸음 정도 갔을까, 그를 뒤에서 와락 안았다. 해인의 견갑골 사이에 볼 한쪽을 파묻고 있으면 한결 기분이 나아진다. 연애 시절부터 그의 판판한 등은 해결책은 못 돼도 진통제쯤은 되어주었다. 내가 두 팔을 풀고 그의 손을 잡았다.

"가자."

해인은 내가 들고 있던 튀김 봉투를 낚아채고 걸음을 옮겼다. 우리는 저녁 메뉴로 무엇을 만들지 고민하다가 오랜만에 외식을 하기로 하고, 단골 우동 가게로 발걸음을 돌렸다. 지난겨울부터 한동안 가지 못했던 터라 사장님이 우리를 기억할까 싶었는데, 사장님은 "드디어 왔네" 하고 연신 반가워했다.

그 가게는 사누키우동 전문점으로 오직 우동만 팔았기에 메뉴에 튀김이 없었다. 해인의 손에 들린 봉투를 보고 사장님이 "우리는 외부 음식 반입 금지인데" 말하면서도 넉살 좋게 넓적한 접시와 간장을 내주었다.

부엌과 마주한 바 자리에 나란히 앉아 따뜻한 호지차를 마셨다. 연애 시절부터 나는 얼굴을 마주 보고 식사하는 게 익숙하지 않아서 바 자리를 선호했다. 매일 한 끼 이상 함께 밥을 먹는 사이가 된 후에도 나는 여전히 마주 보기보다는 나란히 같은 방향을 보며 앉는 게 좋았다.

"너, 나 몰래 엄마랑 꿍꿍이를 벌였더라."

"얼마 전에 장모님께 안부 차 연락드렸는데, 말하다 보니까 그렇게 됐어. 처음부터 작정하고 홀을 뒤엎으려던 계획은 아니었어. 당신도 예식에 알레르기가 심하시니까 우리 편이 되어주신 거지. 식을 안 올리더라도 친척들은 모시게 되었지만. 그건 괜찮지?"

해인이 어깨를 으쓱했다. 그의 깊은 아이홀을 보는데, 부쩍 살이 빠진 게 느껴졌다.

"식보다야 백배 낫지. 그런데 너 살 빠진 거 같아, 예복 안 맞겠어."

"비밀 임무 성공적으로 마쳤으니 이제 다시 찔 거야."

해인은, 찌겠지, 하고 다시 한번 읊조리며 스트레스가 건강에 얼마나 안 좋은지 뼈저리게 느꼈다고 힘없이 말했다. 조용하지만 누구보다 나를 위해주는 사람, 나는 그의 수고에 어떻게 보답해줘야 할지 알 수 없었다.

"그래도 식당이랑 여행 취소 안 하길 잘했다. 예지라도 한 건가, 왠지 취소하기 싫더라니."

"난 그렇게 될 줄 알았어. 우리가 이긴 거야."

그에 말에 나는 작은 승리감을 느꼈다. 곧 차돌박이가 올라간 우동 두 그릇이 나왔다. 저녁 식사가 우리만을 위한 포상처럼 느껴졌다. 가다랑어포 육수의 깔끔한 맛은 예전 그대로였다. 이곳은 국물에서 유자 향이 강하게 났는데, 사장님 말로는 유자청을 직접 담근다고 했다.

"나도 만들어볼까?"

"정말, 요즘 해인이 네가 요리도 멀리했네."

기대하겠다는 나의 말에 그는 여름에는 냉우동도 해주겠다고
약속했다.

“튀김도 먹어봐.”

튀김 그릇을 그 앞으로 밀었다.

“맛있다. 역 앞에서 맨날 지나치는 노점인데 왜 한 번도 사 올
생각을 못 했을까.”

그가 한 입 먹고 남은 고추튀김을 나의 우동 위에 살포시 올렸
다. 튀김옷이 약간 녹녹해졌지만, 그 속이 잡채, 다진 고기, 채소
로 풍성해 아쉬울 게 없었다.

“자꾸 심문하려는 건 아닌데…… 내 약은 언제부터 먹었던 거
야, 도둑고양이처럼.”

“숨기려고 한 건 아니야. 밤늦게 깨서 약을 찾을 때마다 넌 자
고 있었으니까.”

“내가 몰랐던 것뿐이야? 정말?”

“응, 숨길 이유가 없잖아.”

“우리 약속 하나만 하자, 복용하는 약이 생길 시에 서로에게
공유하기.”

“아프면 재깍 말하자는 거지?”

“응.”

“그리고 앞으로 우리 엄마한테 전화 오는 일은 웬만하면 없을
거야. 너한테 할 말 있으면 나를 통해서 전하라고 단단히 일러뒀
어.”

“결혼도 전에 며느리 밉보였네. 분명 어머니는 ‘아, 윤아가 불

편하다고 해인이한테 말했구나' 생각하실 거야."

"불편한 건 사실이잖아. 시어머니 안 불편한 며느리는 없다고 네가 말하지 않았나?"

솔직히 해인이 어머님에게 으름장을 놓았다는 사실에 기뻤고 우쭐하기까지 했다. 그에게 내가 부모님과 형제보다도 일순위라는 걸 확인받은 듯했다. 그런 서열 정리가 당연하다고 여겼으면서도 실은 당연하지 않을 수 있다고 의심해왔다. 나와 해인도 심심찮게 남매로 보일 정도로 비슷한 외모임에도 그와 어머님의 놀랍도록 닮은 얼굴을 볼 때면, 우리는 사랑하지 사이지 그래도 피가 섞이진 않았구나, 하고 느끼고 말았으니까. 그래도 지난겨울보다 그를 한층 더 가족처럼 느끼게 되었다. 해인은 프러포즈하며 나에게 가족이 되어달라고 했었다. 다사다난했던 두 계절을 지나며, 우리는 천천히 부부가 되어가고 있었다.

"사실 너와 가족들 사이에서 어떻게 현명하게 처신해야 하는지 아직도 잘 모르겠어."

"처음 결혼하는 거잖아. 나도 현명한 와이프, 며느리 같은 거 하나도 모르겠어. 인수인계도 없이 직함이 하나 더 생긴 기분이야."

"뭐가 되려고 애쓰지 마. 너한테 어떤 모습을 바라고 결혼하는 게 아니니까."

식사를 마치고 우리는 마감하기 직전인 대형마트에 들러 장을 봤다. 우동 면과 유자청 그리고 쯔유를 샀다. 어느덧 4월이었다. 봄밤을 만끽하며 우리는 무거운 장바구니를 나눠 들고 긴긴 산

책을 했다. 동거를 시작하고 가장 좋았던 점은 밖에서 함께 시간
을 보낸 후 각자의 집으로 헤어지지 않아도 된다는 거였다. 그런
사사로운 재미를 오랫동안 잊고 있었다.

신혼 전 여행

일요일 오전 여덟시. 해인의 팔뚝을 잡아당겨봤지만, 그는 꿈쩍도 하지 않았다. 그는 4월에 찾아온 이른 더위 탓에 민소매와 트렁크팬티 차림이었다. 해인이 잠에 혼곤하게 빠져 있는 것을 확인한 후 짐을 챙기기 시작했다. 속옷, 양말, 면도기, 세면도구, 칫솔, 여벌 옷, 잠옷……. 신발장 안 우산꽂이 깊숙한 곳에 배낭을 숨겨두었다. 해인은 폴란드 출장에 동행하기 위해 화요일부터 금요일까지 휴가를 냈는데, 소진하지 못한 연차가 있어서 월요일도 쉬기로 했다. 뜻밖에 얻게 된 긴 연휴에 그를 위한 총각 파티를 열기로 재우와 계획을 세웠다.

곧 재우와 친구들이 신혼집으로 몰려온다. 그들이 초인종을 누르면 나는 퀵으로 마지막 교정지가 도착한 척하며 문을 열어주고, 해인의 친구들은 얼이 빠져 있을 그를 1박 2일 파티 장소로 납치한다. 물론 나는 이제 받을 교정지가 없었다. 마지막 교정지는 이미 편집자에게 보냈으니.

재우와 나의 계획은 완벽해 보였다. 재우는 이제 해인도 외박할 때 허락을 받아야 하는 남자가 되었다며 장난스럽게 말하며, 가평 펜션의 주소와 파티 일정을 나에게도 자세히 알려주었다.

—오 분 후 도착합니다.

재우의 메시지를 받고 커튼을 살짝 걷어 베란다 밖을 내다봤다. 멀리서 차 세 대가 단지로 들어오는 것이 보였다. 마치 연습이라도 한 듯 빈자리에 질서정연하게 주차를 마치고 하나둘 차에서 내리는데, 재미있게도 그들은 해인의 얼굴이 프린트된 검정 반소매를 똑같이 입고 있었다. 친구들을 모두 대동했다고는 들었지만, 예상보다 훨씬 많은 인원이었다.

해인이 부스스 일어나 거실로 나왔다. 내가 안절부절못하는 사이 그가 내 옆으로 와서 볼에 입술을 비볐다. 내가 말릴 틈도 없이 해인이 반대편을 잡고 시원스럽게 커튼을 걷어 올렸다. 어느새 그의 몸은 잠의 열기가 가시고 약간 식어 있었다.

"오늘도 화창하네. 하늘은 벌써 여름인데?"

해인이 환기라도 하자며 문을 여는데, 수상한 검은 무리를 보고야 말았다.

"어? 쟤들이 왜 여기 있지?"

"이삿짐센터 같은데? 어제 게시판 보니까 오늘 이사가 있어서 사다리차 들어와야 한다고 주차 공간 비워달라고 하더라."

해인은 내 말을 전혀 듣고 있지 않은 눈치였다. 재우 씨, 미안해요. 나는 속으로 중얼거렸다. 공들인 계획을 허무하게 들켜버린 허탈함을 애써 숨기며 커튼을 다시 쳤다. 해인은 어안이 벙벙하면서도 방금 본 수상한 장면을 빠르게 복기하는 듯했다.

우리 집은 삼층이었다. 소음에 취약한 오래된 아파트답게 엘리베이터가 작동되는 기계음과 몇몇이 계단을 올라오며 발 구르는 소리가 소란하게 났다.

"교정지가 퀵으로 올 거야. 출국 전에 얼른 마무리해야지."

"내가 받을게."

"아냐, 됐어. 바지나 입어."

해인을 막아서며 나는 서둘러 현관문 앞으로 달려갔다. 초인종이 울렸다. 마지막까지 연기에 충실하며, 퀵 기사를 맞이하듯 한 사람이 겨우 들어올 수 있을 정도로만 현관문을 열었다. 곧 커다란 손이 그 틈을 벌려 문이 활짝 열렸다. 그의 친구들이 저마다 나를 제수씨라고 부르며 깍듯이 인사하고는 요란스럽게 집 안으로 들이닥쳤다.

"야, 너희 뭐냐?"

등 뒤로 급히 바지를 찾는 해인의 당황한 목소리가 들렸다. 신발장을 가득 메운 운동화와 조리를 보며 나는 안도의 한숨을 쉬었다. 해인을 속이기 위해 거짓말을 하느라 어제부터 그를 대하는 게 괜히 어색하고 부자연스러웠다.

어느새 해인도 자기 얼굴이 프린트된 티셔츠로 갈아입었다. 오랜만에 얼굴을 본 친구들도 있어서인지 인사가 끝날 줄 모르고 이어졌다. 그는 친구들에게 둘러싸여 이 상황이 신나서 어쩔 줄 모르겠다는 듯 발을 동동거렸다. 해인은 그동안 결혼 준비를 하며 좀처럼 보여주지 않았던, 천진한 얼굴을 하고 있었다.

나는 작년 결혼식 이후로 오랜만에 얼굴을 본 재우에게 다인의 안부를 물었다. 재우는 각자의 집에서 신혼을 즐기고 있다고 했다. 그 뜻을 이해하지 못하고 있는데 재우는 그들 부부가 집을 나중에 합치기로 합의했다고 설명했다. 각자 살던 집의 계약 기간이 남아 있고 결혼식 준비로 심신이 지쳐버려 이사와 혼수 장만까지 할 체력이 되지 않아 휴식을 취하기로 했다. 게다가 다인의 사무실과 재우의 회사는 지역이 멀어 아직 어디에 집을 구할지도 결정하지 못했다. 급하게 결혼식을 준비한 만큼, 아직 조율하지 못한 게 많다고 했다. 결혼이라는 행사를 잘 넘겨도 또 다른 시작, 더 큰 과제가 기다리고 있다는 사실을 새삼 깨달았다.

커다란 아이스박스를 들고 있던 한 친구가(나는 그의 이름을 몰랐는데, 오랜 시간을 함께했지만 나는 아직도 그의 주변에 대해 전부 알지 못했다) 모두에게 500밀리리터짜리 캔맥주를 나눠 주었다. 운전을 담당한 친구들은 무알코올을 배정받았다. 그는 곰살맞은 표정으로 나에게도 써머스비 작은 캔을 주었다.

"퓨처 와이프님도 건배해야죠."

그 말에 나도 모르게 실없는 웃음을 터뜨렸다. 아침부터 친구들에게 둘러싸여 맥주를 마시는 건 즐거웠다. 그동안 싸우고 울고 실망하느라 설렘이라는 소중한 감정을 놓치고 있었다.

친구들은 해인이 맥주 한 캔을 끊어 마신다고 한마디씩 면박을 줬다. 그는 보란 듯이 남은 맥주를 한 번에 남김없이 마셨다. 금방 자고 일어나 미지근한 물 한 잔도 마시지 않았을 텐데. 나는 그의 친구들이 준비했을 거라고 믿으면서도, 오늘 아침 배낭에 숙취해소제를 넣어두길 잘했다고 생각했다.

*

마감의 기쁨을 누리며 남은 하루를 게으르게 보냈다. 다음 날에는 오전 동안 밀린 집안일을 해치웠다. 침구까지 세탁을 마친 후에 나도 외출 준비를 시작했다. 얼굴을 보고 결혼 소식을 알려야 할 친구가 있었다. 내내 끝내지 못한 숙제처럼 남아 있던 일이었다. 우경 언니에게는 결혼 알림장을 보내두었다. 언니는 축하의 말과 함께 결혼 당일 아침에 전화해도 되냐고 물었고, 나는 연락을 기다리겠다고 했다.

서울숲은 처음 와봤다. 주말의 공원은 녹색 바탕에 형형색색 사람들로 칠해져 있었다. 약속 시각보다 일찍 도착해 공원을 한 바퀴 걸어보려고 했으나 한 시간 만에 돌아보기에는 너무 넓었다. 고향 동네에 있는 지명을 그대로 딴 작은 근린공원은 이십 분이면 인조 잔디가 깔린 운동장 한 바퀴를 다 돌 수 있었는데……. 나와 주혜는 그곳을 몇 바퀴나 돌았을까? 산책을 부추기는 듯했던 따사로운 날은 물론이고 날씨가 얼마나 험상궂든 우리는 공원을 걷곤 했다. 장마철에는 우산을 쓰면 됐다. 겨울에는 목도리를 둘러 무장한 것과 달리 종아리를 훤히 드러낸 교복 치마를 입고 지치지도 않고 트랙을 돌았다. 집에 돌아와 얇은 스타킹을 벗으면 허벅지가 빨갛게 터 있곤 했다. 그 시절 우리는 서로에게 할 말이 그리도 많았다.

주혜는 언제나 먹고 싶은 음식이 명확했기에 나는 그녀가 이 끄는 대로 따라갔다. 주혜는 간호사였는데, 최근 병원을 옮겨 새 로운 직장에서의 일들을 쉴 틈 없이 늘어놓았다. 거의 반년 만에 얼굴을 봤지만, 마치 어제 만난 것처럼 친근했다. 가장 친한 친구 와 단둘이 만나 결혼 소식을 전할 수 있는 행운에 대해 생각했다. 회전 초밥처럼 이어지는 청첩장 모임을 수행하지 않아도 돼서 얼마나 다행인지.

기름진 돈가스가 나오자마자, 나는 주혜에게 이 주 후 결혼한 다고 알렸다.

"결혼한다고?"

그녀는 칼질을 멈추고 눈을 커다랗게 뜬 채 나를 봤다.

"응."

"해인 씨랑? 아, 당연히 해인 씨겠지."

주혜는 다소 정신이 없어 보였다. 내 가방이 놓여 있는 옆 의 자를 과장된 몸짓으로 훑어봤다.

"빈손이야? 청첩장은?"

"우리는 식을 안 올려. 가족끼리 모여서 식사만 하기로 했어."

"가장 친한 친구가 웨딩드레스를 입은 것도 못 본다고?"

그녀가 진심으로 분노하고 있는 것이 느껴져 당혹스러웠다. 이런 반응을 기대한 건 아니었는데.

"식사 자리에서도 웨딩드레스는 안 입어. 정장 원피스 입을 거야.”

“그 말이 아니잖아.”

“결혼사진 보여줄까?”

“너, 나한테 오 분 동안 말 걸지 마.”

“음식 다 식을 텐데.”

나는 그녀 뒤로 보이는 벽시계로 시간을 확인했다. 오후 두시 이십삼분. 팔짱을 낀 채 고집스레 창밖만 보는 주혜를 바라봤다. 타임라인을 무시한 채 조각난 장면들이 필름 롤처럼 머릿속에 펼쳐졌다.

“나에겐 일기장 같은 친구야.” 해인에게 주혜를 처음 소개하는 자리에서 나는 그렇게 말했었다. 그만큼 내 유년의 외로움과 해인과 만나기 전 사랑조차 믿지 않았던 시절의 나를 잘 아는 친구였다. 가정환경이 닮아 있어서 우리는 스스럼없이 집안의 비밀을 털어놓을 수 있었다. 어렸을 때는 그녀와 나의 환경이 데칼코마니처럼 닮았다고 마냥 생각했는데, 돌이켜보면 똑같은 것은 이혼 가정이라는 것 하나뿐이었다. 사소한 공통점에도 손뼉을 치며 좋아하는 십대에게 불운이 겹치는 일은 그야말로 운명처럼 느껴지곤 했다. 그러면서도 우리는 서로의 불행을 은근히 견주었다. 둘 다 자신이 더 불행하다고 믿고 싶어 했다. 그래도, 라는 말로 시작해 친구를 질투하는 척하면서 자신의 불행을 빛나게 만들었다.

그래도 너희 아빠는 물건은 깨부숴도 사람은 안 때리잖아.

그래도 너희 엄마는 마트에서 정규직으로 일하잖아.

그래도 너는 생리를 안 하잖아.

규칙적으로 주기가 찾아오고 때마다 피가 일주일 내내 나오던 나와 달리, 주혜의 주기는 사 개월에 한 번 할 정도로 불규칙했고 길어도 사흘이면 핏줄기가 말랐다. 나는 그런 주혜를 부러워했다. 그런 것까지 경쟁하며 우리는 그 시절 치열하게 성장했다. 타인에게 자신의 빈방을 보여주는 일을 연습했고, 상대가 그 문을 닫고 여는 순간을 목격했다. 한 사람을 마음에 붙잡아두는 데 불행이 그다지 유용하지 않다는 것도 천천히 깨달았다. 해인조차 전부 이해하지는 못할, 주혜와 나만의 이야기였다.

또 그녀는 해인에게 나도 기억나지 않는 나의 첫사랑에 대해 말해주기도 했다. 나는 초등학생 시절 커다란 뿔테 안경을 쓴 남자아이를 좋아했었다고 한다. 나는 겨우 그 아이의 이름을 기억해냈지만, 아직도 얼굴은 떠올리지 못한다. 그 아이는 육학년 국어 시간에 '죽으면 어떤 느낌일까'라는 제목의 시를 썼다. 시 아래에는 색연필로 관을 그려넣었다. 교실 뒤 게시판에 반 학우들의 시가 전부 개시되었지만, 그 아이의 작품은 단연 독보적이었다. 주혜의 말로는 내가 그 시에 반해 그 아이를 한 계절 내내 좋아했으며, 그때 문학적 감성이 싹튼 게 분명하다고 했다. 주혜가 말하기 전까지 나는 그 시를 내가 썼다고 믿고 있었는데, 나에게도 꽤 충격적인 사실이었다.

문득 해인과 연인이 된 날이 연상되어 그것을 말해주자, 그녀는 놀라워했다. "네 사랑은 죽음 가까이에서 찾아오나 봐." 주혜는 농담처럼 말했지만, 해인을 만나고부터 결혼을 준비하기까지 나는 끈질기게 따라붙던 과거의 나를 깊숙이 묻고 돌아설 수 있었으므로 어쩌면 아예 틀린 말은 아닐지도 몰랐다.

"오 분 지났는데."

정확히 두시 이십팔분에 내가 입을 열었다. 주혜는 불퉁한 얼굴로 돈가스를 잘게 잘랐다.

"연락 두절이 취미인 친구가 오랜만에 만나자고 해서 득달같이 달려왔더니, 결혼 소식이라니. 뭔가 서운해."

"봐줘, 결혼 준비에 정신없었어."

"식도 안 올린다면서 준비할 게 뭐가 있다고."

"다 사정이 있는 거 아니겠니. 이따가 천천히 말해줄게."

"그런데 너 그날 생일 아니야?"

"응, 생일에 결혼해."

"로맨틱하긴 한데, 그러면 너 결혼기념일이랑 생일 선물 하나로 퉁 당한다?"

"나 퉁 좋아해. 색칠 공부도 아니고 달력에 기념일 표시하는 거 귀찮아. 서로 부담 없고 좋지 뭐."

"너도 참 안 변해."

카페로 이동해 우리는 시원한 커피를 한 잔씩 주문했다. 잠깐 걸었는데도 땀이 삐죽 나서 주혜의 잔머리가 볼에 귀엽게 달라붙었다. 부디 봄이 서두르지 않았으면 했다. 봄의 신부에 걸맞게 결혼 날이 산뜻한 날씨였으면 했다.

"나 나중에 결혼할 때 너한테 이것저것 물어봐도 돼?"

나는 지푸라기라도 잡는 심경으로 우경 언니에게 연락했던 지난날의 나를 떠올리곤 웃었다.

"식을 안 올려서 별 도움은 안 될걸."

주혜는 어렸을 때부터 결혼식에 로망이 가득했다. 푸릇한 정원이 넓게 펼쳐진 야외 식장에서 반짝이는 비즈가 가슴부터 발끝까지 촘촘하게 붙어 있는 푸른 드레스를 입을 거라고 말하곤 했다. 영화 〈노팅 힐〉의 음악인 〈She〉를 배경으로 혼자 멋지게 입장을 할 거라고 했을 때, 그 장면이 너무나 생생하게 상상되기도 했다.

"그래도 궁금한 게 많단 말이야. 그나저나 해인 씨는? 오늘 같이 얼굴 보면 좋았을 텐데."

"아침에 총각 파티에 갔어. 아니, 납치당했지."

나는 총각 파티의 자초지종을 전했다. 주혜는 무척 흥미로워하다가 얼굴색을 싹 바꿨다. 해인의 친구들에게는 훨씬 전에 결혼을 알렸으면서, 왜 자기에게는 이제야 알린 거냐며 역정을 냈다. 나는 재우와의 인연을 설명하며 그녀를 겨우 날랠 수 있었다. 화를 낼 땐 언제고 주혜는 해인의 친구 중 괜찮은 사람은 없었냐고 은근슬쩍 물었다. 이직에 성공한 후 한동안 줄기차게 소개팅에 나갔지만 좀처럼 인연이 이어지지 않는다고 불만을 토로하다가 가장 최근에 만났다는 기린을 닮은 남자에 관해 말했다.

"만약 해인 씨 아니었으면, 너한테 그 사람 소개해주고 싶었다니까. 네 스타일이었는데."

나는 웃어넘기면서도 주혜가 그렇게까지 말하니 궁금해졌다. 그래서 어떤 사람인데, 말 좀 해봐, 하고 그녀를 채근했다.

주혜는 그와 첫인상부터 인연이 아니라는 걸 알았지만, 이왕 주말에 시간을 내서 서울까지 온 김에 친구로서 하루를 보내자고 합의했다. 그녀는 소개팅 날 그 남자와 무엇을 먹고 마시고 어디에 가서 어떤 대화를 나눴는지, 마치 복잡한 스테레오를 분해하듯 구체적으로 말해줬다. 이야기 끝에 그녀는 불현듯 아주 중요한 물건을 두고 온 사람처럼 물었다.

"넌 해인 씨가 마지막 남자라고 확신해?"

나는 가만히 고개를 끄덕였다.

"응, 확신해."

나는 개운한 목소리로 대답했다. 나쁜 마음을 알아보는 정직한 눈. 소중한 것을 어떻게 만져야 하는지 아는 느린 손. 곁을 내어주는 법을 아는 조심스러운 옆구리. 가장 사랑하는 사람에게만 허락하는 깊은 품. 나에게만 허락해주는 그 품. 가족과의 불화와 유년의 불행을 떠나 내가 그와 결혼을 선택하게 된 최초의 이유는 어찌 되었든 사랑이 아니었나. 그동안 번잡한 일들에 파묻혀 결혼의 본질을 잠시 잊고 있었다.

그런 생각을 하다 보니 해인이 보고 싶어졌다. 지금쯤 그는 집에 돌아와 숙취의 여파로 한숨 자고 있을 것이다. 일어난 후에는 귀가가 늦어지는 나 대신 내일 출국을 위해 캐리어를 쌀 것이다. 해인이 예측 가능한 사람이라 좋았다. 언제 돌변할지 모르는 삶 속에서 그런 사람이 곁에 있다는 사실이 위안을 줬다. 오늘 밤에야말로 그에게 소설을 보여줘야겠다고 생각했다.

"우리, 오랜만에 공원 산책할래?"

"좋아. 네 결혼 얘기도 더 듣고 싶고."

그 중학생 소녀가 커서 결혼을 한다. 밤이 무한정 주어진 것처럼 작은 공원을 걷고 또 걸었던 그 시절에는 상상도 하지 못했던 미래였다.

*

Dzień dobry Państwu. Miło mi Państwa poznać.

(여러분 안녕하세요. 만나뵙게 되어 반갑습니다.)

청중 사이로 웃음소리가 터져 나왔다. 통역사 벨라에게 발음이 맞는지 작은 목소리로 물었다. 그녀는 좋은 발음이었다고 칭찬했다. 행사가 시작되기 전 나는 벨라에게 인사말의 발음을 물어봐 한국어로 옮겨 적었다. 지엔 도브리 판스트부. 미워 미 판스트파 포즈나츠. 그것을 입안에서 계속 굴리며 무대에 오르기 직전까지 연습했다. 언제나 첫인사가 중요한 법이었다.

해외 행사는 처음이었다. 청중 사이에서 해인과 눈이 마주칠 때면 나도 모르게 웃음이 나왔고 긴장이 사르르 녹아내렸다. 해인은 한 시간 반 동안 무대 위에 있는 나를 하염없이 바라봤다. 가끔 사진이나 영상도 찍었다. 내가 한국에서 강연이나 북토크를 할 때도 해인은 매니저처럼 동행하곤 했다. 내성적인 성격 탓에 단상에 오르는 것을 어려워하는 내가 말이라도 더듬을까 봐 염려하면서도 자랑스러워하는 시선을 보냈다. 그래도 점차 경험이 쌓이며 주목받아야 하는 순간에 여유롭고 자신감 있는 척 연기하는 게 더 쉬워졌다. 사람들의 시선으로부터 벗어나면 허탈함에 젖어 기분이 처지기도 했지만.

북토크의 마지막 순서인 큐앤에이 시간이 되었다. 이제야 의자에 등을 완전히 기댈 정도로 무대에 적응되었다. 다리를 꼬았으며 손짓도 자연스러웠고 목소리에는 힘이 붙었다. 처음 보는 백여 명의 외국인 앞에서는 떳떳하게 내 이야기를 할 수 있는데, 서른 명도 안 되는 가족과 친척들 앞에 서는 일은 왜 상상만으로도 속이 메스꺼워지고 도망치고 싶어질까. 결혼 날 어떤 첫인사로 가족들의 마음을 열어야 할지, 아직도 정하지 못했다. 반년이 조금 안 되는 시간 동안 준비해왔음에도 여전히 결혼의 주인공이 되는 일은 어려워 보이기만 했다. 나는 그런 생각을 하며 상자에 깊숙이 손을 넣었다. 청중들이 입장하며 미리 질문을 적어둔 종이들이 담긴 작은 상자였다. 종이들 사이를 더듬다가 모퉁이가 접힌 것을 골랐다. 종이를 조심스럽게 펼쳐 벨라에게 내밀었다. 그녀는 질문을 폴란드어로 읽어줬다. 청중들 몇몇이 상체를 앞으로 기울여 귀를 기울였다. 벨라가 나를 바라보며 한국어로도 질문을 전해주었다.

"소설 속 주인공은 작가님의 자화상 같습니다. 과거도 직업도요. 작가님 스스로 소설 속 주인공과 닮았다고 생각하나요?"

답변을 생각해낼 시간을 벌기 위해 되물었다.

"좋은 질문이네요. 질문해주신 분이 누구시죠?"

벨라가 나의 말을 통역해 말했고, 곧 한 남자가 손을 번쩍 들었다.

"우선 좋은 질문 주셔서 감사해요."

역시 벨라가 나를 대신해 남자에게 감사 인사를 했다. 내 책이 역자로서 첫 데뷔작이었던 벨라도 무대는 처음이었고 이를 딱딱 부딪칠 만큼 떨었다. 하지만 무대에 오르자마자, 언제 그랬냐는 듯이 마이크를 잡고 행사를 능숙하게 끌어나간 것을 보면 그녀는 천성적으로 무대 체질인 것이 분명했다.

"답하자면, 저는 소설 속 주인공과 제가 닮지 않았다고 생각해요. 닮지 않길 바라는 마음으로 그 주인공을 만들어냈거든요. 결단력 있고, 과거가 현재의 자신을 규정하는 것을 참지 않고, 용기 있게 과거의 나로부터 주인공 자리를 다시 찾아올 때 죄책감을 느끼지도 않는 그런 사람이 되고 싶었습니다. 그 아이는 저의 이상향이에요. 주인공에게 저를 닮았다고 말한다면, 기분 나빠 할지도 몰라요."

대답하며 벨라가 내 말을 수첩에 받아 적는 모습을 힐긋 봤는데, 마이크를 쥔 그녀의 손목에 '미래'라고 쓰여 있었다. 그녀와 만난 지 사흘째였지만, 처음 보는 타투였다. 곧바로 벨라가 통역을 했는데, 내 답변보다 그녀의 말이 더 길어지는 듯했다. 청중들이 고개를 끄덕이며 하나의 파도 같은 움직임을 만들었다. 그 속에서 유일한 한국인인 나와 해인만 알아듣지 못한 채 고개를 꼿꼿하게 세우고 있었다. 말이 끝났다는 신호로 벨라는 나를 바라보며 미소 지었다.

"제가 방금 이렇게 덧붙였어요. 작가님은 오늘 북토크 내내 자신을 나약하고 소심하다고 말했지만, 오늘 대화를 나눠보니 그 누구보다 용기 있고 강한 사람이라는 걸 알 수 있었다고요. 고개를 끄덕이는 걸 보니, 여기 있는 모두가 동의하는 것 같아요.”

강한 사람? 내가 가슴께에 손을 얹고 눈을 크게 뜨며 고개를 갸웃했다. 벨라는 녹색 눈으로 도장을 찍듯 나에게 윙크했다. ‘그래, 너 말이야’ 하고 말하는 것 같았다.

유년에 겪는 육체의 성장은 연속적이지만, 어른이 된 후의 정신적 성장은 단속적이라 그 변화를 알아차리기 어렵다. 그러나 결혼 준비를 시작하고 가족에게 속엣말을 꺼내놓을 때나 담아둔 화를 흩뿌릴 때마다 나는 무릎의 튼살처럼 성장의 순간을 뚜렷하게 목격할 수 있었다. 확신할 수 있는 또 한 가지는, 앞으로도 삶의 빈틈은 자꾸만 생겨나겠지만 더 이상 과거와 똑같은 모양으로는 생기지 않을 거라는 것.

북토크 이후에 진행되었던 사인회까지 마치자, 폴란드에서의 공식 일정이 모두 끝났다. 긴장으로 아침을 거른 탓에, 해인과 나 그리고 벨라는 우선 늦은 점심을 먹기로 했다.

“연이어 행사를 소화하느라 도시를 둘러볼 시간도 없었네요. 식당까지 그리 멀지 않으니 천천히 걸어갈까요?”

벨라의 제안에 해인과 나는 흔쾌히 고개를 끄덕였다.

식당으로 가는 길에 우리는 여유를 되찾았고 한결 분위기가 편안해졌다. 그동안에는 벨라와 사적인 대화를 나눌 시간이 없었다. 저녁 비행기로 바르샤바에 도착한 후 기차를 타고 세 시간을 달려 카토비체에 왔고, 시차에 적응할 틈도 없이 한국어학과

가 신설된 대학교에서의 강연을 시작으로 쉬지 않고 행사가 이어졌다.

함께하는 마지막 날에야 알았는데, 벨라는 대화를 좋아하는 사랑스러운 사람이었다. 원래 그녀는 학부 시절 교육학을 전공했다. 졸업 여행으로 가족들과 서울을 방문했을 때 한국어의 매력에 빠져 한국문학으로 박사과정까지 밟게 되었다. 또 그녀는 바르샤바에서 나고 자라 카토비체에는 처음 와봤다고 했다. 그래서 자신도 여행 온 기분이라 오늘 주어진 반나절의 자유 시간이 기대된다고 했다.

벨라는 해인과 내가 언제 결혼했는지 물었다. 내가 일주일 후 결혼한다고 수줍게 답하자 벨라는 "와, 이 출장이 신혼여행 같겠어요"라고 말하며 환하게 웃었다. 그러면서 자신의 결혼 이야기를 들려주었다. 벨라는 무척 앳되어 보였기에 그 전까지 나는 그녀가 기혼자라고는 상상도 하지 못했다.

그녀는 대학원에서 지금의 남편을 처음 만났다. 프러포즈 날은 어수선하기만 했다. 일요일 아침에 함께 산책하다가 남편이 갑자기 어딘가로 뛰어가 그녀는 황당했는데, 몇 분 뒤 그가 윤기나는 검은색 털의 프렌치 불독을 데리고 와 자신과 결혼해달라고 했다. 그 개의 이름은 미래였다. 곧잘 물건을 잃어버리는 벨라를 위해 결혼반지 대신 타투를 새기기로 했다. 벨라는 손목에, 남편은 허벅지에 그 개의 이름을 새겼다.

곧 남편이 살고 있던 바르샤바 외곽의 작은 빌라에서 신혼살림을 차렸다. 벨라의 부모님은 당신들이 평생 다니며 유아세례부터 혼인 성사까지 한 성당에서 딸도 전통적인 방식으로 결혼하길 원했지만, 벨라와 그녀의 남편은 현대적인 결혼식을 원했다. 부모님과의 갈등에 대해 말할 때 벨라는 폴란드가 가톨릭 전통을 중시한다고 설명해줬다. 지금도 성인의 이름을 따서 아이 이름을 짓는 경우가 흔하며 일요일에는 문을 여는 식당이 적다고 했다. 그녀의 이름도 성경 속 베로니카에서 유래되었다. 벨라는 성당에서 결혼하고 싶지 않은 이유에 대해 이렇게 설명했다.

“신부님이 이상한 말 해서 싫어요.”

나는 그 뜻을 이해하지 못해 신부님이 결혼식에서 설교를 길게 하는 게 불편한 것이냐고 되물었다. 벨라는 이 문제에 대해 조금 더 자세히 말하고 싶어 했지만, 단어가 생각나지 않아 답답해했다. 벨라는 자신의 한국어 실력을 탓하다가도 휴대폰으로 단어를 검색해가며 설명하길 포기하지 않았다. 폴란드는 가톨릭 교리에 따라 낙태를 엄격하게 금지하고 있다. 벨라는 피임과 임신중절의 자유를 원했기에 신념을 지키고자 절대 성당에서 결혼식을 올리고 싶지 않았다.

결국 부모님이 한발 물러섰고, 벨라는 자신의 결혼을 지킬 수 있었다. 대신 결혼 전날 다 함께 미사를 드리는 걸로 부모님의 마음을 달래드렸다. 결혼 날 아침에 벨라의 아버지 집에 양가 직계가족이 모두 모였다. 아버지의 이웃들이 빌라로 올라가는 계단에 풍선과 가랜드를 장식해줬다. 옛날 벨라가 쓰던 방은 신부 대기실이 되었고, 부엌에 모여 간단하게 예물을 주고받았다. 아버지가 몰던 오래된 토요타에 연보랏빛 꽃을 장식한 웨딩 카를 타고 시청에 가서 모두가 보는 앞에서 혼인신고를 했다. 시청에서 마련해준 세미나실에서 혼인서약서를 읽고 결혼식을 마무리 지었다. 그 후에 피로연 장소인 식당으로 넘어가 새벽까지 칵테일을 마시고 폴카를 추며 파티를 즐겼다. 그날 눈이 맞아 사귄 친구들도 올가을에 결혼을 앞두고 있다고 했다.

벨라가 휴대폰으로 그날의 사진을 보여주었다. 첫 번째 사진 속 벨라는 신부 대기실에서 어린 시절 쓰던 작은 스툴에 쪼그리고 앉아 무릎 위까지 오는 튤립 실루엣의 하얀 드레스를 입고 육감적인 몸매를 뽐내고 있었다. 그 외에도 결혼 전날 성당 앞에서 가족과 나란히 선 사진부터 푸르스름한 새벽빛을 쏟아내는 창문을 배경으로 친구들 앞에서 벨라와 그녀의 남편이 붉은 술잔을 들고 키스하는 사진까지, 모두 온 힘을 다해 결혼을 즐기고 있었고 신랑과 신부는 주인공의 자리를 누리고 있었다.

"아름다워요. 정말, 아름다워요."

해인과 나는 사진을 보는 내내 같은 말을 반복했다. 모두가 당신 부부를 얼마나 자랑스럽게 바라보고 있는지, 그리고 그녀가 얼마나 눈부신지에 대해.

"작가님은 어떤 웨딩드레스를 골랐어요?"

벌써 지난 고생스러움이 미화되는 걸 내버려둔 채, 나의 살구색 드레스를 묘사했다. 그것이 얼마나 나를 빛나게 만들어줬으며 그 드레스 덕분에 앞으로의 결혼기념일이 얼마나 기대되는지 기쁨에 가득 차 말했다. 문득 나는 결혼이 흰빛만으로 채워질 수 없다는 걸 깨달았다.

새파란 벽지가 인상적인 레스토랑이었다. 김치와 초콜릿 등 도전적인 재료를 넣은 폴란드식 만두인 피에로기가 있었다. 벨라는 도전해보는 걸 추천하지 않는다고 했지만, 갑자기 용기가 생겨 나는 초콜릿 피에로기를 주문했다. 벨라는 기본 피에로기를, 해인은 맥주로 졸인 족발인 골롱카를 주문했다.

식사를 거의 마쳤을 때 우리는 한창 폴란드어로 번역되어 출간된 한국 소설에 관해 이야기를 나누고 있었다. 직원이 다 먹은 접시를 치우며 해인에게는 위스키를, 나와 벨라에게는 하얀 장미를 주었다. 어떤 의미인지 묻고 싶었지만, 직원은 모두와 눈을 맞추며 음식 맛이 괜찮았는지 확인받곤 만족스러운 얼굴로 돌아섰다.

"파인애플 향이 나."

해인이 잔에 코를 대고 흠흠 향을 맡은 후 나에게도 내밀었다. 과연 열대과일의 풍부한 단 내음과 화한 알코올 향이 콧속을 가득 채웠다.

"제가 술을 주문했었나요?"

해인이 벨라에게 물었다.

"폴란드에서는 식사 후 남자에게는 위스키를, 여자에게는 꽃을 주는 문화가 있어요. 물론 매번 그런 건 아니지만, 아마 사장님이 멀리서 온 손님이라고 특별히 준비해주신 것 같아요."

벨라는 주문할 때 내가 폴란드 독자를 만나기 위해 한국에서 온 소설가라는 것을 직원에게 소개했다고 덧붙였다.

"그리고 위스키를 받았으면 원샷 하는 게 예의고요."

벨라가 눈을 게슴츠레 뜨며 해인을 부추겼다. 그는 망설임 없이 술을 목에 털어 넣었다. 식당을 나서며 벨라가 그녀의 장미를 나에게 주었다.

"이건 벨라 씨 거예요."

"왠지 오늘 작가님에게 하얀 장미가 더 필요할 것 같아서요. 결혼 축하해요."

나는 그녀가 준 장미까지 두 송이를 소중히 손에 쥐었다. 벨라는 혼자 카토비체를 돌아다닐 계획이라며, 남편과 둘만의 시간을 보내라고 했다.

"우리는 내일 아침에 다시 봐요. 신혼 전 여행의 마지막 밤을 누리길."

*

카토비체는 조용한 도시였다. 해인과 나는 구글 맵도 켜지 않고 돌바닥이 반질반질하게 닳은 좁은 골목길을 하염없이 걸었다. 오래된 도시에 비해 새것처럼 보이는 트램은 느릿하게 철로를 긁으며 지나갔다. 벌써 더운 한국과 달리 그곳은 아직 바람이 서늘했고, 건물 사이로 바람이 불면 트렌치코트를 여며야 했다.

갑자기 비가 쏟아져 우리는 눈에 보이는 근처 서점에 뛰어 들어갔다. 아시아문학 코너를 기웃거리다 내 책을 찾아 반가운 마음에 읽지도 못하는 폴란드어를 한참 들여다봤다. 해인이 서점 직원에게 내가 이 소설의 저자이며 우리가 곧 결혼한다고 서툰 영어로 말했다. 결혼을 알리지 못해 답답했던 날들을 털어내듯, 그즈음에 우리는 만나는 이들마다 소식을 전했다. 처음 본 서점 직원에게까지 설레는 마음으로 말을 건넬 만큼. 직원은 진심으로 축하해줬고, 책에 사인해줄 수 있겠냐면서 가슴팍 주머니에 꽂혀 있던 만년필을 나에게 내밀었다. 유쾌한 기분으로 사인을 마치고 우리는 그 서점에서 엽서를 한 장씩 샀다. 그만 밖으로 나가려는데 오빠한테서 짧은 문자가 날아왔다.

— 엄마 수술 잘 끝났어.

그사이 날이 맑게 갰고 강한 햇빛 아래 비에 젖은 건물들은 더욱 선명하게 보였다.

그 하루가 우리에게 영원히 주어진 것처럼 걷다가 이윽고 작은 공원에 도착했다. 어느새 더워져 겉옷을 벗어야 했다. 벤치에 앉아 오렌지 환타로 목을 축이면서 커다란 개를 산책시키는 사람들을 구경했다. 옆 벤치에는 결혼한 지 족히 사십 년은 넘어 보이는 키 작은 노부부가 앉아 있었다. 아내는 빨간 베레모를 쓰고 있었고 남편은 세월이 묻어나는 코르덴 깃의 밤색 워크 재킷을 걸치고 있었다. 그들은 우리가 알아들을 수 없지만, 귀를 기울이게 만드는 또박또박한 발음으로 쉴 틈 없이 대화했다.

"저 두 사람 서로에게 가장 많이 하는 말, 뭔 줄 알겠어?"

나는 주변의 그 누구도 한국어를 알아들을 수 없을 거라는 확신으로 목소리를 전혀 줄이지 않고 말했다.

"글쎄, 폴란드어는 너무 낯설어서 말이지."

해인은 음량을 약간 낮춘 채 몸을 앞으로 빼 나의 뒤로 보이는 노부부를 흘깃 봤다.

"닥닥."

"닥닥?"

"잘 들어봐. 저 사람들 상대방 말이 끝날 때마다 '닥닥' 하고 덧붙이잖아."

해인이 인터넷 사전에 검색해 그것이 폴란드어로 'tak, tak'이며 '그래' '맞아' 정도의 의미로 쓰인다는 것을 알게 되었다. 어떻게 그렇게까지 경쾌하게 고개를 끄덕이며 신뢰에 가득 찬 눈빛으로 서로를 바라볼 수 있었는지 궁금했다.

노부부가 엉덩이를 털며 느릿하게 자리에서 일어났다. 나는 해인에게 노부부를 따라가보자고 제안했다. 도시는 따분했고 저녁을 먹기엔 이른 시간이었다. 나답지 않은 즉흥적인 태도에 해인도 즐거워하며 옆구리와 오른팔 사이로 파고들어 팔짱을 거는 나를 막지 않았다.

노부부의 뒤를 따르는 내내 우리는 대화를 나누지 않았다. 대신 그 부부의 뒷모습을 유심히 바라만 봤다. 그들은 서로에게 의지해 언덕을 올랐고, 그 끝에 이국적인 붉은벽돌 성당이 나타났다. 그들을 따라 들어가니, 스테인드글라스를 통과한 빛이 바닥에 색의 파편들을 흩뜨려놔 곳곳이 다채롭게 빛나고 있었다. 노부부는 마치 지정석이라는 듯 한 치의 불필요한 동작 없이 자리를 잡고 앉았다. 평일 저녁 미사를 드리러 가는 길이었을까. 과연 언제부터 이어져온 두 사람만의 일상인 걸까. 미사가 시작되기 전이라 성당 안은 어수선했다. 나이가 지긋한 할머니들이 모여 앉아 기도하고 있었고, 모자를 푹 눌러쓰고 스도쿠를 하는 중년 남자가 있었다. 구석 자리에는 십대로 보이는 어린 연인들이 자신들만 들리는 목소리로 속삭이고 있었다.

우리는 장의자 사이 가운데 통로를 따라 걸어갔다. 노을이 그와 나 위로 길게 드리워졌고, 그 잔양에 눈이 부셨다. 갑자기 해인이 허밍으로 결혼행진곡을 부르기 시작했다. 뻔하고 오래된 신부의 입장곡이었다. 그의 입에서는 달콤한 파인애플 향이 났고 나도 모르게 웃음을 터뜨렸다. 마침 이상한 말을 하는 신부님도 계시지 않았고 해인과 나는 종교가 없기에 따라야 할 계율도 그 어떤 규칙도 없었다.

"마침 꽃이 있어."

내가 벨라에게 받은 하얀 장미의 줄기 가운데를 꺾어 해인의 셔츠 앞주머니에 넣어 코르사주처럼 보이게 만들었다. 남은 한 송이는 부케처럼 배꼽 아래에 들었다. 해인이 신사가 춤을 청하듯 손바닥을 내밀었다. 나는 웨딩로드에 오르기 전 긴장을 털어내려는 신부처럼 표정을 가다듬고 그의 손 위에 나의 것을 올렸다. 우리는 보폭을 맞춰 천천히 앞으로 나아갔다. 자리에 앉아 각자 할 일을 하는 사람들이 증인이자 하객의 역할을 맡았다.

다 타버린 초와 낡은 성경책이 놓여 있는 소박한 제단 앞에 도착했을 때 해인이 허밍을 멈추고 사뭇 진지하게 물었다.

"여기서 결혼해버릴까?"

"뭐 어때, 이렇게 단둘이서 결혼하자."

우리를 아무도 모르는 하객들로 가득 찬 이 낯선 도시에서 처음 사귄 날처럼 마음 가는 대로, 무모하게 결혼하자. 안 될 거 뭐 있겠어, 지금 우리는 봄을 지나고 있고 서로를 사랑하는데.

나는 네 면으로 접어 여권 사이에 끼워둔 편지지를 꺼냈다. 지난 비행에서 난기류 때문에 잠을 설치며 쓴 혼인서약서였다. 내가 먼저 마음 다해 쓴 약속들을 읽기 시작했다.

결혼의 증인들 중 그 누구도 신랑과 신부를 쳐다보지 않았다.

소설을 읽는 동안 나는 사랑하는 이가 자신의 "마음속 외침을 무시하지 않"기만을 바라는 해인과 다시 현실 앞에서 마음이 흩어지는 윤아 사이를 오갔다. 꽤 오랜 시간 동안 나 역시 "한 번도 가족을 가져본 적 없는 사람처럼 줄곧 외로웠"기 때문이다. 윤아가 노 웨딩을 결정한 건 단순한 거부가 아니었기에, 아마도 내 세계의 주인이 되는 일을 가장 바라고 있는 건 바로 윤아 자신이었을 것이다.

삶의 진실을 깨닫는 순간은 언제나 변화와 동시일 수 없으므로 윤아는 그 지난한 과정을 결국 겪어낸다. 윤아는 자신의 마음과 멀어지고 난 뒤에야 깨닫는다. 너무 가까이에 있는 것들은 때로 사랑의 본질을 가릴 수 있다는 걸, 삶은 "달콤한 케이크를 만드는 일"이 아니라 "밀가루 반죽을 쏟고 치우"는 일에 가까운 일이라는 걸, 현실 앞에서 무엇도 예측하기 어렵다지만 그러나 그 과정 속의 자신이 사랑하는 사람과 함께라는 걸 말이다.

연소민은 설렘과 두려움, 확신과 불안, 사랑과 미움이 아니라 두려움과 설렘, 불안과 확신, 미움과 사랑을 보여준다. 윤아의 깊고 고유한 마음과 사랑의 진짜 얼굴, 오래된 골목길을 묵묵히 함께 걷는 풍경, 하얀 장미 두 송이와 비에 젖은 공원, 아름다운 빛의 파편들과 '미래'라는 두 글자를 그리는 방식으로. 뒤늦은 고백이지만 사실 나는 윤아가 했던 사랑, 윤아가 하는 사랑, 윤아가 할 사랑을 처음부터 믿고 있었다.

소설가 이주란

어느덧 네 번째 소설을 내놓는다.

마지막 퇴고가 한창일 때 일을 통해 알고 지내는 분을 만났고, 한 질문을 받았다. 지금껏 쓴 이야기들을 관통하는 하나의 맥락이 있느냐는 것이었다. 커피를 마시러 가벼운 마음으로 왔다가 어려운 질문을 맞닥뜨리고 말았다. 한 문장으로 멋지게 표현하고 싶었는데 그만 얼버무리고 말았다. 나는 언제나 자신감이 부족한 탓에 내 소설에 대해 말해야 할 때마다 지나치게 겁먹기 때문이다. 이미 늦었지만, 그래도 답을 내길 포기하지 않았다. 어쩌면 새 소설의 출간을 앞둔 시점에 나에게 가장 필요했던 물음이 아니었을까. 아주 좋은 때에 나에게 당도한 고마운 의문이었다.

내 소설의 주인공들은 저마다 지극히 현실적인 공포를 안고 살아간다. 어쩌면 누구나 하나씩 갖고 있을 실금들을. 그들은 실금을 메꿀 마술적인 방법을 찾기보단 묵묵하게 끼니를 챙겨가며 일상에 충실히 임한다. 그 수고로움에 생색내지 않으면서. 금이 간 자신의 접시를 폐기하거나 깨버리지 않고, 실금이 가지 않은 쪽에 제 몫을 두면 그만이라는 태도로 꿋꿋하게 식사를 이어간다. 그렇게 현실에 발을 딱 붙이고 조용하지만 치열한 사투를 벌인다.

그 모습이 꼭 나 같기도 하고 친구 같기도 하고, 혹은 당신이 숨겨둔 내면과 닮아 있을 것도 같다. 가끔은 인물들에게 지나친 고난을 안겨주면서 작은 무기조차 주지 않는 것 같아 죄책감을 느끼지만, 끝끝내 상처를 봉합하고 다음으로 나아가는 그들을 보면 나도 용기가 생긴다.

그러니 내 소설에 대해 비정한 삶 속 성실함의 미덕을 잃지 않는 여성들의 이야기라고 말하고 싶다. 이건 그날 나에게 날아온 의문에 대한 결론이 아니라 첫 번째 답에 불과하다. 나는 앞으로 더 다양한 이야기를 쓰게 되리라고 스스로 기대를 걸고 싶기에.

특히 이번 소설은 나의 한 시절과 아주 밀착되어 있다. 글을 쓰며 나는 한 번의 이사를 했고 긴 여행도 다녀왔다. 초고는 산 중턱의 꼭대기 층 집에서 시작해 이탈리아 토스카나에서 완성했고, 퇴고는 바다와 가까운 공업 도시의 일층 집에서 끝냈다. 인물들과 긴밀히 손을 맞잡고 이 긴 이동의 과정을 함께한 것 같은 기분이다. 그만큼 인물들과 많은 일상을 공유했다. 이번 이야기에는 유독 영화와 소설, 음악이 많이 나오는데, 인물들과 같은 걸 음미하는 건 나의 소소한 즐거움이다. 윤아가 웨딩드레스를 입고 화장실에 가는 장면을 상상하는 건 라스 폰 트리에 감독의 영화 〈멜랑콜리아〉에서 빌려 왔다는 걸 밝힌다. 영화가 전하는 주제와 무관하게 나는 그것을 보고 '웨딩'에 관한 어떤 공포를 느꼈고, 그걸 누군가와 공유하고 싶었다. 그 마음에서 이 소설이 시작되었다고 봐도 무방할 것이다.

언제나 그렇듯 글을 쓰기에 앞서 나는 '이런 것도 소설이 될 수 있을까?' 하고 의문을 품고 '내가 과연 쓸 수 있을까?' 하고 스스로를 맹렬히 의심한다. 그렇게 주저하고 있으면 신기하게도 어디선가 하나둘 나타나 나를 동굴 속에서 꺼내준다. 앞서 나에게 와준 질문처럼, 좋은 때에 좋은 사람들이 와준 행운이라고 생각한다. 이 소설을 한창 구상 중일 때 연락을 준 자음과모음 편집부에 감사드린다. 이 이야기는 음수현 부장님과 김명선 편집자님 덕분에 시작할 수 있었다. 마지막에는 김지수 편집자님의 세심한 도움을 받아 완성할 수 있었다. 여러 사람의 손을 거치며 원고에 힘이 생기고 활기가 더해지는 모든 과정이 즐거웠다. 조언과 지지를 아끼지 않고 준 나의 친구 주잔나에게도 인사를 보낸다. 마지막으로 나의 배우자에게 존경을 전한다. 그가 차려주는 맛있는 저녁은 내가 매일 글을 쓸 수 있는 가장 큰 동력이다.

책을 낼 때마다 여전히 믿기지 않는다. 소설은 언제나 나의 도피처였고 꼭 필요한 순간에는 돌파구가 되어주었기에 그 근사한 세계를 짓는 일을 할 수 있다는 것에 매번 놀랍다. 내가 쓰는 소

설도 누군가에게는 도피처이자 돌파구가 되길 바라며 오늘도 책
상에 앉는다. 이 마음 잊지 않고 앞으로도 꾸준히 쓰겠다.

                                    2026년 봄을 기다리며
                                           연소민

설도 누군가에게는 도피처이자 돌파구가 되길 바라며 오늘도 책
상에 앉는다. 이 마음 잊지 않고 앞으로도 꾸준히 쓰겠다.

                                    2026년 봄을 기다리며
                                           연소민

노웨딩

초판 1쇄 인쇄일 2026년 1월 29일
초판 1쇄 발행일 2026년 2월 12일

지은이   연소민
펴낸이   정은영

책임편집 김지수
편집   정사라
디자인   강우정
마케팅   이언영 임동렬 임병천 박채윤
서삭권   신은혜 김현영
제작   홍동근

펴낸곳   (주)자음과모음
출판등록 2001년 11월 28일 제2001-000259호
주소   10881 경기도 파주시 회동길 325-20
전화   편집부 (02)324-2347, 경영지원부 (02)325-6047
팩스   편집부 (02)324-2348, 경영지원부 (02)2648-1311
이메일   편집부 munhak@jamobook.com, 저작권 ip@jamobook.com

ISBN   978-89-544-7340-8 (03810)